青鸟

故事集

李敬泽 著

译林出版社

目录

《枕草子》、穷波斯，还有珍珠

《枕草子》中有一段写的是“不相配的东西”：

> 不相配的东西是：头发不好的人穿着白绫的衣服、鬈发上戴着葵叶、很拙的字写在红纸上面。
>
> 穷老百姓家里下了雪，又月光照进那里，都是不相配的，很可惋惜的。月亮很是明亮的晚上，遇见敞篷大车，而这车又是用黄牛牵着的，这很不相配。……
>
> 年老的男人睡得昏头昏脑，还有长着络腮胡子的老人抓了椎树的子尽吃。没有牙齿的老太婆，吃

着梅子，做出很酸的样子，看去都是不相配的。

身份低的女人，穿着鲜红的裤子。但是近来，

这样的人却是非常的多。[①]

《枕草子》为日本清少纳言所作，其时一条天皇在位，清少纳言是宫中的女官，她随手写下事与思，后来成为日本文学的经典。曾有一部电影名为《枕边书》，即是《枕草子》的异译，主角却是一位模特，这位由邬君梅扮演的日本模特在东京、中国香港，在浮华的都市中阅尽阴郁狂暴的欲望和激情；她写着自己的《枕草子》，而清少纳言的声音是母亲的声音，从明亮深远的童年传来。

——这恐怕也是“不相配的东西”，《枕草子》与20世纪末是不相配的，人的心和人的眼都不复有那种微妙的尺度感，现代的美学精神不是和谐、相配，而是不和谐、不相配，只有不和谐、不相配才能使我们精神振作，使我们注视某种“东西”。

清少纳言的时代是中国的北宋初年。我的一位朋友

① 清少纳言，《枕草子》，载《日本古代随笔选》，周作人译。北京：人民文学出版社，1988年，第62页。

宣称，他的梦想是活在宋朝，我估计他所想的正是这个时代，那时大宋王朝由一批哲学家统治，这几乎是柏拉图的“理想国”在人间的唯一一次实现。只可惜这些哲学家往往同时也是诗人，而在“理想国”中，诗人是该被驱逐出境的。可见人间不如意事常八九，理想很难完美无缺地实现。

在包拯、杨家将和潘仁美的宋朝之外，还有一个宋朝。那是中国文明的正午，古代中国在此前此后都不曾像宋朝那样接近“现代”，文明的花正放，富丽端庄。相比之下，《枕草子》中同时的日本就更像唐朝，清简质朴，花上犹带朝露，即使宫廷生活也见不到森严幽深，倒像家常日子里的大观园，和乐贞静。

《枕草子》本就是“唐风”遗韵，周作人即曾指出其“模仿唐朝李义山‘杂纂’的写法，列举‘不快意’‘煞风景’等各事，以类相从，只是更为扩大，并及山川草木各项，有美的也有丑的，颇为细微”[①]。

——闲读《枕草子》，每觉妩媚可喜，以为中国古文中或

① 周作人,《关于清少纳言》，载《日本古代随笔选》。北京：人民文学出版社，1988年，第329页。

无类似章法，比如《怀恋过去的事》：

怀恋过去的事是：枯了的葵叶；雏祭的器具；在书本中见到那些夹着的二蓝以及葡萄色的剪下的绸绢碎片；接到的当时曾十分相好的人的信札，在下雨觉着无聊的时候，找出来看；去年用过的蝙蝠扇；月光明亮的晚上；这都是使人回顾过去，很可怀恋的事。[①]

再比如《高雅的东西》：

高雅的东西是：穿着淡紫色的衵衣，外面又套了白袭汗衫的人；鸭蛋；刨冰里放上甘葛，盛在新的金碗里；水晶的数珠；藤花；梅花上积满了雪；长得非常美丽的小孩子在吃着草莓。这些都是高雅的。[②]

---

① 清少纳言，《枕草子》，载《日本古代随笔选》，周作人译。北京：人民文学出版社，1988 年，第 38 页。

② 同上，第 60 页。

——现在，听了知堂老人的话，翻出李商隐《杂纂》来看，方知如此章法咱们“古已有之”，即如上引《不相配的东西》，在《杂纂》中就有《不相称》条：

穷波斯，病医人，瘦人相扑，肥大新妇。

后三条一千多年后还是“不相称”，一望可知，毋须辞费。倒是“穷波斯”何以就“不相称”了呢？一个波斯人，看上去却穷，这在唐人眼里难道非常怪异？

在遥远的唐朝，人常有奇遇，比如于寂寞的旅途中偶遇抱病垂危的波斯商人。有一人，不知他是谁，从何处来到何处去，只知道他名叫李灌，性情孤静。有一天他乘坐的客船靠泊在荒僻的岸边，岸上一间茅棚，茅棚里躺着一个人，波斯人。李灌从他深陷的碧蓝的眼睛、虬曲的须髯断定他是波斯人，一个“穷波斯”。波斯人病了，他将孤独地死于异乡。这时一个名叫李灌的人来到他的身边，每天喂他喝下米粥，然后，李灌就坐在那儿，静静地看着他，目光温润安详。

几天后，波斯人要死了，濒死的波斯人伸出苍白的手指着身下的黑毡：“珠子——”

是的，一颗硕大的珠子。当李灌移开波斯人的尸体，他看到那张破败的黑毡似有微光溢耀，珍珠就缝在黑毡之中……

合上棺板之前，李灌静静地看着波斯人，目光依然温润安详，他又看了看手中的珠子，珠子浮动着雾一般的银光，他合起手掌，把手伸向波斯人微张着的嘴，然后，又把手在眼前摊开，手里什么都没有了，似乎从来也不曾有过什么。

这个名叫李灌的人站在船头，他看着岸边的那棵小树，小树下埋着波斯人，波斯人的嘴里含着珍珠，小树越来越小，人们再也没有见到过李灌。

——这个故事出于《独异志》，载于《太平广记》。我对这个故事的重述是有感于相逢于天涯沦落的古典情怀，而当这个故事在唐人口头传播时，他们其实也在传达一个明白无误的消息：即使是“穷波斯”，他的身上也必有你意想不到的宝物。

李灌的故事只是围绕着这个消息的众多故事中的一个。比如又有一人名李勉，这回我们知道他是什么人了，故事传开时他已是司徒—— 一个大官，但故事发生时他还仅是刚卸任的县尉。那是开元初年，玄宗在位，李勉也在旅途中遇到一个老病垂危的“穷波斯”，怜而恤之，让他搭船前往扬州。

半路上，波斯人死了，临死前同样以珠相酬，这一次的珠子比李灌那颗更为贵重，乃波斯“传国宝珠”，“价当百万”。和李灌一样，李勉也把这颗珠子放回波斯人口中……

所以，当李商隐断定“穷波斯”“不相称”时，他表达了唐人的普遍常识。医生应该精神矍铄，而不该像个痨病鬼；相扑手应该胖大魁伟，而不能如精瘦的鼓上蚤；当然新娘子应是窈窕淑女，而不应大腹便便；同样，来自远方的波斯人也应该富，而不应该穷，这就是世界的秩序，是知识。当然世界与它的秩序、生活与关于生活的知识之间常有不相称，这就需要予以矫正，就要讲故事，比如我们得知，“穷波斯”的大腿中可能藏有宝珠，于是“不相称”终于还是“相称”了。

在李勉的故事里，波斯人“抽刀决股，珠出而绝”——随着鲜血迸溅，一颗璀璨的珠子自腿上的伤口中滚落，这种惨酷而隐秘的藏珠方法在唐人小说中时有所见，且多行于胡人之间。当然，如果不幸碰上硬点子，藏在哪儿也没用。武则天当朝时，一胡人从和尚手里重价购得一枚珠子，那珠子不过拇指大小，微青，和尚本来不以为贵，现在被人家当宝贝一样买走了，想来想去，大概越想越觉得吃亏，竟一个小报告打到了武则天那里。胡人被捕，官府令他交出珠子，那胡人答道："已被我吞下肚去了。"谁知官府一拍公案，喝令衙役给他开膛。胡人一看不是事，只得讨一把刀，自己从腿上把珠子剜出来，我估计也没人给他打麻药。

——"波斯"本是今之伊朗，但在唐时也泛指胡人。特别是来自阿拉伯半岛、南洋诸岛的外国人，那些佶屈聱牙的国名我们记不住，又没学过世界地理，记住了也还是不知他到底从何而来，所以笼而统之，都叫"波斯"，盖因当时的波斯执中外贸易之牛耳，扬州城中，遍地"波斯胡店"，富商巨贾，手笔豪阔，国人为之侧目。

也许正是从那时起，中国人就坚定地认为，凡外国人都有钱，"穷波斯"不相称，"穷老外"也不相称——这也是我家楼下李大爷的看法。李大爷的修鞋摊上时有洋人光顾，李大爷捧一双船一般的大鞋，细针密线修补妥帖，然后看着洋人远去，就喝口茶，叹道："这老外真是，越有钱越抠门啊。"

老爷子的智慧通常是渊源有自，难以辩驳。比如现在，我就得知，李大爷千年之上还有一位李商隐，他们对事物的看法一脉相承。当然，李大爷论证"老外"之富有只有一个简单实用的尺度：钱。而在李商隐的时代，"胡人"的财富却不能以金银或钱币衡量，这些来自远方的陌生人，他们之富有超出了我们平庸、日常的经验，只能付诸想象，而想象将指向某个超现实的表征，比如珍珠。唐人小说中，惊世骇俗的珍珠大多来自胡地，经历了万里波涛而流落中土，它们往往有神奇的魔力，这种魔力在沉睡，等待着被一个胡人唤醒。

——那位险些被开膛破肚的胡人后来被带到武则天面前，武则天老佛爷把那枚珠子拈在指间迎着阳光左看右看，看了半晌，说："也没什么名堂嘛，你花那么多钱买来做什么？"那胡人已晓得厉害，不敢不照实答话："小的家乡有个大湖，湖里有无数的珍珠宝贝，只是满积淤泥，捞不出来，只要把这珠子扔进去，泥马上就变成清水，宝贝一网一网只管捞。"

当然，他再也别想得到他的珠子了，那颗神奇的珍珠从此藏于深宫，据说唐玄宗时还有人见过，后来就不知下落了，也许被哪位宫女镶了首饰。

珍珠在唐朝大概相当于18和19世纪英国人眼中的钻石，是神奇的财富，也是危险的财富。它远比金银和钱币贵重，却不像金银和钱币那样可以理解、稳健牢靠，它是脆弱的，像阳光下的气泡。总有一天，你的家门口会出现几个形状诡异的胡人，他们用半生不熟的汉语问："你假地烛子，埋不埋？"——这场面像威尔基·柯林斯的《月亮宝石》，届时，宝珠将离你而去，重返故乡。

珍珠就是这样的东西：它有如人世的浮华。

——所以，清少纳言写道：“穷老百姓家里下了雪，又月光照进那里，都是不相配的，很可惋惜的。”她在如雪的纸上写下这行流丽的字，那时是深宫的深夜，华贵酣沉。

而很多年后，清少纳言老了，她又回到京都，贫病交侵，孑然一身。在下雪的日子，又有凉薄的月光照到庭前，她也许会忆起，多年前，在红烛高烧的夜里，她写过的《不相配》。

沉水、龙涎与玫瑰

沉　　水

“沉水”是一种香的名字，据《梁书》载：“沉木者，土人斫断之，积以岁年，朽烂而心节独在，置水中则沉。”

于是我们知道它为何名为沉水，木头通常会漂在水上，而它却会沉向水底，所以鉴定一块沉香的办法就是取一盆清水，看它在水底幽然沉静。

李贺有一首诗，《贵公子夜阑曲》：

袅袅沉水烟，

乌啼夜阑景。
曲沼芙蓉波，
腰围白玉冷。

这位贵公子想必气度高华，就像武侠小说里常说的，宛如“玉树临风”。但这幅图中却有一种轻寒、脆弱，风过荷池，腰间玉带为之冷，公子兀自伫立，谛听乌啼，所谓“月落乌啼霜满天”，夜阑时分人是如此寂寞。

但有“袅袅沉水烟”，这是寂静中的微动，是心动，心之动微微袅袅，如夜阑清梦。

香烟袅袅，这种香名为“沉水”，似乎就是为了能在此时入画、入诗，因为“沉水”二字是哑的、静的，正好可以压住“烟”，不让它闹，让它悄然化入这个深静的凌晨。

好吧，我们可以不再谈诗，谈诗的时候我们会感到汉语之美、汉语微妙的音响和质地均已销尽，唯余茫茫。现在我们谈谈“贵公子”，这样的人依然活在大众的想象中，他身怀绝世武功，腰围玉带，居于深深庭院，庭院中有湖池曲沼，正荷花盛放——最后，但最重要的，是居室中彻夜焚烧着沉水之香，那随风消散的气味在千年以降的想象中通常会被遗漏。

开元天宝年间，长安有一人，名为王元宝——看这个名字，你就知道这位老兄肯定很胖。人如其名，王元宝很有钱，他的主要问题是怎么花掉无穷无尽的钱，为此他艰苦卓绝地折腾，累得要死。在王元宝想出的诸多花钱的法子中，有一种就是焚香。《开元天宝遗事》的作者屏住呼吸写道：王元宝“尝于寝帐床前雕矮童二人，捧七宝博山炉，自暝焚香彻晓，其骄贵如此”。——也就是说，如果一个人，也不怕熏着呛着，在床头置一具香炉，从黄昏开始焚香，一直烧到次日天亮，其效果就跟烧钱一样。

由此我们就知道了贵公子之“贵”，那一炉烧到夜阑的“袅袅沉水烟”即使在富丽铺张的盛唐也足以倾动视听。但同样是“贵”，王元宝是“骄贵”，“贵”得闹，他一定恨不得满长安的人都来看他睡觉，而画和诗中的公子是静的，如金般的沉水寸寸燃尽，香烟如无主自开的花。

同为焚香，有的是烧钱，有的是焚心，但无论如何，沉香总是异常珍贵。据张知甫《张氏可书》记载：“燕瑛罢广漕还朝，载沉水香数十舰以遗宦寺，遂尹应天府，时人谓之香燕大尹。”——时间已到了宋朝，这位燕瑛从广东转运使任上内调，带了十几船的沉香回来送礼，于是得到了另一个肥缺。但看起来宋人和今人一样眼里容不得沙子，而且一样的嘴不饶人，这位燕府尹就得了一个外号：“香燕大尹”。“燕”同“艳”，这就很刻薄，况且谁都听得出该大尹是臭是香。

当然，同样古今一理的是街谈巷议难免夸张，燕瑛虽贪渎，但沉香载了一船队亦不可尽信。沉水为珍稀之物，所以可以换官，浩浩荡荡十几船，倒像是倒卖木材了。

但由此我们却可看出沉水的流通路径：它是从广东来的，宋朝如此，唐朝也是如此。广东在古代中国是散发着奇香的地方。

在西方，中国一直被认为是沉香的产地。唐宋年间，波斯湾的商人浮海东来，采购沉香。当然，他们也从远方带来珍异的香料，比如乳香、没药，那都是《圣经》中的香：

> 那从旷野上来，状如烟柱，发放没药、乳香以及各种舶来香料香气的，是什么？[①]
>
> （《旧约 · 雅歌》3：6）

① 此处为思高本译文。

是什么？在《圣经》中是欢乐的新郎、耶路撒冷大道上迎亲的仪仗，而在唐朝，那是南中国海上从天际渐渐浮出帆樯的“波斯舶”。天宝八年（公元749年），东渡日本的鉴真和尚遭遇风暴，漂流至海南万安州，受到横行海上的大盗冯若芳的款待，“若芳会客，常用乳头香为灯烛，一烧一百余斤”（《唐大和上东征传》）。——一位满怀圣洁宗教精神的高僧惊骇地目睹人类的贪婪和放纵，那是金子般的香啊，在遥远的索马里，晶莹的树脂一滴一滴落下，“当接住一滴时，紧接着就会有另一滴滴在它上面，然后结为一体”（普林尼，《博物志》）。于是，一棵树用它的精华凝结成一枚乳房，它经由驼队、海船，跨越印度洋，最后落到抢劫商船的大盗手里，像火把一样，焚烧。

古代世界和现在一样，物比人走得远。我天天面对我的电脑，但我永远不会见到它全部的设计者、制造者和销售者，那肯定是一份冗长的名单，他们生活在不同的国度，他们之间大多并不相识。现代工业的每件产品都经历着、联系着广大的世界，理论家们以此为证，向我们宣布一个全球化时代的到来。但其实，这个时代早已到来：三千年前殷宫中占卜的龟甲有的竟来自马来半岛，而一千年前，来自索马里的乳香就在唐朝的香炉中烟云缭绕；当然，在古代，这种“全球化”体验是令人敬畏的特权，而现在——现在又何尝不是呢？只不过特权扩散和贬值的速度比古代更快。

所以，尽管风涛险恶，还可能碰上冯若芳这等剪径的魔头，“辛巴德”们还是年复一年乘着西南季风来顺着东北季风走，当他们在广州的蕃坊出售乳香而收购沉香时，他们其实是在交换珍贵的“全球化”体验，这可是一本万利的买卖。

——来自大唐的沉香，这就够了。商人们并不在意沉香的确切产地，就像你不在意你的耐克鞋其实是福建制造。

是的，沉水之香主要产于一个名为“林邑”的国家，其地大概就在现在的越南南部一带。广州的中国商人通常在安南边境采购沉水；而在古之安南、今之越南北方，商人们要远道跋涉，前往林邑办货。在那里，林邑的商人刚从热带森林中的土著部落买下一批沉香。

——这是一个非常复杂的贸易体系，从林邑的森林深处延伸出去，在每一个环节上分枝分叉，最终覆盖了古老的东方世界。站在这张网最初的结点上的是赤身裸体的“森林人”，热带的阳光灼照着他黝黑的皮肤，他注视着面前这棵树，他知道这棵树病了，将把它砍断，粗大的树呼啸着、惊叫着倒下去，然后，森林寂静，似乎鸟都停止鸣叫，阳光更猛烈地倾泻下来。

过了两年、三年，也许是四年、五年，森林人来到老树身边，枝叶已经销尽，老树只余朽烂的树干，他抽出雪亮的刀，把表皮一层层剥去，直到颜色深暗的树心袒露出来，这时他笑了，他闻到了浓烈的芳香。

没有人知道森林人以怎样的价格出售沉香，我估计他们会换取一些小饰品，还有铁器，比如用来砍树的刀。无论如何，在这个“全球化”体系中他们占取的是最微小的份额，他们很可能并不知道那些饱含树脂的木块的最终用途，也不知道它在离开森林之后有了“沉水”这样的名字，体现着巨大的财富。

现在，再看看那棵树，据《太平御览》引竺法真《登罗山疏》：“沉香，叶似冬青，树形崇竦。”

——一棵高大的、长着墨绿色叶子的树，此时它仅仅是一棵树，是纯净的“物”，还要很多年，它才会化为“袅袅沉水烟”，化为精神、梦想和美，同时也化为冷酷、贪婪和放纵。

片断（摘自笔记）

案头一炉香，袅绕不已，这屋子便是“雅室”。当然，案必是紫檀条案，或朱漆螺钿的小几；香炉亦不能含糊，真正的宣德炉，精光内蕴。

不能开窗，至少在有风的日子里不能。香烟不是狼烟，东南风烟向西北去，西北风烟向东南去，人在下风倒也罢了，站在上风竟白送了一堂香气。李渔为此大伤脑筋，最后也只想出随着风向搬香炉的办法，于《闲情偶寄》中一本正经地说，香炉“体宜静而用宜动”。

动静、体用，二元并立如两脚着地的骑墙，但墙头马上，真骑上去难得稳当，那香炉无论是自己搬还是王升刘二搬，一动总是破了一静，如果风向多变，那真是春水荡漾，没个消停了。

所以，有风的日子不宜开窗，但无风的晴天最好也不开窗，响晴的大太阳晃得满堂热闹，消了焚香之境。

焚香之境静而幽。静，倒不一定万籁俱寂，蝉鸣蛙鼓，夜雨敲窗，皆可平生幽意；要紧的是收起人声，老爷焚香独坐，仆妇们不可在窗下吆鸡喝狗，柴米油盐。

大静时，一缕白的，或者竟是淡蓝的烟在暗影中袅动。老房子采光不足，最宜焚香，上了百年的老宅，阴翳自屋角墙缝漫出来，铺排于隔断、屏风、帷幕之间，暗影重重，香气也便一重一重潜行暗度。

于是，主人就该出场了——他已经站在那儿，或者坐在那儿，他的背影瘦削，——他当然是瘦削的，就像精神是瘦削的一样，他怎么可能肥胖呢？——他想必是穿着长袍，穿着长袍的瘦削的背影落寞、修洁。他不一定盯着袅动的烟，他在读书、写字，或是画画儿，或者他竟是兀自站着、坐着。

那么，又何必焚香呢？是的，真的不必。除非心游于外而成烟，于大静之中袅然微动——

一个人伴着一炉香，如一朵花或一条河或一种景色对应着一句诗，一句诗不能穷尽花、河或景色，却使一朵花、一条河或一种景色被凝视。

焚烧的香表演着心的轻、静、幽然，这是自由，却是轻的、静的自由，不惊动别人，也不惊动自己，如一支在夜色中衔枚疾行的奇兵。

所以需要焚香，需要一套格律精严的仪式遮蔽和消解这种自由的紧张。

龙　涎

张华《博物志》中记载了一个故事：

> 西域使献香。汉制：献香不满斤，不得受。西使临去，又发香器如大豆者，试着宫门，香气闻长安四面数十里中，经日乃歇。

这个故事有一个比较无趣的开头：人家万里迢迢来献香，咱们大汉官员提着一杆秤等着，分量不够一斤不收。当然设立这个制度有它的道理，你拿块一两几钱的香料来，这也算是送礼啊？

但是接下来，事情就变得有趣了。一天清晨，长安的市民们起了床，喂了他们的狗、猪和鸡，然后他们开始吃饭——两千年前的清晨和现在一样弥漫着烟火气。忽然，所有的人，或者说几乎所有的人都停止了咀嚼，他们呆呆地注视前方，鼻翼急剧翕动——家里如果有感冒伤风或得鼻炎的人一定会感到奇怪：莫不是不约而同地要打喷嚏？但很快，连他们也闻到了，香气如浪涌来，推窗看去，阳光猛烈，全长安的狗叫成一片。

香气满长安。从帝后朝臣到贩夫走卒，上百万的人都醉了，街衢巷陌间，所有的人都仰着头、闭着眼，走路晃晃悠悠。当夜幕降临，长安几乎每一张席子上都翻滚着在亢奋情欲中相互缠绕的躯体……

如果你把鼻子伸到两千年前，去经历那场嗅觉的狂欢，必要的准备工作是先把鼻子伸向你的垃圾桶。汉代的长安无疑是当时世界最伟大的城市之一，是权力、威望、文化和财富的中心，但它的基础设施和市政管理显然不足以确保它空气清新，到处是垃圾和污水，弥漫着酸腐、浊重的臭气。天空是明净的，但人在他的生活环境中却像被各种各样的怪味腌制起来的鱼：没有卫浴设备，室内通风不好，又没有空调换气……

在这一派浑浊中，人梦想着香，如海底的鱼梦想着天空。

于是，在公元前那个遥远的日子，一个气味的乌托邦降临长安城。这本是一件妙事，但恐怕汉武帝不会这么想。皇帝应该无所不知，应该控制一切知识和事实，现在香满长安而且日复一日地不散，皇帝却和大众一样莫名其妙，我要是皇帝我也会急得睡不着觉——于是侦骑四出，长安的街头巷尾出没着鬼鬼祟祟的制服和便衣，一律伸着鼻子闻啊闻，最后七八十个鼻子灵的衙役不约而同地一路闻到了宫门口。

现在，事情终于有了一个说法：是外国人搞的鬼。长安的市民们听了长出一口气：怪不得呢……但接着还有感慨：外国的香料就是香啊！

——来自异域的奇香。

于是还有另一个宋徽宗政和年间的故事，出于蔡絛的《铁围山丛谈》：

> 时于奉宸中得龙涎香二，……香则多分赐大臣近侍。其模制甚大而质古，外视不大佳。每以一豆火爇之，辄作异花气，芬郁满座，终日略不歇。于是太上（按：指宋徽宗）大奇之，命籍被赐者，随数多寡，复收取以归中禁。因号曰“古龙涎”。

——如果你仔细读，就会发现这个故事和《博物志》中的故事有一个微小而确凿的接合点，就是“豆”这个字眼，西域使者以一枚小如“大豆”的香料香彻长安，而徽宗皇帝取了一粒“豆大”的龙涎，焚烧时竟如异花盛放，“芬郁满座”，终日不散。

汉代是一个浑朴豪迈的神话般的时代，那时的人是武士，做梦都是阔大的，所以一“豆”香四野；而宋人是哲学家、艺术家、工匠和商人，梦更精致，感官更灵敏，销尽了纵横世界的霸气，他们退隐于室内，写瘦字，聆细乐，对一“豆”之香的惊叹也就仅止于“满座”了。

徽宗是风雅皇帝，从宫中库里翻出两罐龙涎香，分赐群臣，这本是韵事，但后来又派人到各家各户，勒令人家把前些日子皇上赐的香再交出来，这就有点不讲理。当然没有人跟皇上讲理，所以不管还烧剩下多少，赶紧交上去。“古龙涎”遂散而复聚，重归禁中。

“龙”至尊至贵，“龙”之“涎”当然珍异。皇帝为龙之传人，你可以把这种说法视为修辞，但古人这么说时却是认真的，他们在陈述一个事实：皇帝不是像龙，他就是龙——在古人的世界观中虽不可得见但必然存在的一个珍稀物种。因此，对古人的话必须当真，龙涎香确是“龙涎”：龙在盘旋、飞舞，嘘气成云，飞沫作雨，晶莹的涎水流淌下来，落向大地，在阳光下慢慢凝固，收敛光华，成为灰白色的物质，看上去竟凡庸无奇。

但是，只要有火，纯净的火将使它化为烟，化为无以名状的香，像灵魂脱离了沉重的躯体。灰暗的龙涎中就隐藏着一个最轻的灵魂，等待着飞升的时刻。

关于龙涎香的形成，中国学者的研究成果大抵如此。但这个知识谱系中还另有一支，我们可以称为波斯和阿拉伯学派，他们对此别出心裁，而且聚讼纷纭，莫衷一是。概括说来，可分三种：

1.“泉水说”：这是从海底的泉水中流出来的物质。

2.“露水说”：这是一种露水，它生于岩石，然后流进大海，并在大海中如水银般凝结起来。

3.“粪便说”：这是某种神奇动物的粪便。

上述诸说中最后一种最为大胆，得有十分坚强的自信才能说服人们相信某种动物的粪便是天下奇香；另外两说都与海有关，而中国学派的“龙涎”说其实也透露了海之消息。

唐人段成式《酉阳杂俎》中记载了一个遥远的“拨拔力国”：

拨拔力国，在西南海中，不食五谷，食肉而已。常针牛畜脉，取血和乳生食。无衣服，唯腰下用羊皮掩之……

——你展开一张世界地图，从旧日的长安、今天的西安，向着西南方，越过青藏高原、印度、印度洋，你的手指就会落在一个地方，那就是“拨拔力国”，今日的索马里。千年以前，波斯的商人们浮海西来，采购象牙和龙涎香。

古时的茫茫大海是凭着经验、技巧、勇气和机缘才能跨越的自然界限，同时也是知识的界限。“海客谈瀛洲，烟涛微茫信难求”，人类在海上寻求知识就像追寻事物的影子，他们看到了，但漂游过去时，那里却是一派空虚的沉寂。在沉寂中，人发出声音，他们讲述影子的故事，为自己提供想象的知识。

——此时，那真正的事物已经游得很远了，千百年以后，它才偶然地、清晰地进入人的视野：那是一头鲸鱼，一头抹香鲸。

在印度洋中曾经游弋着无数的抹香鲸，波斯和阿拉伯的商人们在漫长的航程中应该经常看到它们的踪迹，但没有人想到那就是龙涎的来源：在抹香鲸的肠内有一种病态分泌物，它被取出、凝结，状如灰色的琥珀，这就是龙涎。

所以，“粪便说”竟是正确的。知识有时是对世界之美的毁坏，有些事你知道还不如不知。在宋朝，一个在龙涎清芬的异香中陶然沉醉的雅士并不知道这是鲸鱼肠道病变的产物，他只知道这种香来自遥远神秘的异域，他呼吸着万里之外的气味，他的感官和心绪都变得很细、很长。

从宋朝开始，龙涎香成为中国和阿拉伯半岛之间繁盛的海上贸易的重要动力。“动力”这个词并不过分，驱使人类中的一部分去结识另一部分的原初力量既不是亲善的意愿，也不是求知的好奇，而是对“物”的想象，是在“物”的交换中产生出来的巨大的价值剩余。哥伦布的探险可不是为了“发现”印第安人，而是为了追逐丁香、肉桂和据说遍地皆是的黄金。

于是，龙涎香在广州、泉州，在帆樯云集的各大贸易口岸进入中国，巨额的利润随之流入大宋的国库。宋朝政府对所有进口香料实行专卖，也就是说，政府是对外的唯一买家和对内的唯一卖家。这个精于买卖的宋朝在今人的历史视野中是陌生的，我们忘记了是宋朝人发明了纸币，他们还是罗斯福式的国家资本主义“新政”的推行者。到南宋时，进出口关税收入已经占国家财政收入将近三成，我不知道这个比例较现在是低了还是更高？

在这宏远的历史纵深中，我们才能看清“龙涎”，这种域外名香悄然暗度，潜入了宋朝人的室内，它的袅绕青烟成为这个国度的精英阶层日常生活情境的一个重要细节，在来自索马里的龙涎香气中，中古世界最优雅、最精微的精神生活徐徐展开。

片断（摘自旧文）

冒辟疆《影梅庵忆语》中写道：

> 姬每与余静坐香阁，细品名香。……沉香坚致而纹横者，谓之“横隔沉”，即四种沉香内隔沉横纹者是也，其香特妙。又有沉水结而未成，如小笠大菌，名“蓬莱香”。余多蓄之，每慢火隔纱，使不见烟，则阁中皆如风过伽楠，露沃蔷薇，热磨琥珀，酒倾犀斝之味。久蒸衾枕间，和以肌香，甜艳非常，梦魂俱适。

树林子里的风——虽然是伽楠树，即沉香树，一种香而浪漫的树，加上蔷薇花上的露、琥珀烟儿、犀角杯中酒，再和以人气汗味儿——雅称“肌香”，关门闭户慢慢闷蒸，于是就“甜艳非常，梦魂俱适”？

在下的鼻子也俗，隔着三百年伸过去竟嗅不出非常之“甜艳”，以俗人之鼻度才子佳人之鼻，那种暖而熟而闷的感觉，倒正教人昏昏欲睡而且睡得好。

冒辟疆与董小宛，这对17世纪的大众情人，“静坐香阁，细品名香”，此情此景，可入画，可入电影，但所“品”之味，却已随风消散，只遗下那么一串铿锵的比喻。伽楠、蔷薇、琥珀、犀斝，这些名词所指的花木和宝物有着强烈的词语效果，使你觉得那种气味超出感官之外，只能用精神去感受，你不能用你的大鼻子、小鼻子、白鼻子、红鼻子随便去闻。

比冒氏更早一点，16世纪的欧洲，据布罗代尔说，那时夏天里卧室的地下需铺以迷迭香、除蚤薄荷、牛至、茉乔栾那、薰衣草、洋苏草及其他香草。盛大的舞会上，舞厅的地板亦遍撒鲜花。

——一种浪漫而放纵的习俗。资本主义的罪恶之一，就是用地毯取代了鲜花和香草。如果你是个西马哲学家，你肯定能由此看出人与大地的疏离，人与自然的疏离，人的异化，等等。

不过还有些小问题，比如，彻夜狂欢之后，你扶着一位贵妇出大门、上马车，这时，你身后的地板上已是花尸狼藉，你却只顾痴看你的情人如花的笑靥；再比如，卧室里满铺香草，如果叠被子般一天一换，你家里得祖传下大片的草地，而且你的卧室也就成了忙忙碌碌的草场，所以，卧室里的香草是不常换的，大概总要沤上十天半月，直到雅室变成洞穴，然后像扫垃圾一样清理出去。“垃圾”，布罗代尔用的正是这个词。

静穆、香艳的香在东方人的日常生活中，在他们的卧室和书房里也早已熄灭。风吹去满堂香气，我们竟毫无察觉。

这是一部长时段的、烟雾迷蒙的历史。当我想象着撰写一部《香史》的可能性时，我感到那些纷繁如麻的线索足以牵动整个沉重的世界。比如，当冒辟疆感受着风过伽楠时，大片的伽楠林正沐浴着南洋群岛的海风，活跃艰险的海外贸易和隐秘的资本网络支撑着17世纪风流公子甜艳的梦。

我们的室内曾经弥漫着馥郁或清淡的香气，现在它消散了。这一事件是否出自我们的选择？——或许这样提出问题本身就是荒谬的，像在上帝面前的思考。因为在长时段的历史中，当你选择的时候，你从不真正知道你选择了什么。一只蝴蝶振动翅膀可能最终引起万里之外的一场风暴，或者一场风暴可能最终打湿了万里之外一只蝴蝶的双翼。我们就是那只蝴蝶。

玫　瑰

> 玫瑰：蔷薇科，落叶灌木，茎密生锐刺。羽状复叶，小叶 5—9 片，椭圆形或椭圆状倒卵形，上面有皱纹。夏季开花，花单生，紫红色至白色，芳香。[①]

——上文引自《辞海》第 1206 页，是用科学语言对一种花做出的描述。但花不仅是植物，花也是精神。当我们注视一朵花时，曾经在花前欣悦、伤感、沉醉和想象着的前人就回到我们身上。《简明不列颠百科全书》中，以“玫瑰”冠头

① 辞海编辑委员会,《辞海》(缩印本)。上海：上海辞书出版社，1980 年，第 1206 页。

的词条有“玫瑰传奇”“玫瑰经”“玫瑰剧院”“玫瑰十字会”“玫瑰战争”，逐条看下去，我觉得可以依此撰写一部中世纪欧洲的历史，涉及政治、战争、宗教、爱情和艺术。玫瑰是欧洲文明的花，但在这个多雪的冬天，在北京的花店里、婚礼上，在情人幽会时，在中国人的精神生活中有无数朵玫瑰开放。

《辞海》说，玫瑰“原产我国”，但我依然觉得玫瑰不是“我国”的花。中国的花是梅花、兰花、菊花、牡丹、桃花等，这些花都曾使古典美人芳心暗动，曾被我们的诗人反复咏唱，娇嫩的花瓣、花上的露珠、幽隐的花香，它们的形状、颜色和气味如密码般编入了我们的基因。而玫瑰呢？玫瑰是甚少入诗的花，它也许真的是“原产我国”，但不知为什么，它在漫长的岁月中竟难得入诗人之眼。

杜牧曾有诗咏蔷薇：

朵朵精神叶叶柔，
雨晴香拂醉人头。
石家锦帐依然在？
闲倚狂风夜不收。

诗写得不好，杜牧诗过于轻易，换了李贺，此等诗一天就能诌出七八首，大可不必呕心沥血。但引这首诗不是为了谈诗，而是为了谈蔷薇，谈植物分类学上的一个疑难。玫瑰属蔷薇科，此科包括众多花木，比如桃、梅、李、杏、苹果、梨、月季、樱花。古人当然不知何为蔷薇科，这些花木都各有名字，它们在自己的名字中被确切地识别，但只有玫瑰，它的名字常被遗忘，人们就漫不经意地把它称作“蔷薇”。唐人徐夤诗：“芳菲移自越王台，最似蔷薇好并栽。”宋人杨万里诗：“非关月季姓名同，不与蔷薇谱牒通。”明人陈淳诗：“色与香同赋，江乡种亦稀。邻家走儿女，错认是蔷薇。”——看起来，从唐朝到明朝，中国人一直分不清蔷薇和玫瑰，所以，你很难说那些摇曳于杜牧诗中的花其实是玫瑰还是蔷薇。

五代时后周世宗显德五年（公元958年），占城国王遣使朝贡，贡品中有十五瓶香水。占城在今之越南，不知当时操何种语言？反正翻译在缮写礼单时提笔就是一行：

蔷薇水十五琉璃瓶

于是，“蔷薇水”被封存在记忆中，持久地散发香味。

《太平寰宇记》写道："凡鲜华之衣，以此水洒之，则不黦而馥，郁烈之香，连岁不歇。"——这段话可以登在时尚杂志上，作某个牌子香水的广告，而在宋朝，从李师师到阎婆惜、从宋徽宗到浪子燕青的时尚男女们也都会因这段话而屏住呼吸，他们在想象中沉醉于华美的衣袖袍襟上郁烈的香气，如蔷薇花遍体开放。

是的，在那个时代，每一个鲜衣华服的男人和女人都像一个移动的花篮。如果你走在11世纪的开封大街上，忽然感到香气扑鼻而来，你就赶紧让路吧，因为他们就要来了——那是神话般的场面，陆游在《老学庵笔记》中追忆道：

> 京师承平时，宗室戚里岁时入禁中，妇女上犊车，皆用二小鬟持香毬在旁，而袖中自持二小香毬，车驰过，香烟如云，数里不绝，尘土皆香。

也就是说，如果你回家时一身的香气，遭太太查问，你只要说：今儿碰上某某府里的小姐进宫。你就可以顺利过关了。"尘土皆香"，路人能不为之香乎？实际上，中古时代那些坐在车上的男人们也是香的，他们对身体之香的追求丝毫不让巾帼，比如北宋时有一位大臣赵卞，清正刚直，有“铁面御史”之名，按说是酷煞了的一个男子，但该老先生有个精致的习惯，家里长年累月烧着熏笼，每天脱了衣服随手往笼上一扔，再穿时香气袭人。这不是他的毛病，而是当时的风尚。所以如果你一鼻子闻到开封府，发现堂上打坐的黑包公也是一身香气，那并不是你的鼻子出了问题。

——2000年的1月，有一天，一群人围坐在一张椭圆形长桌前，一个人在说话，每个人都在等他说完，然后轮到自己说。你耐心地听着，你终于明白，原来他们在探讨“中产阶级价值观”。屋里很热，这是一幢发了大财的机构盖起的大楼，中央空调的温度充分显示着志得意满的富足。还不能抽烟，刚才你刚点上一根烟就有一位小姐走过来彬彬有礼地说：“对不起，先生，我们这里全楼禁烟。”你不知道什么是“中产阶级价值观”，你对此不感兴趣，于是你就走出会议室，在走廊里闲逛。不时有人匆匆走过，女的必穿套装，男的西服革履，每个人都是不胖不瘦，牙齿雪白，头发一丝不乱。他们的表情庄重，他们在工作，迎着他们的目光你感到自己成了某种透明的物体。你抽出一根烟，点着，你把烟灰弹在紫色的地毯上，你想：还用费尽口舌地探讨吗？这里就是一个中产阶级价值观的集中营，当然每个人都干净整齐，但他们的生活不可救药的无趣。

于是，你就有点怀念宋朝了，一身香气的“铁面御史”是有趣的，那是他的身体，他可以率性而为，要是胃口好就胖起来，要是烦恼多就瘦下去，爱干净当然就一尘不染，要是脏着舒服就扪虱而谈。他不必接受对身体的专制，他喜爱自己的身体，他甚至可以像浪子燕青或九纹龙史进，刺一身青。

在此之前，在唐朝，中国人优雅地放纵自己的身体，男人和女人身上的香气熏人欲醉。事情有时会有趣到滑稽的地步，比如唐朝有位老兄，每当开口说话，嘴里必先含上沉香或麝香，于是“方其发谈，香气喷于席上”（《开元天宝遗事》）。中国古人并非不曾发现自己的身体，他们发现的方式不是使身体暴露在阳光下——黄河边不是地中海，不穿衣服会着凉——而是使身体笼罩在香气中，郁烈的香气夸张地表达着他们对身体的关注，香气随风弥散，在身体周围洇染出华丽奇异的想象空间：

平明小猎出中军，异国名香满袖薰[1]。
画榼倒悬鹦鹉嘴，花衫对舞凤凰文。
手抬白马嘶春雪，臂竦青骹入暮云。
落日胡姬楼上饮，风吹箫管满楼闻。

此诗题为《少年行》，唐人章孝标所作。那位“异国名香满袖薰”的少年武士在岁月中渐行渐远，迄至明清，他已经走出了中国人的视野，人们不再那样想象自己的身体。唐人的身体曾经像深山的虎、林中的豹，有瑰丽的花纹而又威猛刚健。

在大唐的落日余晖中，宋朝徐徐展开，花事将尽，一切都显得有些勉强，但一切都有一种熟透了的浓艳。到了徽宗政和三年（公元 1113 年），后来写下《铁围山丛谈》的蔡绦在宫中的仓库清点五代宋初以来各国的贡品，他惊异地发现当年占城进贡的蔷薇水仍有数瓶留存：

虽贮琉璃缶中，蜡密封其外，然香犹透彻，闻

① 今为“熏”。

数十步；洒着人衣袂，经十数日不歇也。

从公元958到1114年，一百五十六年时间，改朝换代，世事如白云苍狗，原来都经不得蔷薇水一缶之香。而到蔡绦写《铁围山丛谈》时，开封早已沦陷，故国不堪回首，那几瓶蔷薇水恐亦委弃于残垣断壁，琉璃碎片上或有余香？这神奇的香水终是消散了，只有蔡绦笔下的一行字留下它们最初的痕迹：

> 旧说蔷薇水，乃外国采蔷薇花上露水，殆不然，实用白金为甑，采蔷薇花蒸气成水，则屡采屡蒸，积而为香，此所以不败。

由此我们得知蔷薇水是蒸馏提取的，从开封的皇宫要走很远的路才能抵达蔷薇水的故乡——那却不是占城，当初占城使者进贡时就已明言，蔷薇水来自“西域”。这位使者的中文名字是蒲诃散，中古时代的蒲姓多为穆斯林，所以我们还得登上扬帆南归的波斯舶，由马六甲海峡西去。披拂着印度洋上的海风，你越来越清晰地感觉到一种新鲜、生涩的香气——这本来就是一条输送香气的海路，不同种族的人们在这条路上交换他们的嗅觉经验、他们对香的想象和发现。香气越来越浓重，你知道这是蔷薇水的味道，你想象着在远处若隐若现的陆地上流淌着蔷薇紫色的汁液。

于是，你上岸了，船员们会用波斯语告诉你，这里是法尔斯，毗邻波斯湾。你看到大片的鲜花在大地上开放，“茎密生锐刺。羽状复叶，小叶 5—9 片，椭圆形或椭圆状倒卵形，上面有皱纹。夏季开花，花单生，紫红色至白色，芳香。”——即使这时，你可能还不知道，这是玫瑰，不是蔷薇。

——令宋朝人为之沉醉的蔷薇水实际上是玫瑰制成的，它的正确名称应是“玫瑰水”。

博尔赫斯曾经引用柯勒律治的一段话：

> 如果有人梦中去过天堂，并且得到一枝花作为曾经到过天堂的见证，而当他醒来时，发现这枝花就在他的手中……那么，将会是什么情景？

——那么，首要的问题是搞清这朵花是蔷薇还是玫瑰。

附记一：

抹香鲸之病

龙思泰《早期澳门史》中在介绍 18 和 19 世纪广州的主要进出口商品时谈到过龙涎香，抄录如下：

> **龙涎香：**本品常易与琥珀混淆，它与琥珀外观有点近似，使用目的也几乎相同。然而二者的来源相去甚远。琥珀是一种植物宝石，而龙涎香则取自抹香鲸肠子里的一种物质。它可能是在抹香鲸生病的时候产生的，虽然还不能确定究竟是病的结果还是起因。当鲸第一次被鱼叉击中时，如果没有粪便排出，水手们便预料会有龙涎香。曾有在一头鲸内

取出362盎司龙涎香的。坎普弗尔断言日本人就是这样采集龙涎香的。然而大部分的龙涎香是在印度洋和太平洋的众多岛屿的海岸，在暴风雨之后捡拾到的。荷兰人以前购买很多的龙涎香。他们给蒂多雷（在今印度尼西亚）国王11 000里克斯银圆，买一块182磅重的龙涎香；而托斯卡纳（意大利中部地区）大公则愿意出价50 000里拉来买它。法国东印度公司曾经有一块龙涎香重225磅，估价52 000法郎。非洲的海岸盛产龙涎香，量多块大。好的龙涎香呈灰色，带黑黄斑点，像蜡一样软而带黏性，熔化时完全消失。中国人实验它的好坏是将一些刮得细细的龙涎香投入到滚热的茶里，如果是纯净的龙涎香，就会在茶液中向四周均匀地扩散开来。冷的时候，它只有很淡的味道或气味，但用手抚弄的时候，就会发出芬芳的气味。龙涎香在水里会浮起。纯白色的，外表平滑、质地划一的，都不可入选，因为那一般是人工假造的。[①]

① 龙思泰，《早期澳门史》，吴义雄译。北京：东方出版社，1997年，第328页。

附记二：

闻香识女人

故老相传，乾隆皇帝有一来自回疆的妃子，体有异香，名为“香妃”。征诸史籍，确有其人，但是否确有其香就不得而知。

我们想象万里之外的异域，我们也想象女性的身体，女性的身体也是“异域”。通往异域之路有大漠高山，而在另一种冒险中我们经历着空气中神秘、危险、充满诱惑的香气。闻香识女人，所以香妃来自回疆，来自回疆的香妃体有与生俱来之香。

与生俱来的体香在生理上是可能的吗？这就不好说了。不过唐人苏鹗的《杜阳杂编》中讲过一个故事：一位母亲，从小就给女儿喂香，把香料当饭吃、香水当水喝，经过如此匪夷所思的改造，女儿成人后果然就散发着天然香气。她成了倾动长安的名妓，连当朝宰相元载都沉醉于她那神秘的异香。

还有一事，见于《开元天宝遗事》，长安有妓名为“莲香”，“每出处之间，则蜂蝶相随，盖慕其香也”。莲香之香大概是全凭熏香炉、洒香水，但类似的场面我们却可以在20世纪90年代走红的一部古装电视剧里看到，其中出现了香妃，而香妃也有“蜂蝶相随”。

抹香

忙完了这场热闹，匆匆去赶东京的晚餐。出门一望，那两树白海棠竟要谢了。

据说这是万寿寺移过来的海棠，每到春日，蓦然盛开，惊心动魄。月下看去，竟似闹鬼。

《源氏物语》里，源氏在秋日山川间跳唐人、胡人的《青海波》，“四十名乐人绕成圆阵。嘹亮的笛声响彻云霄，美不可言。和着松风之声，宛如深山中狂飙的咆哮。红叶缤纷，随风飞舞”。源氏的“辉煌姿态出现于其间，美丽之极，令人惊恐！”

后来读到此处，无端便想起了那白海棠。

一个朋友曾夸道：张爱玲说，海棠无香，咱们这两棵香得很！

车门推开的瞬间，臭汹涌而来。

浑厚的、雄伟的、青铜般的、地狱般的、威严的、辉煌的臭，在海边，台风中的巨浪耸然壁立——

他被淹没了、灌满了，臭像熔化的铅沉沉灌注进身体，这皮囊、这心肝脾肺肾，猛地坠下去。

海风吹动头发，但无法呼吸。在海底，两千米的深海，抹香鲸屏住呼吸，每平方厘米皮肤承受三百公斤压力，巨大的心每分钟跳动一次，游弋一小时，然后，轰然而起，向着海面、空气和天空……

老错碰碰他，递过酒壶。他喝了一口，又喝了一大口。不要命的酒顶上去，冲开一条路。喘口气，把酒壶递还给老错。老错喝了一口，眼睛向前指了指——

他看见它了。

它在眼前这道斜坡的那一边，只能看见它隆起的背部，巨大的青褐色的弧，衬着阴郁的天空，微微发亮。一只黄色的起重机吊臂在上方鬼祟地移动。

老错说，走吧。

他从老错手里拿过酒壶，靠在车门上，又喝了一口。琅琊台，73 度，这酒其实是与这庞大的臭相配的。他有点意外地发现，自己竟是平静的，也许是被这臭打蒙了。他甚至想起，或许可以用臭豆腐、用鲱鱼罐头下酒。

两个人，老错在前，他在后，向它走去。

回来的路上，老错忽然停下车，两个人进了一个菜市场。早春的菜市场，铺排堆积着水嫩的绿。他真是喜欢这里，人间的鲜亮可喜尽在南方的菜市场。有时出差，时间来得及的话，他会去随意转转，买一纸箱子青菜带回北京。但今天，所有的人都躲着他们，人群迎面而来，又迅速地两边闪开。他们是两条劈波斩浪的鱼，臭气袭人的鱼。

他不知道要来干什么，他只是跟着，这时他开始头疼，他觉得那臭已经在体内像混凝土一样结成了固体。他想，也许老错是想买点中饭的菜，他们这个味道，显然是不能进任何饭馆了。

老错在一个菜摊前停下来，指了指香菜：有多少？

看摊的是个壮硕的少妇，她显然被臭呆了，茫然地看着这两个人。

来二十斤！

那女子张着嘴，摇了摇头，也许她想说她的摊上没有二十斤香菜。

老错说：把这菜市场的香菜全抱来！

他们回到老错的家，在门厅里直接脱个精光，衣服各自装进一个大塑料袋，系紧。然后，老错打开房门，探出身去，把塑料袋放在楼道里。

两个人互相看看，都是白而肿的中年人了。老错指了指屋里，你先去。

他抱着一堆香菜进了浴室。以香菜驱除尸臭，这是老错向一个法医朋友讨来的办法。老错的浴室很宽敞，风格硬朗，黑白分明。他站到浴缸里，拧水龙头，试水，不能用热水，他想，热气腾腾的水处理如此的臭，那就是屠宰场。

冰凉的水喷泻下来——

啊——啊——内脏倏然紧缩、提起，他强忍着不叫出声来，让水冲击着头顶，他感到这张皮正随着冰冷的水向下褪去。

他抓起一把香菜，拼命在身上擦。

香菜的气味和冷水刺激了麻木的嗅觉，他忽然感到必须吐一场，他慌忙关掉水龙头，头顶住墙壁。好一些了，你不能吐，你也没什么可吐的，老家伙，别那么多愁善感，你得挺住。

他感到体内的呕意一波一波地消去，食道、胃，渐渐平静了一些。他又抓起香菜一把一把地擦着，他想他再也不会吃香菜了。他偶然抬头，看见浴缸对面的镜子里，这个人站着，绿色的汁液顺着身体肆意流淌。

那天，看了一眼海棠，直奔机场。晚上，已人在东京。按预定日程，与黑井千次等几位日本作家共进晚餐。都是七八十岁的老人，餐桌上的谈话暗自斟酌，彬彬有礼。话题渐渐来到了这一次要去的长崎。那是原子弹爆炸的地方，对我来说，那还是圣沙勿略和远藤周作的长崎，是大明后期和大清前期，中国商人、儒生和僧侣曾经前往的长崎。在江户时代，它是这个岛国唯一的对外口岸，相当于大清的广州，它是日本国的“壁橱”——这是法国作家埃里克·法伊的说法，他写了一本小说就叫《长崎》，他的意思是，如果说日本是一处公寓，那么长崎就是它的壁橱，幕府把一些危险的、可疑的东西放在这里，然后假装不知道，假装它们不存在。

那本《长崎》，我带着它在大雪中飞往东莞，后来在广州，把它送给了一位诗人。现在，我想起一个和长崎有关的问题：

长崎现在还是一个捕鲸的渔港吗？

几位日本老人脸上露出谨慎的神色，他们不明白我为什么忽然提出这个问题。

哦，我想起前些天在网上看到过日本的捕鲸活动引起了国际抗议，他们可能以为我提起这件事是与此有关，但我并无此意。我知道，捕鲸在日本并不仅仅是一项营生，不管外人是否理解，它在这里确实是一种包含情感和执念的传统。我继续说：

在中文里，有一种鲸鱼叫抹香鲸，我一直想知道，这个名字是不是从日语里转译过来的。

日本老人们松了口气。的确，长崎曾经是捕鲸业的主要港口。但很遗憾，他们真的不知道"抹香"这个名字是否出自日语。当然，也许由于翻译困难，他们并未理解我的问题。

但是，那天晚上，我还是得到了一些知识。

——长崎的捕鲸技术是16世纪由荷兰人传入的——这很有可能，北欧人的捕鲸史远早于日本。

——在过去，抹香鲸的肉曾是普通日本人摄入蛋白质的主要来源。日本也曾经穷过，老人们对此保持着记忆，那时吃不起牛肉、猪肉，只能吃一点鲸肉……

见面的那天晚上，老错喝高了。多年不见，老错的酒量未见长进。那年老错来北京，给他打了个电话，此前他们只通过几封信。那一次他们下午五点见面，然后就一直喝到了夜里三点。不是老错酒量大，而是他迅速地抵达了临界点，然后，就在亢奋的平台上无限延宕。他的话又多又快，而且带着浓重的江南口音，他们那天主要谈论马尔克·斯坦因、斯文·赫定，也谈到杨镰，那时老错是个狂热的行走者和冒险家。

后来，他们再无见面，实际上，他们已经很长时间没有联系。老错变成了一个话少的人，快速喝醉，快速垮掉。以至于他们都没有时间消除相隔十几年之后的陌生感。看上去老错过得不错，似乎在经营与建筑有关的什么买卖，他也没有细问。他们之间的关系多年前就与生活和生计无关，仅仅是某种不好好过日子的激情使他们偶然相遇。

老错问：

特地跑一趟，就是为了看这个？一条鱼？

他点点头，想了想，确实如此。

那是这个星球上最庞大的生物，它在两三千米深的大洋底部游弋。在英文中，它的名字叫：Sperm Whale。

那是什么？

老错问。

Sperm 就是精液，Whale 是鲸鱼，也是大物，庞然大物。

老错笑了，那就该叫精液鲸。

实际上，就是这个意思。当初，捕鲸人都是些头脑简单的野种，逮住一头鲸，锯开脑袋一看，My God，这家伙脑袋里白白的全是精液！抹香鲸的脑袋很大，大概占了身体的三分之一，成年鲸的体重超过五十吨，所以，它的脑袋至少有十几吨，里边全是鲸脑油，后来人们发现这玩意可以用来点灯，在有煤油之前，这是世界上最明亮的灯油。

老错想了想，所以，他们就到处抓它，拿它的精液点灯？

那不是精液，那是鲸鱼的脑子。

好吧。那为什么又叫它抹香鲸?

这是中文名字，也许是从日文直接拿过来的。主要是，那家伙肠子里有一种东西，叫龙涎香，是最名贵的香料。

肠子里?

是啊，它什么都吃，渔网、轮胎，最爱吃的是巨乌贼，乌贼的鹦嘴很硬，不好消化，有时梗在肠子里形成病灶，逐渐病变，慢慢变成了龙涎香。

然后就等着有人给它做手术?

并不是每头抹香鲸的肠子里都能找到龙涎香，就像不会人人都得结肠炎。有时候，它会自然排出来。暴风雨过后，你也许能在海岸上捡到一大块软蜡一样的东西，灰色或黑色，漂在水上，那就是龙涎香。

那我就中彩票了?

差不多吧。它肯定比黄金还贵。

老错若有所思：他们现在一定正在那家伙的肠子里钻来钻去，把它的大便翻个遍。

他笑了：够他们翻的，好几吨大便!

那一刻似乎回到了十几年前，两个人都放松下来，老错点上一根烟，深吸一口，隔着烟雾看着他：

龙涎香到底有多香？

他迟疑了一下：

说真的，我不知道。

后来，我们就到了长崎。车上闲谈，不免谈起日本的文化。一位同行者提到今村昌平的《楢山节考》，她说，其中的一个细节让她受不了，孩子把老人背到深山去，听任他们孤独地死去。

是啊是啊，太残忍了。大家发出了一个文明人应有的感慨。

好吧，你们都是文明的现代人。你们已经被调教得无比正确，你们的小心灵娇贵而脆弱。每逢此时，我就恨不得成为一个特朗普，虽然和他比起来我是个穷光蛋。《楢山节考》我没看过，现在，我想告诉你们另外一件事。

有一天，三岛由纪夫碰到了一个人——具体是什么人我也记不清了，总之，那位老兄问了一个问题："三岛先生，你是写小说的，你有什么必要把身体练得这么漂亮？"的确，我看过三岛的照片，这厮把自己活活练出了八块腹肌，还有深深的人鱼线。

三岛回答说，我终会切腹而死，我不想切腹的时候很难看。——他不能听任自己大腹便便，在雪亮的刀子切下去时，他不能让脂肪白花花地翻出来，这对他比性命还紧要。

这个三岛，还有《源氏物语》里的源氏，他们都认为，美是最重要的，美是绝对的价值。美不是善，美也不是先于善，他们并没有把美和善联系起来。美就是美，最重要的是吃相、死相都要好看。所以，他们有时宁愿为了美去做邪恶荒谬之事。

而那些把老人背往深山的人们，也许他们和他们背上的老人一致认为，一个人不应丑陋地死于人前。

此时，他已经感觉不到臭了。他想，这就叫久居鲍鱼之肆。他和老错慢慢走去，渐渐地，那头大物呈现出来，足有十几米长。一群穿着红色防护服和黑色长筒靴的人爬上爬下，像是《格列佛游记》里小人国的战士，吊车吊着一根粗大的管子谨小慎微地移动。

这是要干什么？

他们正从大鲸的尾部悄悄地绕过去，他们不想被那群人发现。老错一边走一边低声问他。

多半是要把管子打进去，把里边的气体放掉。时间长了，腐化膨胀，很可能会爆炸。

最好现在别炸。我可不想被一条鱼炸死。

他正待答话，一抬眼，僵住了——

大鲸的侧脸正对着他。

浑厚的、巨大的几乎是长方形的脑袋，短而尖的下吻，那只眼睛——

细小的眼睛，泛着紫色的微光，正斜睨着他，有一瞬间，他觉得那只眼睛向他调皮地眨了一下。

《大唐西域记》里，唐僧玄奘取经归来，从和田到尼雅，走到了媲摩城。在这里，他听到了一尊檀木立佛的故事。那尊佛像高逾二丈，本是释迦牟尼在世时憍赏弥国的国王所建。佛涅槃后，这尊像凌空而飞，越过喜马拉雅山，越过昆仑山，落在了曷劳落迦城中。这是繁华的大城，这里的人民“安乐富饶”，他们当然注意到了此事，但直到唐僧的时代，在这大漠之中，大风刮来珍宝、怪兽、果木、砖瓦，还有猴子，都不是奇怪的事，现在也不过是刮来了一尊塑像，而这座城并不知世间有佛。直到有一天，城里来了一位罗汉。城里人亦不知这奇形怪状的汉子是个罗汉，他们只见他在礼拜这尊塑像。所有的人都急了，亢奋而义愤，纷纷去报告国王：大王大王不好了，有个妖怪在作法！

国王传令，把他抓起来，埋了。

也不是真埋，还露个脑袋。

于是这汉子眼看就要饿死了。

这城中有一人，“心甚不忍”，躲着众人悄悄送去些吃的。吃什么呢？很可能有中国史上最早的饺子。

吃了饺子，罗汉走了，走之前对这义人说：“七日后，将雨沙土，填满此城，略无遗类。尔宜知之，早图出计。”

话音未落，倏然不见。

此人奔了几条街，见到亲友抓住就说：不好了，不好了，大祸临头了！

但没人信他。而且第二日，倒真是来了一场大风，刮来种种宝物落了满街。众人忙着拾宝，只有此人在家挖地道。

第七日，安息与惩罚之日。夜里，风再起，黄沙弥天而来。天亮时，此城已是茫茫沙丘无边无际。只有那义人自地道脱身而出，一路向东，到了媲摩，赫然只见那尊佛像屹立在他的面前。

——这让人想起《旧约》中耶和华毁灭所多玛的故事，而那无名的义人就是罗得。

很久以后，1900 年，斯坦因在从和田去尼雅的路上探访了媲摩古城的遗迹，在那里听到了故事的另一个版本：

义人不是一位而是七人，得到罗汉的点化，他们竖起一根高竿，高竿上系着七根绳子。然后，大风来了，七个人每人抓着一根绳，像旋转木马一样，随着暴风的吹动越转越高，“始终在逐渐堆起的沙土之上”。

这是一个比挖地道听上去更具想象力的办法，几乎就是游乐场中的景象。

——从南通回来的高铁上，他忽然想起了这个故事。十几年前，他和老错曾经讨论过其中的含义。他已经记不起关于这故事他们都说了些什么，只记得，那天他们喝到凌晨，然后，走在大街上，老错坚持要坐公交车回旅馆。

凌晨的北京没有公交车，但是他喝醉了，他和老错一直在激烈地争论正确的乘车路线。老错坚持认为，作为一个经验丰富、浪迹天涯的冒险家，他不可能把路记错。他们站在一个站牌下争吵，他现在已经记不清那是多少路了，总之老错认定这就是他要坐的车，但站牌上的路线错了。

错了，他妈的错了！

老错一遍一遍地高喊。

老错开始猛踢那倒霉的站牌。而他莫名其妙地拼命护着那个站牌，好像那站牌是他这个北京人的财产。两个人抓着那根冰凉的铁管激烈争夺，形同摔跤。

他关于这件事的最后记忆是，站牌被老错倒拔而起，两个人一前一后扛着它在凌晨的大街上走去，一边高声争论着哪里是正确的方向。

就这样，当他在上海出差，看到抹香鲸搁浅死亡的消息时，忽然想起了老错。在大鲸死去的那个地方，他只认识老错。而且，他想，我们毕竟一起扛过站牌。

老错在电话里愣了一下，然后说，来吧，我等着。

第二天傍晚，他到了老错的城市。在车上，老错告诉他：那大鲸被拖到了一个岛上，现在路已经封了，看热闹的人太多。

过了一会儿，老错又补了一句：

据说，臭气熏天。

后来他回到了上海，立志减肥，每日暴走，有时他觉得自己像一只跑步机上的傻狗。有一天一边走一边看手机，忽然站住——

杨镰死了。死在新疆路上。

他站在那儿，一群白鹅高傲地走过。他不认识杨镰，三十多年前上大学时他去过杨晦的家，好像在北大东门外的一所平房里，书很多。那时，他不知道杨晦有一个叫杨镰的儿子。二十多年前，后来浪荡于西藏的龙冬经常谈起杨镰。那些日子里，经过杨镰，他读了斯文·赫定、斯坦因，《丝绸之路》《亚洲腹地探险八年》《沙埋和阗废墟记》……他在心里一遍遍走过西域、内亚，那时他真是年轻。

他拨了老错的手机，他忽然想起，十几年前，他们谈到过他，老错第二天就要去拜访杨镰，而他不知什么原因，没有同去。电话通了，等了一会儿，无人接听，他把手机合上。

那天，在岛上，他和老错呆立着看那条鱼。

婴儿般的鱼。

好像过了很久，他忽然觉得有什么不对，转过头去，只见老错在哭。

这该死的王八蛋，他竟然哭！

他挣扎了一下，想说句什么，但猝不及防地，他觉得身体内的某个部位一下子松了。

然后，他也哭。

那天的情况就是这样，两个人对着一条鱼大哭了一顿。

然后，抹抹眼泪，谁也不看谁，转身离去。

在长崎，大海边，远藤周作的文学馆。我眺望远处阳光下的出津，那闪闪发光的村庄是他的《沉默》中的僧侣自大洋上岸的地方，开始沉沦之路的地方，那人一直想做个圣徒，但结果他被证明不是。

在那里，远藤周作的一句话刻在石上：

“主啊，人是这么的悲哀，海是这么的蓝。”

好吧，这句话献给抹香鲸，献给玄奘和沙勿略，献给斯文赫定和斯坦因，献给源氏和张爱玲和埃里克·法伊，献给今村昌平和三岛由纪夫和黑井千次，献给杨镰和龙冬，献给老错。

布谢的银树

传说中，有一棵银树，它是银子长成的。银子的枝叶间结满银子的果实，树下有四头银狮，口中流出芳香的马奶。树梢上飞翔着手持小号的银天使，银子般的号音晶晶闪亮。

这棵巨大的、神奇的银树生长于远方。无边无际的碧绿草原，白色的骏马无声地飞奔，当白马驻足，在天与地的尽头，就看见了那棵树……

后来，一位名叫鲁布鲁克的人告诉人们，那棵树就在东方、在蒙古大汗的宫廷中。他写道：狮子的口中流出马奶，是因为其中设置了管道。作为一个敏锐的观察家，他还注意到是有人通过气孔吹响小号，但吹进去的气不够足，所以号音怪腔怪调。

——银树终是凡间之物，必有凡间的缺憾。就如1254年，鲁布鲁克终于见到了伟大的蒙古大汗、成吉思汗之孙蒙哥。他发现，传说中的恶魔其实是个平易的男子。东方和西方相遇，蒙哥在金碧辉煌的大帐中接见了鲁布鲁克，法国国王的使者。大汗和蔼、仁慈，慷慨地款待这位衣衫褴褛、饱经风霜的教士；他从君士坦丁堡出发，经黑海抵克里米亚，穿越顿河和伏尔加河，经历千难万险带来了西方世界的声音。

这声音脆弱而坚硬：西方希望与蒙古合作对抗横亘于欧亚之间的伊斯兰帝国，但是，蒙古人必须接受洗礼，皈依独一无二的基督教的上帝。

如果你活在1254年，而且对世界的地缘政治力学有起码的了解，你就会看出鲁布鲁克提出的是何等狂妄的要求。成吉思汗的子孙们正如秋风扫落叶般席卷亚欧，四分五裂的欧洲瑟缩于阴冷的中世纪末期，惊恐地谛听蒙古人的马蹄敲响大地。雪亮的刀锋即将落下，欧洲如案板上的鱼。

鲁布鲁克的使命注定失败。实际上，八年前罗马教皇的使者柏朗嘉宾已经在前任大汗面前得到了蒙古人的回答。大汗贵由致英诺森四世教皇的信是一份具有世界历史意义的文献，他坚强有力的声音至今仍在东方和西方之间回响：

> ……你的请求书说，朕应该接受洗礼和变成基督教徒。朕仅简单地回答你说，朕不明白该怎样做此事。
>
> ……
>
> 你们这些西方民族，你们认为是绝无仅有的基督徒，你们卑视其他民族。你们怎能知道上帝应该向谁表示慈悲。①

——贵由大汗是胜利者，但如此骄傲尊严的语调决非仅出于战场上的优势，这是古老的东方智慧对一种孱弱的文明的忠告，这种文明即使在孱弱中依然焕发着惊人的偏执和惊人的勇气。

1999 年 12 月，在北京，我和一位来自旧金山的学者喝冰凉的啤酒，天很冷，但室内温暖如春。美国人环顾这间喧腾着圣诞气氛的酒吧，笑了，他说："在旧金山我常常觉得到了中

---

① 沙百里，《中国基督徒史》，耿昇、郑德第译。北京：中国社会科学出版社，1998 年，第 45 页。

国，而在北京有时会觉得到了美国。”我觉得他的汉语说得真是不错，我说：“也许是吧，但美国是美国，中国其实还是中国。”

——“双方进行了坦率的、富于建设性的会谈，双方一致认为会谈将有助于进一步加深相互了解，增进中美两国人民之间的友谊。”那天晚上走出酒吧时，我的心情疲惫、懊丧。在那位美国人眼里，我肯定是那种他所想象的中国人：世故、精明、高深莫测；而那位美国人也正如我所想象的美国人：幼稚、自信，固执得像顽石。他本来是想了解中国文学的状况，但谈话不知不觉就变成了一场普遍主义和相对主义的争论，文化、价值观是普遍的还是相对的？我一直以为自己是普遍主义者，至少是有保留的普遍主义者，但是，当面对着一个美国人，感受着普世价值观的烈焰灼烤，你就会本能地变成一个强硬的相对主义者：这个人甚至连北京的东西南北都还分不清，他却自以为有权向我们宣布应该怎样生活。说到底，“你们怎能知道上帝应该向谁表示慈悲”？

在1254年，鲁布鲁克面临着同样的问题，蒙哥大汗问道：

> 神既然让我们十个手指头伸出来都不一样长，他也一定容许我们有不同的做事方法。神给你们

> 《圣经》，是你们基督徒自己不遵守，你在《圣经》中难道读到过一个教徒应该指摘别人的错误吗？[1]

“当然不是这样”，“话不是这么说”……在鲁布鲁克事后的描述中，我们能够感到这位虔诚的教士在大汗锐利的词锋下穷于招架的窘态：

> 当然不是这样，大汗，话不是这么说，我一开始就告诉过您我无意和别人争执。

——这显然是窘急之下的遁词。鲁布鲁克在这一刻表现得既不真诚也不勇敢，他的教会和国王岂止是与人做口舌争执，他们随时会以血和剑去纠正“别人的错误”。

但是现在，倒霉的鲁布鲁克想不争执都不行了，他面临着中世纪基督徒难以想象、无法理解的局面：他必须和那些异教徒、偶像崇拜者坐在一个帐篷顶下，与他们对话，在争辩中阐述和证明自己的真理。

---

① 凡尼尔·布尔斯廷，《发现者》（第1册），陈琳琳译。台湾自华出版社，1986年，第31页。

七百多年前的蒙古大汗们的历史地位被严重低估。人们记住了他们的血腥杀戮，对西方来说，他们是挥之不去的末日噩梦，但是，从成吉思汗到忽必烈，这些天之骄子们不仅无意间打通了东方和西方，而且是世界贸易的自由和信仰的自由的清醒坚定的捍卫者。1254 年，蒙古草原上，在宗教偏执中陷入分裂的世界看到了一线曙光，也许是有史以来第一次的世界宗教大会在蒙哥大汗的金帐中举行。

坐在帐中的有道士、和尚，以及被当时的欧洲称为“撒拉逊人”的伊斯兰教徒，鲁布鲁克成为基督教的代表。他发现在座的还有基督教的异端聂斯托利派的教士，该教派在中国被称为景教，拥有令鲁布鲁克暗自忌妒的广泛影响。现在，各门各派都已在场，人们将进行和平的神学论辩，他们必须遵守蒙哥大汗确定的论辩规则：

> 他命令任何人都不对其他人讲某些挑衅性或谩骂性的言辞，也不能挑起阻止这项事业的混乱，违者处死。[①]

---

① 沙百里，《中国基督徒史》，耿昇、郑德第译。北京：中国社会科学出版社，1988 年，第 47 页。

尽管有蒙古武士虎视眈眈地维持秩序，这无疑是当时世界上最文明的一场辩论，蒙哥大汗以青草和阳光般质朴的智慧向世界展示了通向理性的道路。

很难说在辩论中究竟谁占上风，因为现在所能看到的仅仅是鲁布鲁克单方面的记述。但很明显，在讨论上帝的独一性本质时，基督徒、景教徒和伊斯兰教徒站在了一起，这些在金帐之外的世界上怒目相向、直欲你死我活的仇敌在这里却意识到他们来自共同的源头：他们都是希伯来一神论的传人。

当他人发言时，“所有人都丝毫未作反驳地洗耳恭听”。最后，辩论结束，“景教徒与撒拉逊人同时高声歌唱，而道士却缄口不言。其后，所有人都开怀畅饮”。

——那个夜晚是欢乐的，草原的夜广阔深远，在群星灿烂的天穹下，这些不同信仰的人们喝醉了。

这时他们更像是一群斗气的顽童，鲁布鲁克得意地写道：

> 我们确实带有十字架，它高高地矗立在帐幕上空，同时高唱《主日受难曲》，这就使撒拉逊人感到

心惊胆战。[①]

1255年，鲁布鲁克返回欧洲，在一所修道院写他的《东行记》。他的外交使命彻底失败了，但他的书却曲折地把一颗远方带来的干燥的种子埋进了西方精神的深处。

——在我的想象中，那是奇异的场面：在修道院阴暗的斗室，一个年轻的、狂躁不宁的修士聆听另一个修士讲述在东方的奇遇，讲述者的声音平静、舒缓，是咏唱般的拉丁语，聆听者僵硬地伸直脖颈，似乎要把每一句话嚼碎，吞咽下去。

历史的机微难测正在于此，真正重要的事件可能发生在已被遗忘的时间和地点，发生在那些被漠视、被蔑视的人之间。就如那位聆听者，在他的时代，这是个声名狼藉、遭人唾弃的家伙，但直到今天，我们还笼罩在他长长的身影之中，比如你如果是个近视眼，你戴的眼镜在历史上的第一张光学设计图就是这个名叫罗杰·培根的人绘制的。

罗杰·培根约生于1220年，相比之下，我们更熟悉他的另一个同姓者：生于1561年的弗朗西斯·培根，我们读过后

① 沙百里，《中国基督徒史》，耿昇、郑德第译。北京：中国社会科学出版社，1988年，第48—49页。

者的随笔，知道他是西方近代科学的奠基人。但没有第一位培根就不会有第二位培根，因为正是这个罗杰·培根，一位英国教士，以在中世纪欧洲人看来古怪疯癫的科学生涯倡导和践行了实验精神，这是一种认识世界的全新方式，就像他用眼镜使人们看清世界一样。

这样一个人对陌生的东方、对世界未被认知的部分必然满怀发现的激情，鲁布鲁克在返回巴黎的途中与罗杰·培根巧遇，后者拿到了《东行记》的抄本，然后原原本本地把它抄进了他的《大著作》。但罗杰·培根就像很多开辟未来的异端分子一样，在更多时候是糊里糊涂地认同自己的时代，通过鲁布鲁克的眼睛，他看到了广大的世界，但紧接着，他就欢欣鼓舞地说昏话了：

> 希腊人将归顺罗马教廷，鞑靼人大都将信奉宗教，撒拉逊人将被毁灭，世间将只有一个家，一个牧师。[①]

① 艾田蒲，《中国之欧洲》，许钧、钱林森译。郑州：河南人民出版社，1992年，第64页。

——上帝作证，罗杰·培根是真诚的，他描绘着中世纪基督徒心中光辉灿烂的历史远景，此时他的思想习惯与虔诚的马夫或商贩并无不同，他并未完全理解鲁布鲁克讲述的情景。欧洲人还需要很长的时间、流更多的血，才能省悟到蒙古草原上生长着的宗教宽容精神。

但七百多年后，读罗杰·培根的预言，你还是会暗自惊心，原来世间的确只有一个“牧师”，那却不是基督教会，而是罗杰·培根自己意想不到的传人——“科学家”。现在我们据说也将“只有一个家”，那是由资本、互联网、快餐店和好莱坞电影联结起来的全球化世界，你是不是愿意生活在这个“家”里那可由不得你。

鲁布鲁克和罗杰·培根对这一切毫无所知，历史的神秘意志如笼罩荒原的天穹，群星灿烂，默运不息。天穹下，那两人跌跌撞撞地行走，他们不知道自己正走向何处，有时走到一个地方，他们忽然发出惊叹：在遥远的梦中，在漫漶的记忆中，他们似乎曾经来过这里……

对中世纪的欧洲人来说，这是恍若隔世的记忆：在腐烂而华丽的罗马帝国，妖冶放荡的贵妇们身上披拂着来自遥远东方的丝绸，轻薄如云、柔滑似水。

丝绸软化了罗马人强健的肌肤，使他们在希腊传统之外重新发现肉体。丝绸如酒，男人的肉体在丝绸中沉溺，女人的肉体在丝绸中轻盈。

维吉尔写道，丝是“从树叶中抽出的精神绒毛”。的确，这种比金子还贵重的织物是一种精神，它教会了罗马人很多东西，他们由此体会着什么是轻，什么是细，什么是柔，什么是华丽，什么是梦一般、烟雨一般的颓废。通过丝绸，他们接受了一种生活情调和生活哲学，他们对此心醉神迷。

但没有罗马人见过织造丝绸的人，他们甚至不能准确地指出丝绸的故乡，他们说，丝绸来自“Seres？”——“丝儿”人的国度，在神话般的远方。

现在，我们知道，丝儿人即是中国人。通过陆上和海上两条漫长艰险的道路，经过各民族之间复杂的辗转贸易，丝绸抵达罗马。睹物思人而斯人不可得见，罗马人只能将隐没在沙漠和海洋的尽头，处于这神秘的贸易链条的另一端的人们称为“丝儿人”——丝之人。

罗马帝国在丝绸、酒和澡堂子的蒸汽中瓦解了，万种浮华皆化作荒烟衰草，欧洲进入了严峻的中世纪；而在6世纪时两个波斯僧侣将蚕子装入中空的手杖，从中国偷偷带到了君士坦丁堡，这无疑是世界历史上最为严重的窃取技术机密的事件之一，从此丝绸在欧洲开始大规模生产，不再是神秘之物。于是，随着伊斯兰教的崛起、中西贸易的阻断，“丝儿人”日渐成为欧洲的模糊记忆，在中世纪西方的世界图景中，中国已经彻底消失。

直到1255年，在鲁布鲁克笔下，记忆才被唤醒。他告诉他的读者，罗马人想象中的丝儿人依然生息在大地的尽头，那里就是蒙古大汗统治下的“契丹”——罗马人的地理是想象的地理，而鲁布鲁克的地理发现却是由于他用双脚丈量了大地。在西方历史上，他也许是第一次正确指出了中国的位置，虽然他所说的契丹其实是中国北部，蒙古人灭金之后占据的广大区域。

鲁布鲁克对“契丹”的文明做了简要的描述，他发现这里的人居然用纸片作货币，“若手掌大小，上面印着数行字，还印有某些标志，像可汗的印玺”。——这就是纸币，早在宋代已开始流通——宋朝是伟大的，那也许是我们的历史上最接近“现代”的时代，某些构成现代社会基础的制度早已肇端于此时，比如纸币。即使在20世纪末的今日，我们的智慧也并未超越宋人，他们早已洞悉货币和财富的抽象本质。

还有汉字，鲁布鲁克说：“他们都用小毛刷写字，如同我们的画家绘画。”还有中医：“他们的医生通过按脉来诊断疾病。”

这一切对当时的西方人来说都是不可思议的，处于他们的经验和知识之外。但是，有一件事西方人一下就看懂了，这就是那棵银树，所有《东行记》直接和间接的读者都在这棵银树前屏住了呼吸。

鲁布鲁克说道——

除了四头口吐马奶的银狮，银树上还有四条导管通到树梢，然后再悬垂下来。每根管子上有一条金蛇，蛇尾缠绕树干。一根管子流出的是酒，另一根流出澄清的马奶，第三根流出“布勒”——“一种用蜜做成的饮料”，还有一根流出被称为“特拉辛纳”的米酒。树下有四只银盆，分别接收每根管子流出的饮料。

在银树的根部，有隐秘的洞口，里面蹲着一个人。该人想必有风箱般的肺活量，他的任务就是一听到信号就向一根管子吹气，树梢上的小天使获得了动力，荒腔走调的小号声就传遍了宫苑。

——宫里的酒窖立时忙碌起来，仆人们把酒和饮料倾入不同的管道，这些液体最终流到树下的银盆中，蒙古汉子们将开怀畅饮……

观察了整个过程之后，我觉得这件事纯属瞎忙，煞费周章，却未必比抱着酒坛子直接往酒碗里倒更省力气。至少那些仆人们得一桶接一桶不停地倒，否则水压不足，管子断流，他们可能会被砍了脑袋。

但13世纪欧洲人的看法肯定与我不同，什么叫肉山酒海呀，什么叫骄奢淫逸呀，这就是了。人间不可想象的豪富和放纵在这棵银树下灿烂地展现在中世纪欧洲面前，炫人眼目。

欧洲记住了这棵银树，这棵银树的形象与他们记忆中对那个丝绸之国的想象发生了奇妙的重影。银树印证了记忆，为久远的想象重新确定了两个意义要点：首先，东方和中国是黄金铺地的地方，那里有无穷无尽的财富，他们究竟有多富？你只要想想那棵银树。其次，东方和中国也是魔鬼撒旦的领地，就如那棵银树，在月光下美丽而妖邪，那是巨大的诱惑和绝对的沉沦，流淌的酒正如欲望的洪流。

谁都看得出来，这两点是相互联系的：欲望和对欲望的恐惧。在欲望支配下，西方把东方想象成沉睡于远方、等待开掘的宝藏，但同时，如果你是虔诚的基督徒，你就会让自己相信实现上帝的意志比追求财富更为重要。

有意思的是，这样一棵为西方开辟了重要想象域的银树其实是西方人自己制造的，鲁布鲁克记下了制造者的名字，和他一样，这是一个法国人：巴黎的金银匠纪尧姆·布谢。在中世纪的欧洲，一个制作首饰的金银匠通常会云游四方，辞别一个主顾，寻找下一个主顾。就这样一个城市又一个城市，布谢渐渐地向东行去。在东欧，他邂逅一位生于匈牙利的法国女人，他们相爱、结婚，然后来到贝尔格莱德。在这里布谢继续出入于高门大户，打个耳环戒指什么的。适逢蒙古大军席卷而来，布谢被带到了东方，去实现他职业生涯中最辉煌的梦想——那个时代的蒙古人对于手艺人，或者说对于技术人员有一种质朴的尊重。

现在，你会发现我们无意中回到了一个中国文化的古老命题：外国人带来了“奇技淫巧”。据说当年明将徐达攻克元大都后曾纵火焚烧宫苑，那棵银树不知是否灰飞烟灭？也许它被忽必烈带到了大都？从项羽到徐达，中国历史上专以纵火为能事的英雄代有人出，本不足为奇，但就元大都来说，这把火或许自有道理。我想来想去，觉得道理之一是它有浓重的异域风情，元宫中充斥着各种匪夷所思的机械装置，对于一种以维持社会的质地均匀为最高伦理的农业文明来说，它们太机灵、太不老实、太炫耀浮华。一棵如此这般的银树就足以使人质疑一个以承继道统自命的王朝的道德权威。

当然，我们喜欢那棵银树，正如我们后来还喜欢西洋进口的八音盒、自鸣钟，最早的天主教传教士利玛窦就是靠诸如此类的小玩意儿才能在中国立足。但也正是通过这些玩意儿，我们看清并且确定了外国人的形象：他们是机巧的，也是邪恶的。

——纪尧姆·布谢一直梦想着那棵银树。他精心地剪裁着枝叶，他感到银子的叶片在剪刀下柔韧而脆弱，像少女紧绷的肌肤。他控制着他的手，他有一双粗大、坚硬的手，布满瘢痕。他的脸上满是秋草般杂乱的胡须，这使他硕大、鲜红的鼻子好像要跳起来，逃走。但那双眼睛是细润、宁静的，像儿童的眼睛，惊异地注视着狮子的鬃毛在阳光下渐渐坚挺。

布谢没有梦到的是，那棵银树也是一面有着神奇魔力的双面镜子，东方和西方、中国和欧洲，在镜子的两边相互凝望，他们看到的景象是相似的，唯一的区别是，他们都以为在镜子中看到的是对方。

雷利亚、雷利亚

那天晚上，我和老四站在“芬必得”下面，等老熊。不时有出租车停下，一两个人从车里钻出来，羚羊一样跳，溅起的雨水发出脆裂的声响。

“不是老熊。”老四说。

当然不是。老熊没这么好的身手，老熊走路就像一头直立的熊，也许这家伙现在正摇摇摆摆地从这个城市的另一端往这边走呢。走在大街上的熊。

街上没有人，一辆汽车驶过，在下一辆汽车驶过之前的这个间隙里，眼前的这条大街显得很不真实。街的两边挂着红灯笼，无数的红灯笼严谨、偏执地排列下去；黑夜忽略了把它们连成一串的电线，这些灯笼在雨中飘浮。

已经快半小时了，老熊还没到。9月底的深夜已经凉了，况且还下着雨。

“别傻等着了，进去吧。”我说。

那天晚上老熊一直没来，手机关掉了，呼也不回，我和老四分析了各种可能性后认为他肯定已经喝醉了。实际上他给我打电话时已经表现出酒精型亢奋，一派嘈杂中，老熊声嘶力竭地喊道：“一定去啊！就在‘芬必得’的大牌子下边等我。”

“芬必得”的下边是“哈瓦那”，一个酒吧。我们来到了哈瓦那——憧憧暗影、狂舞的人群，混合着酒、汗和香水的郁闷的空气，从深处震动出来的钝重节拍，像一颗巨大的心脏在跳。我想我和老四看上去都有点神情恍惚，该睡觉的时候，我们却离开各自的家，穿过雨夜，来到了哈瓦那。

很多人来到了哈瓦那，比如哥伦布，当然他并不知道自己来到了古巴、来到了哈瓦那，他还以为来到了中国。哥伦布曾在哈瓦那发现中国，他揣着一本护照，时刻准备着觐见传说中的蒙古大汗。而那个晚上我们也来到了哈瓦那，门外却正是中国北京，在哥伦布所熟读的马可·波罗的游记中，北京这个城市被称为“汗八里”。

说到现在，我想我已经编排得过于复杂。简单地说，哈瓦那是古巴共和国首都，也是北京的一间酒吧，这间酒吧就在工人体育场的大门旁，“芬必得”广告牌下面。而工人体育场简称“工体”，如果我是个球迷，我就会经常在那里看几十双价值百万的臭脚丫子追逐一只狗日的球，把自己气得死去活来。

所以事情很简单，不过是某天晚上去了趟酒吧，这不是什么大事，毕竟在同一天晚上，可能世界上某个地方发生了地震，而另一个地方的人们正在屠杀自己的邻居。然而，人与大事的联系神秘难测，比如1914年4月2日，有人在日记上写：“俄国向德国宣战——下午游泳。”你就很难猜得出那个破折号究竟意味着什么。同样，那个晚上，当我和老四来到哈瓦那时，我并没有想到将会卷入一场遥远的外交风波。

佛郎机，国名也，非铳名也。正德丁丑，予任广东佥事，署海道事。蓦有大海船二只，直至广州城怀远驿。称系佛郎机国进贡，船主名加必丹。其人皆高鼻深目，以白布缠头，如回回打扮。[1]

——这是明代正德年间曾在广东负责外事、外贸的官员顾应祥的一段回忆。由此我们得知，正德丁丑年，也就是公元 1517 年，广东来了一批莫名其妙的洋鬼子。这一事件使我们意识到有一个名叫佛郎机的国家，“佛郎机，国名也，非铳名也”。显然，这个富于异国情调的新词曾被许多人认为是一种新式的进口武器。这其实并无大错，到明代中叶，佛郎机人的火铳已经顺着达·伽马开辟的航线辗转输入中国。物比人走得快、走得远，就像罗马帝国的贵妇从未见过一个中国人，但来自中国的丝绸却勾勒出她们冶荡的体态。

现在，佛郎机已经有了另一个名字，我们把那个国家称作葡萄牙。顾应祥笔下的逸闻也已成为庄重的历史事件：1511 年，阿尔布克尔克占领马六甲（旧译满剌加），六年后，托梅·皮雷斯受葡萄牙国王派遣出使中国，同行的有六名葡萄牙人和五名翻译——后者被称为“舌头”。这一行人在广州滞留了三年，直到 1520 年才获准前往北京。于是，“皮雷

---

① 沙百里，《中国基督徒史》，耿昇、郑德第译。北京：中国社会科学出版社，1998 年，第 74—75 页。

斯等乘三只划艇出发，按我们的方式装饰了旗子和丝绸天篷，为了国家的荣誉，他带了印有国徽的旗帜”[①]。

但是，抵京后，他们被安顿在国宾馆中，转眼又是一年。至此，四年过去了，皮雷斯仍像等待戈多一样等待着皇帝的回音。如果换了我，肩负着使命在陌生的国度等待四年肯定会疯掉，但是，在五百年前，人对时间的体验有所不同，那时的人们更有耐心，他们把生活视为在永恒门外的漫长等待。所以，皮雷斯不会疯掉，他一刻也不曾怀疑他的上帝、他的君王是否已经将他遗弃。

当时的问题是，大明王朝的臣民们已经被他们的皇帝所遗弃。一个外国使团需要等待四年，这即使在一个极端官僚主义的国度也是罕见的、过分的。这个帝国的神经中枢已经瘫痪，没有人能够做出决定，因为那个唯一能够做出决定的人恰恰不在——皮雷斯等人在北京时，正德皇帝正在南方风流快活。这位皇帝被我的一个朋友称为“摇滚青年”，他热衷于游猎，对服装和女人都有非常前卫的品位。他梦想做一个将军，于是他就把自己封为将军，他的大臣们常常不知道他

---

① 龙思泰:《早期澳门史》，吴义雄译。北京：东方出版社，1997年，第111页。

身在何处。他有着毁灭性的旺盛精力，他的一生都被一种强大的冲动所支配，那就是成为自己而不成为皇帝。于是，在公元1517至1521年间，当一批最初的殖民主义者带着他们的“佛郎机”火铳耐心等待时，大明王朝正因为有一个摇滚乐队主唱担任皇帝而心烦意乱，无所适从。

1521年，整个帝国松了口气，正德皇帝折腾够了，死了。但在临死之前，他给了苦苦等待他四年的皮雷斯一个出人意表的回答：这些所谓的佛郎机使者纯系假冒，他们是间谍、特务，应予正法。

这个决定并不像表面看上去那么唐突。顾应祥作为一个中层干部，政策水平有待提高，他简单化地以“不恭”解释皮雷斯等人的命运，也许他们确实表现得不太恭敬，在中国与现代西方的早期交往中，礼仪问题也确实一直是冲突的焦点，但在眼下这个故事中，国家利益和地缘政治清晰地支配着明朝君臣的思想。早在葡萄牙人占领马六甲后，被废黜的马六甲苏丹的一位大臣就来到作为宗主国的明朝，哭秦庭，搬救兵；而就在皮雷斯等人肩负着“友好”使命滞留中国期间，一个名叫西蒙·安德拉德的葡萄牙船长却在广东沿海占据岛屿，滥施私刑，最终被武力驱逐。所以皮雷斯不应指望更好的结局，他将为他的国家的贪婪付出代价，而中国衙门里的刽子手们肯定跃跃欲试，在他们的职业生涯中，可能从来不曾砍下洋鬼子的头。

现在，我们还是回到哈瓦那，让倒霉的皮雷斯一边祈祷，一边等待那一刀。在哈瓦那，人们痛饮朗姆酒，这种用蔗糖结晶后的糖蜜酿制的酒曾使20世纪的一场革命充满浪漫激情："这是卡斯特罗和格瓦拉的酒啊。"老四一仰脖又灌下去一杯，他已经喝了五六杯了，如此发展下去，老四将酩酊大醉，而我将不得不拖着一个张牙舞爪的醉汉穿过大街小巷，直到把他扔上他的床。所以，怀着千万不能让他先醉的决心，我也赶忙灌下去一杯，清冽的酒顺着喉咙冲向我的胃，然后像礼花一样亮晶晶地炸开……

后来，雷利亚出现了。我想她出现得正是时候，因为老四正混乱不堪而又不屈不挠地向我讲述他的60年代：他吃过古巴糖；他还有过一把古巴刀，砍甘蔗的，锋利无比，他用这把刀削掉了海军大院一小子的耳朵，据说那位老兄都跑出一百多米了，才觉出耳朵痒痒，伸手一摸，耳朵早没了："前几天我还碰见那丫的了，安了一假的，不仔细看还真看不出来！"

我想一个人的耳朵掉在地上，然后跑出一百多米，他肯定会感到痒痒，那是他的身体在提醒他别忘了带上什么东西。但我知道，这桩骇人听闻的血案还不是老四的主题，酒到半酣的老四即使跑到了哈瓦那也会最终拐回缅甸。他将向我讲述十七岁的小四如何满怀理想，扒火车，去缅甸，支援世界革命。围绕这一主题，老四通常会唠叨两三个小时，最后在酒精燃烧的暴怒中把所有在场的人臭骂一顿："行尸走肉，都是行尸走肉！"

但那天晚上，雷利亚出现了。实际上我根本没有意识到她已经来了，当时我的眼睛正无所事事地停留在老四哇啦哇啦的嘴上，但是忽然老四的嘴就不动了，像是谁在他的后脑勺上猛击一记，他的整张脸都固定在不知是该收缩还是该放开的怪异状态，于是我知道出事了，顺着老四僵直的目光我转过头去，看见雷利亚坐在我的身边。

1521年，如前所述，整个大明帝国松了口气，国王已死，国王万岁。现在登基的是嘉靖皇帝，一个十四岁的少年。此后漫长的四十五年中，他的臣民将日渐绝望地看着他长大、衰老，他们始终不理解，这个人何以对世界怀有一腔阴郁的愤怒。但是此时，对皮雷斯来说，命运似乎峰回路转，“嘉靖帝即位后，将葡萄牙人作为囚犯送回广州，加以监禁。如果葡萄牙人恢复了马六甲的合法君主，就不会伤害这位使节及其随从，他们可以获准不受刁难地离开这个国家。如果葡萄牙人拒绝交还马六甲，就将对皮雷斯一行依法惩处”[①]。

然而，在顾应祥的叙述中，使团的“通事”就比较倒霉，那些为外国人充当翻译、舌头的中国人被“明正典刑”。在一篇文章中我说过，在中西交往中，翻译曾经是个高风险的角色，现在我们又有了一个例证。

但皮雷斯还活着，这对我们这个故事来说至关重要。当然我们看得出来，皮雷斯的头上依然利剑高悬，他成了地缘政治的筹码，但实际上该筹码并无价值，葡萄牙当然不会退出马六甲，况且我很怀疑他们当时是否知道大明王朝的出价。

于是在《早期澳门史》中，皮雷斯的使命和生命都终结于一行简明的陈述：

皮雷斯及其他人于 1523 年 9 月被处死。

① 龙思泰:《早期澳门史》，吴义雄译。北京：东方出版社，1997 年，第 113 页。

雷利亚有一种危险的美，你注视着她的眼睛，莫名的恐惧悄然袭来；她脸的轮廓坚决甚至残忍，那双黑色的眼睛在阴影下跳荡不定，像敏感的猛兽，暴烈而脆弱。一头美丽的猛兽。那天晚上，雷利亚说："泥浩，窝史雷利亚。"

于是我们知道她是雷利亚。

现在，我认为雷利亚是个葡萄牙人的名字，当然你不能据此确定雷利亚的国籍，她可能是葡萄牙人，也可能是巴西人，甚至是东帝汶人。达·伽马五百多年前穿越大西洋和印度洋的航行把葡萄牙人的名字留在了很多地方。

但是老四肯定不会同意我的看法。那天晚上，老四不由分说地担当了我的翻译，他用手势、用他从记忆里榨取出来的几句结结巴巴的英语，主要用一种因为力图模仿外国人而变得音调怪异的汉语与雷利亚交谈。尽管我看得出来，雷利亚会说的唯一一句汉语大概就是"泥浩，窝史雷利亚"。而她能听懂的汉语大概一句也没有，但他们聊得依然热闹。老四是个心地善良的家伙，他觉得把我像条鱼一样晾在岸上是不人道的，所以他不时扭过头来给我洒点水，他说：

"这老外是古巴人。"

"来学汉语的。"

"哈，高干子弟，她老爸是个部长。"

"她认识路易斯，打排球那个。"

"她说这酒在古巴也就是地瓜烧，妈的，还卖这么贵。"

"还没结婚呢。"

"古巴男人不好，中国男人嘛，也不好。"

——那时我还不知道我国古代对"翻译"可以"明正典刑"，但我已经小肚鸡肠地暗下决心，绝不买单，老四应该为他的饶舌付费。他认为在哈瓦那的所有外国人都是古巴人，而他因为吃过古巴糖，有过古巴刀，就与古巴人民，特别是美丽的古巴人民有一种特殊关系，所以一双手一张嘴忙活得密不透风，所有的话都被他抢着说了去，似乎雷利亚出现在我们面前就是为了让他向我强行推销一个有关雷利亚的故事。

我说过，我认为雷利亚是个葡萄牙人的名字，也就是说，老四那天晚上是在与自己的幻想疯狂交谈。那位美丽的拉丁女人肯定不是古巴人，因为有一天，在一本题为《游记》的书中，我发现了这个名字：雷利亚。那时我想，我知道这个名字，我看到过她，她叫雷利亚。

《游记》的作者费尔南·门德斯·平托，葡萄牙人，生于

1509年，卒于1583年。在这七十四年里，这位老兄曾“十三次被俘，十六次被卖”——这是他自己说的，我想这是一项至今无人打破的世界纪录。一个人如果被转手二十九次，最后很可能就走遍了天涯海角，事实也确是如此，二十一年的时间里，平托在印度和日本之间到处流浪。他有时是富豪，有时是乞丐，当过海盗、商人、殖民官员，还当过传教士——他曾随沙勿略赴日本传教，出资建造了日本第一座天主教堂。

后来平托老了，在里斯本附近隐居著书，是为《游记》。这个粗鲁的冒险家开始了最后的冒险：穿越混乱、庞杂的记忆。他屏住呼吸，注视着1542年5月的一天。在那天，他和一百五十名海盗一起，从中国的浙江镇海乘船出发，前往一座小岛，盗掘传说中的王陵。

这时，那位倒霉的皮雷斯据说已经死了十九年了。而雷利亚将和平托相遇。

平托在1542年的冒险一败涂地，在他所说的那座名叫加雷铺（Calemplui）的岛上不可能有十七个国王的陵墓，也许那不过是一群古墓，而平托一伙如他们在一切时代的同行一样乐于相信对即将到手的财富狂欢化的描述：那里“金银成堆”。结果在抵达想象中的坟墓之前，他们中的绝大多数人就已死于非命。一场风暴过后，只剩下十四个人，他们的上帝把他们遗弃在这片陌生的土地上，其中当然包括幸运的平托。

从平托混乱的叙述中无法复原这一行人的确切踪迹，我们只知道这些衣衫褴褛的陌生人沿途乞讨走向南京，指望从那里搭船回镇海或去广东。但在16世纪的明代中国，大路上出现洋鬼子必定是个轰动性事件，平托等人很快被官府扣押，沿大运河解送北京。

于是大运河以及两岸的乡村、城镇和人群第一次进入了欧洲人的视野。四百多年后追随平托的眼光，我感到大运河和中国是超现实的幻想世界，惊人的巨大、惊人的喧闹、简单天真的神奇，我能够想象平托的眼睛，一双儿童的眼。

后来，平托就见到了雷利亚，那是在一个被他称为Sampitai的地方，此地在《葡萄牙人在华见闻录》中译为三邳台，译注中疑为现在的江苏邳县，大运河就从那里穿过。

好吧，就算是邳县，当时是下邳县或邳州："视界之内，庄园寺庙的高院大墙比比皆是，檐顶流金溢彩，如此气派华丽，令我们大家都目瞪口呆。”1542年的某一天，在这个繁华的城市，一群高鼻深目、身披锁链的囚犯从街道上走过，可以想见，他们被团团围住，无数双眼睛惊奇地注视着这些和我们不同的人。

人群中议论纷纷，一位妇女的话被平托清晰地听到：

> “这种事不应大惊小怪，因为常在海上劳作的人，大多难逃葬身海底的厄运。所以我的朋友们，既然我们是上帝用土做成的，那么最好最保险的还是重视土地，在陆上劳作。”
>
> 像对待穷人一般，她边说边向我们施舍了两个码子，……紧接着，她解开身上穿的紫色缎袄的袖口，卷起袖子，让我们看刻在胳膊上一个十字，刻得很好，犹如摩尔人的火印。她问：
>
> “你们中是否有人见过这个被信奉真理的人称为十字的记号？或者听到过这种说法？”
>
> 一见到十字，我们大家都诚惶诚恐地双膝跪地，有些人还眼含热泪，忙不迭地说见过。听了这话，妇人发出一声欢叫，双手高举，高声喊道：“我们的在天之父，圣名永在。”这是用葡萄牙语说的，旋即

又讲中文，似乎只会说这一点葡文。[1]

——场面激动人心，但是看上去有个小小的问题，如果这个妇人只会说那么一句葡文，平托又怎么能听懂她那些语重心长的议论？官府显然不会为鬼子们配备一个翻译，那么唯一的可能就是他们中间有一个翻译。是的，的确有一个中国海盗，他是那次盗宝行动的向导，我估计"十七个国王陵墓"就是他在胡吹，想必他懂一些葡语，而且在那场致命的风暴中幸存下来。

她说自己叫伊内斯·德·雷利亚。

她父亲叫托梅·皮雷斯。

她说由于你们的一个船长在广州造反，中国人就认为他父亲是间谍，而不是使节，将他和随行的十二个人逮捕下狱，施以笞刑和拷打，五人当即丧命，其余人被发配流放。

这些她曾多次听父亲说起，父亲边说边流泪不止。

她父亲被发配到这个地方，因为稍有财物，便娶了她的

① 费尔南·门德斯·平托，《葡萄牙人在华见闻录》，王锁英译。海口：海南出版社、三环出版社，1998年，第161页。

母亲，并使她母亲成为基督教徒。

这是又一个有关雷利亚的故事，雷利亚四百多年前生活在大运河边，那里现在是江苏邳县。我记得一个南京朋友是邳县人，就打电话过去，问他：知道你们家乡有过葡萄牙人吗？

朋友茫然。他已经睡了，却被电话吵醒，有人向他提出这么一个莫名其妙的问题。

“没有，从来没听说过。”

又聊了几句别的，我放下电话，心想，未必，没准此刻朋友身上就秘密地流动着一滴淡蓝色的血，这滴血有大西洋的咸味。

托梅·皮雷斯已在一种陈述中被处死，但在另一种陈述中他仍然活着，而且还有了一个穿“紫色缎袄”的女儿，她已经基本忘记了父亲的语言，但还记得她父亲的上帝。这个情景中有深邃的悲怆和绝望的孤独，令人难以释怀。

我决定相信平托一次，尽管他是个臭名昭著的老骗子。我相信《早期澳门史》记述有误，因为我愿意相信雷利亚曾在16世纪的运河边上，在无边的垂柳和野草间穿过，她注视着河水、河上如林的帆樯，她想，也许有一条船是神秘的，它将沿着蓝色的水无休无止地航行，直到有一天：

> 绕过地角之后，赶上了退潮海流，船轻快地像奔向天堂一样。太阳的余晖照得海面金光闪闪，两对海豚轮流在船前穿过，弓起油光闪亮的脊背，仿佛以为离天不远，想游到天上去。里斯本就在远方的对岸，好像浮在水面上，向城垣外面弥散开来。高处是城堡和教堂的塔尖，俯瞰着模糊的低矮房屋，建筑物三角形的侧面隐约可见。

——这是葡萄牙作家若泽·萨拉玛戈在《修道院纪事》中的描述，萨拉玛戈还写道：

> 人们期待的去澳门的大黑船回来了，……澳门比果阿远得多，那里是中国，是洪福齐天的地方，在美食和财富方面超过任何其他地方，各种产品极其便宜，并且气候宜人，那里的人们完全不知道什

么叫疾病，所以那里没有医生，每个人都是因年老而死或者应天意寿终，而我们却不能总是这样。大黑船在中国装载的一切货物都非常贵重，途经巴西时又装上了蔗糖和烟草，还有大量黄金，为此在里约热内卢和巴伊亚停留了两个半月，返回这里时路上又用了五十六天；在如此漫长而危险的航程中没有死一个人，没有一个人病倒，这必定有其神奇的原因，似乎这里天天为航船向圣母做弥撒起了作用；领航人并不认识这条路线，竟然没有走错，这令人难以置信，所以后来人们就把好生意称为“中国生意”。

——这时是18世纪，葡萄牙人已占据澳门，而雷利亚已经渐行渐远，直到化成书页上一个若无其事的墨点。

“雷利亚、雷利亚”，老四一路上都在高一声低一声地怪叫。我是那个晚上哈瓦那最倒霉的家伙，我最终不得不付了账，然后像个黑手党一样揪住老四的衣服领子往外拖，我记得我狼狈不堪地向雷利亚咕哝了一句“Sorry！”这时，雷利亚突然大笑，笑声亮闪闪的，纷纷扬扬，无休无止，我认为所有的人都注视着我和老四，我们在雷利亚莫名其妙的笑声中从哈瓦那仓皇出逃。

我还认为老四是个人来疯的老杂毛，他一杯接一杯地喝酒，喋喋不休地说话，两只干巴巴的手在空中失控地飞舞，他似乎渐渐认定雷利亚是格瓦拉的侄女、外甥女或者外孙女，这个发现决定性地调动起他的革命激情，他不可阻挡地冲向了东南亚的丛林，又猛然拐到1968年的巴黎街头，还有北大荒的严冬，莫斯科餐厅的罐焖小牛肉，刀头的血，情人脸上的泪，伏尔加船夫，德钦巴登顶……雷利亚静静地坐在烛光的阴影中，我看不清她的表情，我忙于劝解老四，徒劳地阻止他用振聋发聩的嗓门高喊："服务员，拿酒来！"

——后来，我总算把老四交给了他的妻子，一位世界银行的高级职员，我认为她看老四和看我的眼神就像看一堆破烂和一个拾破烂的，我想反正她今天夜里不得不拾掇这堆破烂。我转身下楼，听到身后的铁门发出哐啷一声大响。我继续顺着台阶往下走，感到点点滴滴的苦涩和伤感。老四，这个该死的老四。

雨已经停了，那天夜里北京的天是幽深的紫色，有几颗星在百无聊赖地闪。我走在大街中央，我的耳边响起雷利亚的笑声，在风卷落叶般的笑声中，我清晰地听到她用字正腔圆的北京话说：

“哥们儿，走好啊！”

静看鱼忙？

那是16世纪50年代的漓江，依旧是青山绿水，如碧玉簪、青罗带。在江边，有人日日徘徊，却不是看水、看山，他在看鱼鹰：

> 当捕鱼时间到时，……在鱼鹰的喉囊处已经系上了一个颈套，从翅膀下面系上。鱼鹰都跳起潜入水中，有些在上面，有些在下面，我从来没有看得这么眼花缭乱。当囊内装满鱼时，每只鱼鹰各回自己的船把鱼吐出来，紧接着又去捕鱼，直到不愿再捕为止。有时候鱼很大，鱼鹰就把鱼衔在嘴里送回

来。就这样捕了无数的鱼。等它们捕够了后，就把套子拿下来，让它们捕一些鱼自己吃。我们所在的这个地方有二十来条鱼鹰船，大部分日子里我都去看捕鱼，怎么也看不厌，因为这个方法如此神奇，堪称捕鱼的一个新发明。[①]

——几年后，此人将他的所见写了下来，于是很多人都知道，在遥远的中国有一座城市，江面上，有无数鱼鹰疯狂地跳进去跳出来……

当然，那座城市名为桂林，但看鱼鹰的人不知道，他以为那是“广西城”。实际上当时桂林乃明朝两广总督驻节之地，叫“广西城”倒也不很离谱，不过这位老兄因此就肯定没听过“桂林山水甲天下”这句老话，所以身在桂林只顾了看鱼鹰，空对着“笋林次第添斑竹，雏鸟参差护锦囊”的奇景，竟无一字道及。

上引一联诗出自唐人曹松的《桂江》，“笋林”指江边的石林，“锦囊”则是溶洞，如此一解，就看出这诗实在不好，

① 费尔南·门德斯·平托，《葡萄牙人在华见闻录》，王锁英译。海口：海南出版社、三环出版社，1998 年，第 81 页。

又是“次第”又是“参差”，倒好像山啊鸟啊都在站队，活活把山水写死。一部《全唐诗》，好诗其实不多，这不是狂言，是常识，能写好诗的人总不会像聚义厅上的好汉那么多，唐代不会，现在就更不会。唐人写桂林，最应景的便是韩愈那句“水作青罗带，山如碧玉簪”，深入人心，随手便可借用，刚才我也用，但此句如与李商隐的“城窄山将压，江宽地共浮”（《桂林》）相比，高下立判。所以李商隐当年官场失意，外放桂林是件好事，否则他将写不出《晚晴》：

深居俯夹城，春去夏犹清。
天意怜幽草，人间重晚晴。
并添高阁迥，微注小窗明。
越鸟巢干后，归飞体更轻。

读罢《晚晴》，我觉得一个人看到什么、看不到什么，与眼无关，而关乎心。就比如那位看鱼鹰的老兄，虽说也算个贵族，但二十多岁就浪迹天涯，既当兵又经商，其实是个亡命徒，那颗心是粗硬的，那双眼于山水间就只看得见鱼鹰——这“堪称捕鱼的一个新发明”，我猜他闲着没事一定在心里计算过这项“发明”的成本效益。

当然，这么说不太公平，盖略特·伯来拉是一个外国人，在遥远的16世纪成为大明王朝的囚犯，从福建经过江西、广东，一直被流放到桂林。他用好奇的、慌乱的眼睛注视着这个陌生的世界，他的视线常常会被那些与自身经验有强烈差异的事物所吸引，比如鱼鹰，作为一个葡萄牙人，他确实从未见过。

这件事说来话长。盖略特·伯来拉横贯南中国的旅行始于1549年，明嘉靖二十八年。是年4月，提督浙、闽海防军务的浙江巡抚朱纨在浙闽籍官员交章弹劾下罢职听勘。满怀孤愤的朱纨于次年7月自杀，遗言曰：“上不杀我，浙闽之人皆欲杀我。”

此言道尽这场政争的症结，也是嘉靖、万历年间倭寇为乱，东南糜烂，几十年迁延不治的根本原因所在。如果只看历史教科书，你就会觉得非常奇怪，似乎大明帝国以雄狮搏兔之势竟然奈何不得一帮东洋盲流；其实，冲垮帝国海防的力量不仅来自外部，更来自内部，来自在大规模走私贸易中急剧膨胀的民间利益；所以，厉行海禁的朱纨势必成为国家意志与民间利益角力的焦点。那一年的3月，两艘葡萄牙走私商船在福建诏安被查获，朱纨未经奏报便斩杀部分船员，于是，对他久已切齿的浙闽势家如狼群般围了上来，他面临着专擅嗜杀之类义正辞严的指控。

在被俘的船员中，有一个人就是盖略特·伯来拉，他从不知道他们曾在这个帝国的历史中扮演某种角色，但即使这样一个迟钝的观察者也感觉到了当时民间对朱纨等人的敌意："这些人被抓了起来，被撤职，名誉扫地，因为我们的缘故而坐牢。据老百姓传说，他们中的每一个都逃不了断头的命运。"——说得不错，朱纨最终自杀了，但就在他被停职之后三个月，浙江商人汪直就带领倭寇大掠沿海，癣疥之疾发为心腹之患。浩大的军事开支，加上嘉靖皇帝没完没了地起园子盖庙，致使国库匮竭，百姓怨嗟。在这个1549年，大明帝国"已呈不安之象"。

但在盖略特·伯来拉眼里，明亮的阳光依然照耀着富庶安详的大地。朱纨死后，伯来拉等人被发配广西，在桂林羁留两年左右，终于通过中国商人与当时盘踞广东上川岛的葡萄牙人取得了联系，接下来的事情就毫不新鲜了：支付了大笔贿款之后，他们畅通无阻地于1553年初"逃"到了上川岛。此后八九年间，伯来拉在繁忙的军人、商人或海盗生涯之余，将在中国的见闻整理成文，即是著名的《盖略特·伯来拉的著作》。

四百多年后，在这份《盖略特·伯来拉的著作》中，我们看到一个既陌生又熟悉的中国。这里有世界上最完善的基础设施：最好的路和最好的桥——“我们认为世界上没有比中国人更好的建路者了”——这句话在四百多年后同样适用；这里有最好的城市，建筑华美，“极其干净”；这里的商品极大的丰富，以至于“物价不往上升，而且经常往下跌，跌后不再回升”——但这也许是经济停滞、需求不振、通货紧缩的迹象；“还有一件事看来做得不错”：“在整整这段时间里，我们从来没有见过一个穷人在挨家挨户讨饭”，因为每个城市都有社会福利设施，收容穷人、老人、残疾人。

更令人羡慕的是，这个国家“到处都秩序井然”，“是世界上可能有的统治最好的地方”，这里法令严明，法庭实行公开审判，“这样就不会有假证人，可以避免使很多人的生命、财产和名誉置于某个没有良心的书记官手中”。“所以在主持司法方面，这些人是独一无二的，胜过罗马人以及其他任何一种人。”

——看来我们不得不承认，嘉靖年间的古代中国并不像我们一直以为的那么阴暗；恰恰相反，在当时的外国人眼里，它就相当于21世纪的现代美国或者西欧。我的一个朋友刚从巴黎回来，一唱三叹地述说巴黎的空气如何芬芳清新，说得我恨不得马上去购置防毒面具。但是当年的伯来拉如果去了巴黎肯定会有不同的感慨，因为在16世纪，据说世界上最臭的地方正是巴黎：

> 河水、广场和教堂臭气熏天，桥下和宫殿里臭不可闻。农民臭味像教士，手工作坊伙计的臭味像师傅的老婆，整个贵族阶级都臭，甚至国王也散发出臭气，他臭得像猛兽，而王后臭得像一只老山羊……

——这是帕特里克·聚斯金德在小说《香水》中的描写，小说家言，但距真相也不远。他写的还是18世纪的巴黎，16世纪肯定更臭。巴黎的香水后来是香遍了天下，但是据布罗代尔考证，这个民族之所以专精于香，是因为生活中曾有不可忍受之臭，连蛾眉善妒、掩袖工谗的国王情妇都能两三个月不洗澡，没有香水也真是不行。所以，中国对于16世纪的欧洲来说正是域外之奇香，在尖锐的对比中凸显出欧洲政治、经济、社会生活的重大缺陷，欧洲通过注视遥远的中国看清了自己，或者说更准确地说，他们觉醒的自我意识在中国的形象中得到了参照和验证。

于是，盖略特·伯来拉成为了先知，他平朴直白的回忆立即被果阿神学院的学生们抄写誊清，寄往欧洲，1563 年在威尼斯以意大利文出版，随后收入各种文集。在很长的时间里，它是欧洲人对中国的想象和思索的一个源头和母本。

事情的吊诡之处在于，当盖略特·伯来拉在中国发现“现代”时，这本身就表明西方正在走向“现代”。这个海盗的心是粗硬的，但是隔着四百多年的时间，一个中国读者却会感到与他心心相印。比如我吧，我觉得明朝的人与事多半不可理解，比如嘉靖皇帝他爸不是皇帝，现在儿子做了皇帝就要追认他爸为皇帝，但大臣们认为就算儿子做了皇帝他爸也不能算皇帝，于是便抛头颅洒热血拼死相争，直闹得地动山摇，这不是吃饱了撑的是什么呢？如果时光倒流，我回到嘉靖年间，我想我和那时的中国人肯定话不投机，和盖略特·伯来拉没准倒一见如故，我们有同样的观察和衡量事物的眼光，因为我的心其实也是盖略特·伯来拉的心。

——什么叫“数典忘祖”啊，这就是。生活在大明朝的人们可没想到他们会有如此的后代。嘉靖皇帝批奏折时每逢写到"夷狄"，必定要施展微雕功夫，写成两个芝麻般的小字，大臣们在批下来的折子上看到两粒墨点就知道那是"夷狄"。16世纪的大明对自己被"夷狄"所发现、所阐述的现代性特征毫不自知，中国的历史依然在一条西方人无法接近的河道中流淌。直到20世纪末，当我阅读《盖略特·伯来拉的著作》时，常常感到是在看《参考消息》，在那上面会有外国人以欣慰的语气告诉咱们，中国正在进步，正在现代化。

这部著作的葡萄牙文抄本题为:《在中国被囚的葡萄牙人所了解的关于中国的一些情况，一切都是事实，摘自盖略特·伯来拉所写的一部著作，这位贵族是位非常值得信赖的人，他曾在那里被囚禁了几年，确实看到了这一切》——如此夹缠絮叨的标题是当时欧洲人的著作惯例，比这还长的也有的是。显然，编者认为有义务对这份著作的可信性做出保证：作者是可信赖的，他"确实看到了这一切"，所以"一切都是事实"，是关于世界那一部分的可靠知识。由此我们可以看出西方现代知识体系在建立之初的某些基本预设：一个可信的主体、被观察和认识的客体，以及在这之间被确定的"真实"。

但现在我们知道，“真实”取决于什么人看、什么人写。明朝人大概不会认为这部著作是“真实”的，他们会非常奇怪地发现，那位在漓江岸边形影相吊的洋鬼子竟是在注视水面上的鱼鹰。多年之后，当盖略特·伯来拉想起那遥远神秘的中国，奇异的鱼鹰就会在阳光和水花中跳跃，长喙之间还叼着一条甩动的鱼……尽管这首先是“捕鱼的一个新发明”，但在盖略特·伯来拉枯燥的叙述中，这也是仅有的湿润之处，他的心也许竟随着鱼鹰微微颤动？

于是，盖略特·伯来拉的中国图景结束于对鱼鹰的描述。而从此，在欧洲人的想象中，中国的水面上就到处都是鱼鹰了，这已不是加里奥特·佩雷拉的个人记忆，而是一种关于中国的“知识”：1585年于罗马出版的西班牙人胡安·冈萨雷斯·德·门多萨的《中华大帝国史》中，庄重地介绍了这个国家一种“值得观赏”的捕鱼方法，基本上是抄自加斯帕·达·克路士的《中国情况详介专著》一书，而达·克路士又是从伯来拉那里抄来的，如此抄来抄去的结果是，门多萨断言：“如他们愿意，他们可以天天吃鲜鱼，哪怕离海老远。”

这种游弋于古代中国的鱼鹰我们现在可以在《辞海》中找到，《辞海》第1773页“鸬鹚”条下写道：

> 亦称“水老鸦”“鱼鹰”。鸟纲，鸬鹚科。体长可达0.8米。体羽主要为黑色而带有紫色金属光泽。生殖季节，颈部生白丝状羽。……栖息河川、湖泊和海滨，善潜水捕食鱼类。营巢于苇丛中或矮树、峭壁上。广布于我国各地。已驯化的可使捕鱼。①

既然广布各地，按说古人对鸬鹚捕鱼应是见惯不怪，但在《隋书》中，鸬鹚却同样是一种富于异国风情的禽鸟：

> 倭国草木冬青，土地膏腴，水多陆少。以小环挂鸬鹚项，令入水捕鱼，得百余头以充食。

——在遥远的日本，人们以鸬鹚捕鱼……《隋书》的作者或许是鲜卑后裔，他或许真不知道，在他自己的国家，鸬鹚捕鱼原是日常情景，就像北方的马，像阿拉伯的骆驼。

其实，我们的古人对鸬鹚这种鸟也曾“格物致知”，比如《异物志》中说：鸬鹚“水鸟而巢高树上，或在石窟之间”。

---

① 辞海编辑委员会，《辞海》(缩印本)。上海：上海辞书出版社，1980年，第1173页。

又说："鸬鹚不生卵，而孕雏于池泽间。又吐生，多者八九，少者五六，相连而出，若系绪。"

——也就是说，这种奇异的鸟并非卵生，而是直接从它妈妈嘴里吐出来的，一吐就是活蹦乱跳的一串，八九只或五六只。

曾经有人质疑一部阿拉伯圣书中为何不曾提到骆驼？博尔赫斯回答："正因为举目可见，所以才不必提到。"我认为他说得很对，但同样的道理质诸《异物志》的作者我们就会感到疑惑：鸬鹚并非罕见，不提也罢了，既然要提，那么这"不生卵"而"吐生"的论断却是从何而来？

看来事情是这样的，这位作者站在岸边注视着鸬鹚，但他并不曾撩起袍襟到"高树之上"或"石窟之间"看看鸬鹚是否下蛋，他甚至想不起来去问问渔夫。在他诗人般的想象中，他直接获得了知识，这是神奇的想象，也是神奇的知识，可惜不正确。

所以，对最熟悉的事物我们可能一无所知，就像我们对自己也常常所知不多一样。我们都有一颗诗心，在世界和我们之间横亘着美妙的、如云如雾的幻觉，或者胡说。——据《太平御览》所载范汪《治咽方》，如果咽喉有病，那么捉一只鸬鹚来，让它照脖子啄几下就好；如果被鱼刺卡了嗓子，只须拔两根鸬鹚毛，“水服半钱即下”。还有更便利的，就是让那倒霉的家伙张开嘴，你对着他大喊：“鸬鹚鸬鹚！”鱼刺也可能应声而消。

挺省钱的办法，只是现在没地方去抓鸬鹚。该种鸟被勒住了脖子，所以我们就认为它能疏通我们的脖子，你得是个专业诗评家才能分析清楚这其中转了好几个弯儿的转喻关系，但我可不想找一个诗人替我治病。

其实鸬鹚不是入诗的鸟，翻遍了几本唐诗宋词，也不曾找到一只鸬鹚。鸬鹚的羽毛黑得发紫，这先就不入诗人的眼；卡着脖子为人所役，也过于平庸日常。所以同样是吃鱼的水禽，一身白羽、仙风道骨的鹭鸶就占尽了风光：

> 玉立水云乡，尔我相忘。披离寒羽庇风霜。不趁白鸥游海上，静看鱼忙。
>
> （张炎，《浪淘沙·题陈汝朝百鹭画卷》）

这样的词句就不能写鸬鹚，“静看鱼忙”，要你干什么呀。

所以，鸬鹚被西方人反复端详其实并非偶然，它不仅是一种鸟，它还是一种工具，它作为合于理性的工具在几百年时间里持续游弋于中国和西方之间。

早在盖略特·伯来拉之前二百多年，1530年，一位传教士鄂多立克就曾回忆起他在中国福州所见的情景：

> 我寄居那家的主人，想让我看点游戏，对我说："先生，如果你想看捕鱼，跟我走。"接着他领我到上述的桥，手臂中带着几只潜水鸟即水禽，系在一捆竿上，每只脖子上用一根绳拴住，以免它们捕到鱼时吞食下去；同时他带上三只大篮子，然后他把潜水鸟从竿上松开，它们马上入水，不到一个时辰就捕捉了很多鱼装满了三只篮子；装满后，我的主人放开它们脖子上的绳，它们再次入水吃鱼，吃饱后返回来如前一样给系在竿上，而当我吃那些鱼时，我觉得非常好。

这是鸬鹚第一次出现在欧洲人笔下，但这份《鄂多立克东游录》当时并未引起广泛的注意。

盖略特·伯来拉之后二百多年，大英帝国派出马戛尔尼使团出访中国。在从北京返回广州的途中，使团成员约翰·巴罗终于亲眼看到了著名的鸬鹚，他写道：

> 这种鸟很像是另一种鹈鹕……或通常所说的鸬鹚。……它们可以逮着并衔住和它们一样重的、游得飞快的鱼……

那时是1792年，大清乾隆五十七年，距鸦片战争仅四十八年。

利玛窦之钟

一

时间是日光下移动的阴影，是一滴一滴的水珠，是细沙长流。

后来人们才听到时间的声音。

二

阳光浩浩荡荡地泼洒在紫禁城金色的屋顶、血色的宫墙和空旷的广场，冬日的阳光坚脆，能听见阳光落下时发出瓷器开片般的细响。此外，再无别的声音。

乾清宫外的廊檐下，宫女和太监们垂手侍立。他们的眼睛像绵羊，似乎在等待着那致命的一刀。“时辰快到了吧？”每个人都在心中自问，南天上，太阳似乎停止了移动，一棵枝丫清疏的老树把阴影投在窗上。

等着，直到“当——”的一声从殿内传来，所有的人颤抖了一下，然后又是一声，一声接一声，清亮的铜音儿每一声都敲在心上。

到底响了，人们似乎活转过来，靴声、衣带声、低语声，所有的声音嘈切如灰尘般浮动起来。每个人都惊喜地看了一眼太阳，此时，日正当午。

三

有些日子不为人知，但绝对重要。它们是小日子，人们甚至不知道它们是哪一年哪一天。那是风起于青苹之末的一刻，人们感受着莽荡的风，但谁知道这风最初的游丝般、鼻息般的律动起于何时？

现在，我们知道一个日子：1601年1月25日，在这一天，来自意大利的天主教传教士利玛窦将两座自鸣钟呈献给万历皇帝。像一个得到新玩具的孩子，皇上惊喜地听到其中一座钟准时发出鸣响，这其实也是现代计时器在中国大地上最初的、决定性的鸣响。它发自大地的中心、庄严的御座背后，声波一圈一圈无边无际地扩散出去，直到两三百年之后，钟表的滴滴答答声将响彻人们的生活。

时间能够被听到，与此同时，时间也被看到。它不再是日晷的针影，不再是滴漏之水和沙漏之沙，影子仅仅是影子，水和沙仅仅是水和沙，它们不再表达和喻示时间的流动。时间就是纯粹的“时间”，是标记在表盘上的刻度，抽象而普遍，无论阴晴雨雪、无论昼短夜长，时间将放之四海而皆准。

——人终于捕捉住了时间。

四

1601年是万历二十九年，距著名的“万历十五年”已有十四年。紫禁城正殿的御座依然空着，每逢庆典，朝臣们对着空空的御座三跪九叩，行礼如仪。他们已经很久没有见到皇上了，有时某个朝臣会拼命地想：皇上长得什么样儿？但想不起来，皇上的相貌是记忆中一团模糊的影子。

万历皇帝就这样以缺席统治着他的帝国，除了宫女太监，没人知道他在哪儿，没人知道他在干什么，但所有的人都知道他“在”。他行使着一种最终的权力：不行使权力的权力。

后世的史家困惑地注视着这个怪物，他们眼看着大明王朝在他漫长、坚定的消极怠工中逐渐崩解。此人甚至算不上一个暴君，他的问题是他被“皇帝”这顶无比沉重的冠冕压垮了。如果这个名叫朱翊钧的人生在现在，他可以爱他的女人，他将把家业传给心爱的女人所生的儿子。但是不行，他是皇帝，于是大臣们前仆后继、不屈不挠地来干涉他的家务事：那个女人是个妖精，太子应该由大儿子来当，小儿子不能当。——烦不烦呢？的确很烦。

明朝是个奇怪的朝代，那时的人很奇怪。读书人读了一脑子圣贤书，然后就正气凛然，决心抛头颅、洒热血，为了什么？为的大多是诸如此类的烂事儿：如果大儿子英明神武，争得也算值得，实际上那也是个糊涂虫，很可能还有点弱智。

小隐隐于野，中隐隐于市，大隐隐于朝，万历二十九年，一位隐士隐于紫禁城。

五

那天，万历皇帝忽然问："不是说有几个洋人要进贡什么自鸣钟吗？怎么还没有送来？"

早在上年7月间，皇上就接到了驻山东临清向来往大运河的商旅征税的太监马堂的奏报，说有几个洋人要晋京朝贡。10月，马堂遵旨呈上所贡物品的清单，计有：

> 天主像一幅、天主母像二幅、天主经一本、珍珠镶嵌十字架一座、自鸣报时钟二座、《万国图志》一册、西琴一张。

单子呈上来皇上却未作批答，既不说让他们来也没说不让来，一压就是两个月，似乎皇上把这件事给忘了。这很平常，万历皇帝处理国事的主要方法就是把它忘掉。所以皇上越来越胖了，据说他已经像一座移动的肉山，过多的脂肪淤积在声带上，使他的声音细若游丝，紫禁城里的当值太监们必定都长着兔子一般灵敏的耳朵。

现在，他们听见了，皇上问起了自鸣钟！赶快让那几个洋人进京，把那自己会响的钟送来。

六

漫卷诗书喜欲狂，利玛窦后来肯定读过中国诗圣的诗，他将会想起1601年1月那个寒冷的日子，在那天，终于接到了皇帝的诏旨，命令他们即刻启程赴京。

他们已经在天津羁留五个多月了，漫长且似乎没有尽头的等待。有时利玛窦觉得也许会永远等待下去，他们将悬置在这里，被遗忘。实际上这不是不可能，利玛窦等人到京后见过一个突厥人，这个可怜的家伙从阿拉伯万里迢迢进贡一头狮子，然后他就开始等待朝廷批准他回去，他已经等了整整四十年，还得继续等下去。

但就在绝望中，北京发出了召唤，“这完全出乎意料，仿佛是回答了很多人在各个地方请求上天保佑这次远征成功的祈祷。……他们相信是手里掌握着皇帝们的心灵的上帝以他自己的神秘的方式造成了这场突然的变化，以便拯救这些灵魂”[①]。

——皇上想的是自鸣钟，利玛窦却惦记着皇上的灵魂。这位传教士 1552 年生于意大利小城玛切拉塔，早在青年时就发愿到“一片肥沃的土地上撒下宗教的种子，以便来日大丰收”。正值西方的地理发现和殖民扩张，传教士们远渡重洋，踏上一片又一片陌生的土地。1582 年，利玛窦抵达澳门，次年 9 月，他和一位同伴来到广东肇庆，开始了在中国毕其一生的传教事业。

此时，北京高大的城墙已遥遥在望，利玛窦抑制住剧烈的心跳，他一步一步，走向他的梦想：中国的皇帝将皈依天主，然后……

七

1583 年，也就是利玛窦来到肇庆的那年，在他的故国意

---

① 利玛窦等，《利玛窦中国札记》，何高济等译。北京：中华书局，1983 年，第 399—400 页。

大利，一个十九岁的青年注视着从教堂顶部悬吊下来的祭坛灯，那盏灯在摆动，摆过来摆过去，无论幅度大小，摆动的时间是一样的。手按着自己的脉搏，他感到那盏灯就在心脏中摆动。

他叫伽利略，比萨大学的学生。当他在祈祷会上偶然看到教堂的灯时，自然的谜底、它的内在规律向着一个好奇多思的心灵敞开，那就是物理学中的"等时性"，使摆动时间发生变化的，不是摆幅的大小，而是摆动的物体的长度。

于是，就有了钟摆。对机械计时器来说，这是决定性的进展，从此钟表的精确度就几乎是分秒必争——在此之前，一座钟一天慢上一小时也是寻常之事。

仅仅十八年后，一座装置了伽利略式钟摆的大钟已经出现在紫禁城内，不过有个问题：钟不走了。

八

利玛窦带来了两座自鸣钟，一座大的，一座小的。小的高可盈掌，青铜镀金制成；大的镀金铁质，钟摆露在外面。

1601年1月25日，发出鸣响的是那座小钟，大钟当然不会响，因为作为“当今世界最新科技成果”，它需要专业人员安装调试。

所以，传教士们可有的忙了，皇上迫不及待地希望听到那个巨大的怪物按着时辰发出响声，传召洋人火速进宫。利玛窦和一个同伴骑着马慌慌张张地赶到，只见那座金碧辉煌的钟正矗立在乾清门外的广场上。它太高了，一时无处安置。

那一天是快乐的，沉闷单调的宫廷生活忽然波光荡漾，外庭的太监侍卫们奔走相告，去看那个自己会响的钟。不仅是钟，还有两个洋人，洋人的鼻子高，眼珠是蓝的或黄的，像波斯猫。大钟前黑压压挤了一地的人，最后不得不用大棒子把人群驱散。

利玛窦也是快乐的，他终于来到了这个帝国的中心，进入了这座传说中的神奇宫殿，他甚至来不及仔细观察周围的一切，他觉得在晕眩中穿过了巨大的梦境。他一直等待着这一刻，从澳门、肇庆、韶州，到南昌、南京，他一步一步艰难地向这里行进，整整走了十八年。

利玛窦坚定地认为他将传播福音，但是现在，他得当一个钟表匠。

此后直到清代，传教士的一门必修手艺就是修理钟表。

九

万历皇帝把小自鸣钟摆放在寝宫，精巧的小钟，利玛窦已经把钟面上罗马数字的时间标记改成了中文的时辰。皇上入迷地注视着指针的跳动，有时他就一直这么看着，直到小钟内部一阵躁动后发出“当——当——”的鸣响。

皇上注视和谛听着时间，反正他有的是时间，闲着也是闲着。

很多年以后，另一位皇上——康熙皇帝写道：

昼夜循环胜刻漏，
绸缪宛转报时全。
阴阳不改衷肠性，
万里遥来二百年。

此诗题为《戏题自鸣钟》，康熙另有一诗《咏自鸣钟》：

法自西洋始，巧心授受知。
轮行随刻转，表按指分移。
绛帻休催晓，金钟预报时。
清晨勤政务，数问奏章迟。

——显然，康熙的生活节奏是被钟表时间所支配的，“绛帻休催晓”，天已经亮了，但表上的时辰还没到呢，还可以再睡一会儿，但如果看表到点了，文件就必须准时送来。即使是现在，在中国的偏远农村，一个农民还是会依据日升日落、天黑天亮的自然节律安排他的生活，相比之下，二百多年前的皇上更像一个现代人，他摆脱了自然节律的羁绊，直接皈依于钟表所标示的物理时间。

皇帝是天与人的中介，是天文、历法等事关天意的知识的垄断者，他本身就是时间的尺度，他的登基之年被称为元年，元而复始，直到下一个皇帝、下一个元年，时间完成了一次循环。所以，皇帝最先掌握了时间的秘密。

十

皇上有一座自鸣钟，这消息有一天终于传到了太后耳朵里，两三个宫女巧嘴八哥一样绘声绘形，把她们很可能尚未亲眼见过的自鸣钟说得无比神奇。于是太后发话了：“真有这样的玩意儿？赶明儿拿过来咱也瞧瞧。”

万历皇帝不想失去他的小自鸣钟，太后要是瞧着喜欢怎么办？那肯定就有去无还了；但太后要瞧瞧也没有不给的道理，思来想去，计上心头，皇上把两个太监传来……

这两个太监专门负责调校小自鸣钟，这使他们得以每日侍候在皇上身边，同伴们对此眼红得滴血：“这下儿可飞上了高枝儿了！”——当然，鞋夹脚只有自己知道，两个太监这些天度日如年，他们和另外两个太监跟着洋人苦学全套的钟表维护知识，怎么拆怎么装，怎么上发条怎么调指针，理解的要记，不理解的也要硬记，这些中国历史上最早的现代机械学徒简直要疯掉了。

——在并无充分背景知识的情况下迅速掌握一门技术，这几位太监是天才。每个齿轮、每个零件，利玛窦都必须给出一个中文译名，然后详细讲解其功能，也就是说一切从此时开始，也必须在此时学会。

现在，这两个太监已经成为大明朝的钟表技术专家。技术带来权力，这个现代法则开始像上满了发条的钟表一样运行，皇上不能违拗太后的意志，但是皇上手里有技术，他只需对着两个专家，如此这般，吩咐几句。

于是，小自鸣钟送到了太后寝宫，没过两天，又送了回来。

那座钟在太后宫里根本不曾鸣响，连指针都不曾移动，因为两个管钟的太监没上发条。

十一

这里有一个道德疑难：我们的皇上怎么竟惑溺于此等“奇技淫巧”？这岂非违背了千年以来的质朴道统？而他本应是道统纯洁性的最终守护者。

对万历皇帝来说，这根本不是问题，因为正如同时代的一位传教士富于洞察力地指出的：此人“除了敬他自己以外，什么神也不敬”。

当专心致志地“敬自己”时，这位幽灵般的皇帝就显得有生气、有个性，他像个土财主一样贪婪，尽管皇帝富有四海，但这抽象的财富不能使他满足，他一定要拼命积攒私房钱，为此在法定税收系统之外派出太监横征暴敛。据说他是个瓷器收藏家，但他的鉴赏趣味就像他的体重、他的钱癖一样粗俗夸张，他可以让御窑一下子烧制几万件茶杯、几千个罐子，景德镇就是因此而兴旺。这么多瓷器他当然不可能一件件使用或欣赏，但只是堆在库房里存着他就感到幸福。

——这样一个人，谁给他送礼他都会乐颠颠地收下。但问题的症结不仅在此，皇帝“只敬自己”与敬天法祖其实并无矛盾，正是终极道德体现者的身份赋予他一种道德之外的特权：“奇技淫巧”吗？的确是，但在深宫中，在皇帝自己的生活中所有那些来自海外的新鲜玩意儿就另当别论了。

20世纪70年代的中国人惊愕地发现“内部电影”一直在深宅大院中放映，而一个饱受“奇技淫巧”之训诫的明清百姓却永远没有机会看到，在皇帝的宫苑中、在高官的府邸中充斥着千奇百怪的舶来品。享用舶来品的特权几乎是按照他们在官方道德谱系中的位置分配的。

人性并未发生变化，古人和今人一样喜欢进口货，只是古人对此不肯承认。

十二

传说中，利玛窦是钟表匠的保护神——利玛窦自己肯定不答应，但有时人成了吃冷猪肉的偶像也确实由不得自己，谁让他开辟，甚至是创造了一个广大的钟表市场呢?

从1601年起，欧洲的钟表业感受着来自遥远中国日渐强劲的需求。到17世纪，钟表已成为中欧贸易的大宗商品，据1791年（乾隆五十六年）广州粤海关的一份文件显示，该年由粤海关进口的大小自鸣钟、时辰表及嵌表鼻烟壶等项共一千零二十五件。其中英国钟表更是独领风骚，在伦敦，巴伯特、乔治·希金森、詹姆斯·考克斯、约瑟夫·威廉森等制表名家都靠着对华出口挣了大钱。

于是，摆在堂上的自鸣钟和随身携带的时辰表进入了清代上流社会的日常生活。《红楼梦》中，刘姥姥初入贾府，到了凤姐屋里——

只听见咯当咯当的响声，大有似乎打箩柜筛面的一般，不免东瞧西望的。忽见堂屋中柱子上挂着一个匣子，底下又坠着个秤砣般一物，却不住地乱晃。刘姥姥心中想着："这是什么爱物儿？有甚用呢？"正呆时，只听得当的一声，又若金钟铜磬一般，不防倒吓得一展眼。接着又是一连八九下。

——在这部伟大的中国小说中，事物在不同的经验背景中被描述：打箩柜筛面一般、秤砣般、金钟铜磬一般，它作为纯粹的、陌生的"物"闯入乡村老妪的视听。看到这里，高雅的清朝读者不禁莞尔，他们知道那是什么，那是自鸣钟，平平无奇，现在就在他们的书房里"咯当咯当"地响着。

所以，当1793年英国的马戛尔尼使团来到北京，献宝一样送上最新款式的钟表时，乾隆皇帝的反应令他们煞是无趣：这些玩意儿我们这儿有的是。

——的确如此，早在1760年，一位传教士就写道，清宫里"塞满了各种钟、表、报时器、天文钟——合计共有四千以上，皆出于伦敦和巴黎名匠之手"。

十三

皇上问：洋人可有什么奇风异俗？

皇上问：洋人的国王穿什么样的衣服梳什么样的头？住什么样的房子？怎么娶亲？死了怎么办丧事？

皇上问：那两个洋人一天喝多少酒吃几个馒头？

那些日子里，利玛窦很忙，他得安装那座大自鸣钟，还得向几个徒弟传授技术——的确是徒弟，四位管钟的太监一上来就磕头拜师；但门帘一挑，就会又进来一个太监，朝南一站，扯着嗓子喊："皇上有旨，问洋人话——"

于是利玛窦就赶紧回去翻箱倒柜查资料，然后捧着脑袋苦苦思索怎么才能把话说清。他像个小说家，自己所熟悉的世界在形诸语言时竟变得水一般难以把握，况且他还是个外国小说家，他还得自己给自己当翻译，他感到读者或听众正用茫然困惑的眼神注视着他……

利玛窦一溜小跑，气喘吁吁地回来，腋下夹着一幅画和几本书："你看，就像这画儿里画的……"他在文字穷尽时发现了图像的直观力量，多亏他随身带了一批洋画，这些画成为他讲述欧洲时的插图。

“您看哪，皇上，这就是洋人的国王住的地方……”太监回来了，太监把一幅画摆在御案上。

万历皇帝仔细看了半晌，忽然，皇上笑了，一阵不可抑制的笑，他的眼泪都笑出来了，肥胖的躯体在抖动：

“他们就住在这么高的楼上？上不着天下不着地，爬上爬下的，就不怕累着？”

——画上画的是威尼斯圣马可宫。

十四

在故宫珍藏的钟表中，有一座《象驮阿波罗神乐钟》，伦敦钟表匠乔治·希金森出品，大约制于1736至1758年，四头大象驮着两层楼的教堂，教堂大门上是一幅彩绘的凡尔赛宫远景。

这座钟不知摆在什么地方，也不知乾隆皇帝是否见过，即使见过，他也未必会觉得开了眼界。现在距1601年已经一百几十年了，皇上平日里多半住在圆明园，那神话般的苑囿中有十二座西洋楼，是由在华传教士们按照欧洲风格设计的，当然他们只需照搬或者模仿凡尔赛宫和申布伦宫就足以在中国成为别开天地的建筑天才——就像中国人只要出洋一趟，读几本洋书，转过身来就可以高头讲章，兴风作浪。

所以，到了18世纪，皇上本身就生活在“凡尔赛宫”，舶来品的引入已经不足以激起他的好奇，恰恰相反，洋人有什么了不起呢？我这儿也有，他们正为我造房子，修钟表，画画儿，弹洋琴——万物皆备于我啊。

欧洲的妇女、儿童和老人，欧洲的城镇和乡村，战车和帆船，猎人、农夫和士兵，一切尽收眼底。如果皇上仔细观赏了他的所有钟表，他就会成为那个时代对世界了解最深的中国人，因为每一座钟都是艺术品，欧洲的工匠把他们生活和文化中的各种基本形象都表现于钟表的造型。

但就像顿顿吃西餐也未必就是精通西学一样，钟表上的欧洲风情从来没有转化为皇上的知识。皇上的知识体系是坚如磐石的堡垒，异域风物只是堡垒外随处开放的野花。

1793年8月24日，马戛尔尼游览圆明园，陪同官员事后在奏折中写道：

> 该贡使……随赴正大光明殿丹墀下瞻仰殿宇，

相顾肃容。询问中设宝座即向上免冠，举掌顶礼。奴才等察其情词，十分恭顺，并瞻仰殿宇辉煌，心钦壮丽。

总之，洋鬼子们直如刘姥姥进了大观园。乾隆皇帝看了报告肯定受用，他永远不会知道的是，马戛尔尼在正大光明殿里费了多大的劲儿才绷住不笑——

在大殿的角落，有一座英国自鸣钟，每隔一小时，它就会叮叮当当地放出一段乐曲。这次倒是凑巧，马戛尔尼等人正好碰上，那是多么熟悉的旋律啊，几个英国人面面相觑，在这庄严的殿堂上回响的竟是《乞丐歌剧》中的下流小调！

一个使团成员差一点就下意识地跟着哼唱起来。

十五

在以后的日子里，利玛窦一直在苦苦思考自己从意大利到中国的漫长行程的意义。一个人带着一瓶水艰苦卓绝地向前走去，一直走到了目的地，他把这瓶水倒向浩瀚的沙漠或者海洋，这时，“意义”的疑难就像一支无可闪避的利箭射中他的心。

利玛窦来到了北京，进入了皇宫，但他一直没能见到咫尺之遥的皇帝。那位神秘的隐士不肯让任何人打破他的幽居，他是多么想知道来自天方泰西的洋人长什么样子啊，但他竟从未想过把两个洋人传进内廷，当面看看。万历皇帝的好奇心以一种怪异的方式得到了满足，他派出宫廷画师为利玛窦和同伴画像。

——画得一点也不像，利玛窦算是领教了中国画的写生功夫：“看到画上的样子，我们自己都认不出自己了。”而皇上看了画，不禁叫道：“这不就是回民嘛！”

至此，对万历皇帝来说，一切问题都已解决：来了两个洋人，本以为是青面獠牙的，原来不过是回民，虽然听太监说这两个人是吃猪肉的，但总之，太阳底下的新鲜事实在不多。

当人们以为“理解”时，实际上是更深的“误解”。万历皇帝也曾看过利玛窦带来的《天主像》，画面上是耶稣受难，这位无所不知的皇帝想都不想就是一句断语：“这是活菩萨呀！”然后这幅画就被收进了库房。

所以，尽管利玛窦不曾承认，他真正带给这座皇宫的就只有那两座钟，自动鸣响的钟。

十六

1604年，也就是到北京的第三年，利玛窦接到了来自意大利的家书，那信纸上带着亚得里亚海的阳光和海水的气味，利玛窦的手在颤抖。

——真不知该痛哭还是该欢笑，正所谓悲辛交集。利玛窦从信中得知，他的父亲刚刚去世。但问题是，早在十一年前，1595年，他就已经听到父亲去世的消息，他当时身在南昌，曾为此长久地哭泣和祈祷。十一年前的消息应是误传，但这个讹误使他落入了多么荒诞的时间陷阱。

一个人生活在两套时间之间，他身在中国，他知道“此时”正在面前的钟表上一秒一分地流失，但是在血液中、在心灵的最深处他另有一座钟表，那是欧洲的时间，是他的故国故土的时间。漫长的空间阻隔使他无法把这两座钟表调校一致，欧洲的“过去”经过风涛艰险的邮路抵达中国的“现在”，而欧洲的“现在”对他来说是望眼欲穿的“未来”。利玛窦曾经收到过一封欧洲来信，写于 1593 年，信中说他在 1586 年写去的一封信刚刚收到，而他看到这封复信时已是 1595 年了。

这个给中国带来现代钟表的人就这样在不可解脱的时间混乱中度过了他在北京的最后岁月，直到 1610 年逝世。他长眠于此，万历皇帝破例钦赐墓地，那里是现在北京行政学院内的藤公栅栏。

十七

据马叙伦《石屋续渖》记载，同治皇帝一天见到朝臣佩带计时器，立时大发龙威，“遽取而毁之，作色曰：‘没有这东西，便不知时候？’”

——齐东野语，不可尽信。但面对着巨大的现代性压力的同治皇帝对体现着西方历史逻辑的计时器狠踩几脚也确实有着耐人寻味的象征意义。

如果同治皇帝知道早在古罗马时就有个叫布拉图斯的人写诗诅咒刻薄的时间统治，他没准倒会引为同调。罗马人根据日晷确定一日三餐的时间，布拉图斯写道：

天杀的那个带头发明
怎么计算小时的家伙！那小子也该杀，
那个正在这里竖起日晷的人，
就是那玩意把我的时光分割得四分五裂，
七零八落。在俺的孩提时候，
俺的肚皮就是日晷一个；更精确，
更准时，那些玩意哪里及得上。
该填饱肚子了，什么时候该补充补充藏货了。
可是啊！好景不长，现在这光景即使俺该进进货，
也是办不到的，除非太阳那厮给俺这么一个允许，
依俺所见世界上倒有大半的人，
正在挨着饿哪，看啊看，他们都饿得爬到这大街口儿上来了。

十八

1860 年 10 月，再有三个月就是利玛窦进北京二百六十周年，但没有人记得这个日子。10 月 18 日，英法联军闯入圆明

园，大肆劫掠之后点燃了大火，凡尔赛宫般的西洋楼烧作断壁残垣，几代欧洲钟表匠的心血结晶，那些精美的钟表灰飞烟灭，其中或许就有那座会唱《乞丐歌剧》的大钟？

这是一个时间停止的日子。

附记一：

大钟的灵魂

利玛窦送来的那座大自鸣钟最终被安置在乾清宫和坤宁宫之间的交泰殿。按利玛窦自己的说法，似乎为了放下这座巨钟专门修建了一所殿堂，他显然沉溺于一种备受重视的错觉中，其实交泰殿早在嘉靖年间就建成了。

“大自鸣钟”至今仍在交泰殿西间。形如楼阁，通高一丈六尺四寸——的确很大——黑漆描金，遍刻番莲花。分上中下三层，一层内设三组机轮，第二层为标刻罗马数字的表盘，第三层有两个铜钟，一时一鸣，一刻一响。每个月上弦一次，需要登着梯子，爬上二层。

但这座钟已经不是利玛窦的那座钟了。清嘉庆二年

（1797 年），乾清宫失火，延及交泰殿，利玛窦之钟亦遭焚毁。次年，由清宫造办处重制一座，除外观踵事增华外，基本设计应该还是模仿老钟。

沈初《西清笔记》中说：

> 交泰殿大钟，宫中咸以为准。……蹑梯而上，启钥上弦；一月后始再启之。积数十年无少差，声远直达乾清门外，犹万历时旧制也。于文襄执政时，每闻钟声，必呼同直者曰："表可上弦矣。"

于文襄是乾隆朝的大臣于敏中，老先生在外廷当值，每逢交泰殿的钟声遥遥传来，都要招呼同僚，掏出怀表，对时、上弦。这座钟走时之准确，钟声之宏远，由此可见。

在漫长的岁月里，它一直是中国皇宫日常生活的时间基准。如果它有灵魂的话，当它焚毁时，它的灵魂就飘荡在所有的钟声之中了。

附记二：

玩具总动员

钟表为“百器之母”，现代机械工业由此而肇端。康熙年间，清宫内专制御用物品的造办处已设有钟表作坊；雍正时名为做钟处，工匠上百，但主事者均为西洋传教士。此后广州、苏州、南京的钟表业兴起，据说到18世纪末，“广钟”的制作水平已与英国不相上下，价格却便宜三分之一。但钟表业的发展并未带动机械知识的增进和机械技术的推广。实际上，某些关键零部件，比如发条，还必须依赖进口。到19世纪，道光皇帝在位时，清宫不再做钟，国产钟表也逐渐凋零。

钟表传入中国的更为确切的后果是，刺激了明清两代，特别是清代对于发条驱动的机械玩具的狂热喜好。

乾隆时，清宫中一位传教士抱怨道："皇上指派我为御用表匠，不过我在这里的地位毋宁说是个机械工人，因为皇上老是让我帮他造些稀奇古怪的机器与玩偶，而不是名副其实的钟表。"

荷兰东印度公司的代表于乾隆六十年（1795年）出使北京，回国后报告说："如果有人想要到北京去，最好行囊中带些我们欧洲青少年爱玩的东西，这类玩物会比什么科学仪器或艺术品之类的东西，更能受到中国朝野人士的欢迎。"

于是，大批最奇怪的玩意被造出来，买进来。嘉庆年间的一位文人写过《竹枝词》，吟咏当年广州通商景象，其中一首提到了玩具钟：

玻璃挂壁响叮咚，
未抵拈毫写法容。
书满乌丝听啼鸟，
案头闻煞八音钟。

原来广州洋行里有一座钟，里边有个铜人能画千手观音像，还能在纸上画出栏线，写一手楷书，钟的上部是两只铜雀，据说“飞鸣如生”。

这还不算新奇。据《庄谐杂录》记载，曾有洋商兜售发条玩具，索价白银五万两，那是一朵机械莲花，每过一个时辰就戛然一声改变一种颜色，一会儿是红莲花，一会儿是白莲花，一天十二变，色色不同。

乾隆皇帝八十大寿时，两广总督福康安进献一个小楠木匣子，打开是一间小屋，屋内摆设屏风，屏风前是一张几案，其上摆列笔砚文具。拨动案下的机关，就有高约一尺的西洋少女从屏风右侧走出，磨墨铺纸。然后只见一个大胡子男人从屏风左边出来，径直走向几案，提笔写下“万寿无疆”四字，书成掷笔，返回屏后。那少女从容收拾笔砚，一一放回原处，最后关上屋门。

造出这么个宝贝的却不是洋人，是总督衙门里的一个小吏。但福康安大人还不满意，捻髯沉吟道：“如果‘万寿无疆’再写出满文来，就更好了。”

这下可苦了这位机械天才，他回家后躺在床上，不吃不喝，傍晚时坐起来，找了一匹布，紧紧缠在头上，然后爬上屋顶，望着星空，一坐就是一夜。如此三天三夜，终于跃然而起，大叫一声：“有了！”

但乾隆皇帝却没能欣赏到这个能用满汉两种文字书写“万寿无疆”的复杂装置。据说福康安得罪了太监，太监说：“机器这玩意儿，说不准什么时候出毛病，万一送到皇上跟前儿，写到‘万寿无——’，它就不写了，停了，这谁担待得起呀？”

这个故事的结局是悲凉的：小吏在那三天三夜中耗尽了脑力，从此竟失去记忆。

乾隆八旬万寿之年是1790年。在此之前七十六年，英国国会于1714年通过决议，公开悬赏重奖能以精确的海上时钟确定经度子午线之人。从此，大批英国机械钟表才俊为之殚思竭虑，各逞巧思，直到1761年，由约翰·哈里森克竟全功。从此，英国的舰船将畅行海上，而因为罗伯·胡克在此过程中发明了弹簧驱动，钟表也变得可以随身携带。

当然，他们没有忘记为大清帝国制造机械玩具，那可以带来高额利润。在广州，有个英国人倒腾来一批“咕咕钟”，声称到了时辰就会有一只杜鹃鸟跳出来咕咕叫，于是一销而光。他马上从伦敦又进了一批，但这批钟大概是假冒伪劣，杜鹃鸟倒是能跳出来，却不能咕咕叫。货砸在手里，该老兄急得直想跳河，忽然灵机一动，对客户们说：

“这杜鹃可不是一般的杜鹃，这是神鸟。现在还不到叫的时候，只要到了季节，你们就听吧，所有‘咕咕钟’里的鸟都会一起叫！”

他的钟不知到底脱手了没有，但他胡诌出来的场面倒是蔚为奇观——那简直是玩具总动员。

附记三：

午门秘戏图

庄严的大殿上回荡着下流小调，这很滑稽。还有另一种滑稽，见于况周颐《餐樱庑随笔》：

> 北京午门，门洞凡五，……其内向东第二门口石阶上，有旧刻仿秘戏图，大径二寸强，着笔不多，殊栩栩饶画意。此必守门将士粗谙绘事者，以锥刀划成。往来蹴踏，渐就夷漫，当是明季人所为。

——在午门，在帝王神圣的殿堂之前，守门的将士曾经用刀，或者用枪尖刻下一幅春宫。

八声甘州

一

可能是公元1298年，一个人在热那亚描述世界——世界宽广，当你们的视线像一支箭一样坠落，当敲击大地的马蹄声终于消歇，世界依然浩浩荡荡地展开。从这里向东去，一直走向东方，有沙漠、高山、森林、草原和奔腾的河、静谧如处女的湖泊。当走到大地尽头，你们看到太阳从海上升起，看到繁星般密布的美丽城郭，雄伟的宫殿，喧闹的街道，还有无穷无尽的人；华贵的丝绸在每个人身上披拂，丁香、肉桂和大黄载满每一辆车和每一艘船，玫瑰色的天空飘荡着辛香的气味……

那是一个神奇的国度，它的名字叫——“契丹”（Cathay）。

二百年后，1498年5月30日的黎明，船队驶出西班牙桑卢卡尔港，鸥鸟清唳，海面像在暗处波动的锦缎，闪着幽光。船队向西，将一直向西，如果地球是圆的，那么终究会抵达东方——也就抵达了“契丹”。

这已经是哥伦布的第三次远航了，这位名垂史册的“发现者”至今不能肯定他发现了什么。是的，他曾经踏上陆地，曾经遭遇那里的居民，但“那里”究竟是“哪里”？是印度吗？是日本吗？是契丹吗？他的手在案头一部抄本的封面上茫然滑动，封面是羊皮的，手感细腻，上面写着：《世界之描绘》。

——正是这次描绘使西方人心中的世界变得大了。人心像鸟一样在更大的世界中翱翔，它们俯瞰着、追逐着大地上的一个黑点，那黑点在移动，那是一个人，一个名叫马可·波罗的意大利人，他在大地上的漫游画出了一条通往新世界的轨迹。

但前人的轨迹即是诡计，追随着前人遥远的背影走过去的人们最终会雾失楼台，歧路彷徨。现在，哥伦布就陷入了巨大的困惑和焦虑，那个狡诈的威尼斯商人，他的“世界”简直是一个迷宫。

马可·波罗就坐在迷宫的中心，神秘莫测地微笑。如果你有一张2015年版的世界地图，再有一本《马可·波罗游记》——那是《世界之描绘》后来通行的名字——按照《马可·波罗游记》的叙述勾画出他的旅行路线，地图上最终会出现一团杂乱无章的线条。似乎马可·波罗一直在力图甩掉神秘的追踪者，他的行程到处是莫名其妙的转折，不理性的迂回，还有难以解释的跳跃。

马可·波罗似乎乐此不疲。比如他从鸦儿看、忽炭、佩姆、车尔臣、罗布、沙洲抵达甘州，这条路线在现在的地图上是新疆叶尔羌、和田、于田、且末、若羌、甘肃敦煌、张掖，大致上还算合理，但接着，他就开始胡来了。他从张掖掉头回敦煌，折向正北，直奔蒙古都城哈喇和林，也就是现在的蒙古国中部。然后，他余兴未消，继续向北穿过西伯利亚大概到了北冰洋，一转身，就没了踪影。他再露面时竟然还是在甘州，也就是今之张掖，从这儿重新出发，这回是向东北走，去蒙古上都开平——其地在今内蒙古自治区正蓝旗东部。

这真是疯狂的漫游，足以使任何追踪者晕头转向、筋疲力尽。但如果那神秘的追踪者手里有一张现代地图的话，他将能够看得出来，甘州是这通乱七八糟的折腾的轴心，马可·波罗把他从这里引开，但最终又神秘地回到这里——这里隐藏着真正的秘密。

二

16世纪，葡萄牙人已在澳门立足，利玛窦等传教士在缓慢艰难地向北推移，由广东、江西抵达南京，利玛窦甚至短暂地去过一次北京。但他们从未想过这就是马可·波罗所说的“契丹”，他们仍在寻找“契丹”。在当时欧洲人的世界地图上，“契丹”是中国长城之外的大片未知区域。那是梦一般的国度，在马可·波罗的叙述中闪耀着奇幻的光芒。

直到1601年，现实开始侵入梦境。这年的1月24日，也就是明万历二十九年十二月二十一日，利玛窦第二次来到北京，他将死于此、葬于此，他的传记作者写道：

> 他刚从光秃秃、灰蒙蒙的平原上远远望见萧索的树梢巅上升起了那穿着丧服似的黑暗阴森的巨大城墙的阴影，城墙的高度惊人，在一个16世纪的欧洲人看来无比高大。[①]

利玛窦并不知道他正在进入马可·波罗笔下的“汗八里”：“汗八里城位于契丹省的一条大河上，自古以来就以庄严华丽著称。”

直到有一天，利玛窦终于恍然大悟，原来“契丹”就是中国，“汗八里”就是北京！

三

在甘州，有一尊佛和一座塔。

佛是卧佛：

① 裴化行，《利玛窦神父传》，管震湖译。北京：商务印书馆，1993年，第331页。

至于那尊巨大的卧佛像，其一只手放在头下，另一只则放在腰间，它全身为金黄色，他们称之为“释迦牟尼佛”。[①]

塔为木塔：

这是一座两层（15层）的八角形城堡的主塔，带有曲线塔顶，为中国式建筑……它是以精心加工的木料（竹料）建成，用漆漆成了金色。大家甚至可以把这座古建筑误作一块巨大的黄金。[②]

——但这座塔另有神奇之处：

他们在该塔下辟出了一间地下室。那里有一张铁桌子，承负着一个铁轴的脚。该铁轴是本塔的主要支架，由下而上支撑着整个建筑，……只要到地

① 阿里·玛扎海里，《丝绸之路：中国—波斯文化交流史》，耿昇译。北京：中华书局，1993年，第50页。
② 同上。

下室中去稍稍转动一下铁轴，即可使整个塔围绕该轴旋转。[1]

1420年9月的一天，波斯国王沙哈鲁向大明永乐皇帝派遣的使团终于抵达甘州。使团成员中有一位名叫火者·盖耶速丁·纳哈昔的画家，在木塔的地宫中，他轻轻推动“铁轴”，他感到深远的天空开始旋转，大地倾斜，喧嚣的甘州城倏然沉寂，所有的人都停下了脚步，锐利的金光刺痛了每一双眼睛——黑色的、棕色的、蓝色的眼睛。

在今日的张掖，佛仍在，安卧在大佛寺中，身长34.5米，肩宽7.5米，金装彩绘，是中国最大的室内卧佛。塔也在，就在张掖第一中学院内，但曾在盖耶速丁心上和笔下转动的塔已于清末毁于大风，1926年重建后已是砖木结构，唯“木塔”之名犹存。

在中国，一座塔倒下去了，人们在它倒下去的地方重修一座塔，于是这座塔仍在。塔矗立在记忆中，记忆中的塔不是一种实体，而是一个名字，一代一代工匠的劳作反复书写

---

① 阿里·玛扎海里，《丝绸之路：中国—波斯文化交流史》，耿昇译。北京：中华书局，1993年，第51页。

着同一个名字。所以古建筑被大风吹倒了，被一把火烧掉了，或者在推土机除旧布新的轰鸣中被夷为废墟，我们都不会痛惜，因为可以盖新的，而“新”的即是“旧”的。那座木塔始建于隋朝开皇二年（公元582年），唐贞观十三年、明永乐元年、清康熙二十六年三次毁而重建。如果有一天，1926年的塔也倒塌了，我们还会再建一座，可能用玻璃或钢铁，但它还是“木塔”，是一座一千几百年的古塔。我们热爱我们的历史和传统，但我们对“历史”和“传统”有一种非常非常独到的理解。

所以，盖耶速丁在1420年看到的那座“古建筑”实际上建于十七年前，它也从来不能转动，至少没有一个中国人曾经看到它在阳光下旋转。这座塔一直稳定地矗立着，已经矗立了近千年，还将继续矗立下去。只是有一天，当来自波斯的“画师盖耶速丁老爷”书写他的旅行日记时，这座塔忽然陷入了一阵晕眩……

盖耶速丁用波斯文庄重地写道：

> 全世界的高级木工、铁匠和画家都应该去欣赏

该建筑，以便向中国艺术家学习。[①]

这份日记后来收入了波斯史著《贝孙忽尔历史精华》。此后很多年，读到这部书的人们都会看到那座转动的塔，它在一千零一夜的深蓝夜空中闪闪发光。

塔的下面是梦中的甘州。

四

驼队沿着古道行进，穿越高原、雪山、大河和荒漠，经历盗匪、战乱，天地间的一切都在考验他们，人必须承认自己的脆弱和微渺，也必须证明自己如何强壮和刚毅。

这条路不仅流通货物，也流通精神。无论东来或西去，走过了这条路的人都会被酷风烈日锤炼出纯净的宗教精神。最深沉的敬畏和最虔诚的坚信才能使他们走下去，黄沙半掩前人的白骨，他们走过去就像在岁月流年中走出自己的肉体。

---

① 阿里·玛扎海里，《丝绸之路：中国—波斯文化交流史》，耿昇译。北京：中华书局，1993 年，第 51 页。

然后，他们就到了，他们看见了嘉峪关雄伟的箭楼，他们走进肃州或者叫酒泉，稍事停留，他们终于抵达甘州或者叫张掖。艰难的路至此终结，大地、天空和人都不再凶险，他们将得到世界上最严密、最有效率的行政体系的保护，他们是皇帝的客人，他们将通过驿站被逐程送往长安或者北京。

时间是无限重复的，就像行走在大沙漠或戈壁滩上，每一天都在重复上一天，一切都不曾改变。

比如 1601 年，一支来自中亚的朝贡商队在北京遇见了一个意大利人，他叫利玛窦。利玛窦向他们打听马可·波罗的踪迹，他问：马可·波罗去过的“契丹”在哪里？那个有上万座桥梁的“汗八里”在哪里？

——那时我们都快笑破了肚皮，想一想吧，马可·波罗也会问：大明朝在哪里？北京在哪里？于是我们就指着他的脚下说，在这里，就在这里。

1605 年，也就是明万历三十三年，又有一支商队从北京回到了甘州。他们的马匹和骆驼满载着铁锅、瓷器、丝绸、香料和药材，以及大批的趣闻和传奇，比如，在北京有一个意大利人，意大利人向我们打听是否在路上碰见过一个和他一样的人，天哪，难道他觉得自己那副样子还不够怪异？

——他们回来了，他们又看到那座木塔，旋转的木塔，他们还将看到另一个怪人，与那意大利人一样的人。

五

鄂本笃死于寻找中国或“契丹”的旅程的终点。这个终点在绝大部分史料中被标为肃州，也就是今之酒泉，在张掖以西，是明代另一个边关重镇。但在伊朗裔的法国学者阿里·玛扎海里的《丝绸之路：中国—波斯文化交流史》中，事情看上去并非确定无疑，玛扎海里在该书导论的第 2 页说，鄂本笃“于 1607 年 4 月卒于肃州”。仅仅过了 13 页，在第 15 页上他又写道：鄂本笃“是在甘州被毒殄”。显然，在这 12 页之间，他改变了主意，让鄂本笃继续前进，从肃州走到甘州。

这可能是一次笔误、一个漏洞，但我非常喜欢这个漏洞，它比平滑无疵的表面更有诱惑力，我可以从漏洞滑下去，准确无误地落到这篇文章上；而鄂本笃，我估计他也更愿意死在甘州，因为在这里，他真正抵达了迷宫的中心，他将与过去和现在相会，与两个意大利人——马可·波罗和利玛窦相会，以一种令人惊叹的完美结束他忒修斯式的壮举——

他可以对马可·波罗说：这里就是“契丹”、中国，是大明帝国，你还想把我带到哪去呢？

葡萄牙人鄂本笃是1602年或1603年从印度莫卧儿王朝的首都亚格拉出发的。在此之前，天主教驻印度总主教接到了利玛窦的报告，后者根据他在北京与中亚商人的交谈，断定马可·波罗所说的“契丹”就是他们已经进入而且占据了一处名叫“澳门”的港湾的中国，他建议修改世界地图，把“契丹”的名字从中国以北的广大地区上删去，因为那里并不存在另外一个名为“契丹”的国度。

千百年来，散居于世界各地的人们在想象中绘制世界的图景，当利玛窦进入中国时，他发现这里的地图上只有一片大陆，那就是赤县神州，在大陆的边缘散落着一些蕞尔小岛。他必须向这里的人们澄清自己究竟从何而来，所以他献给万历皇帝的礼物中就包括一册《万国图志》。当然，利玛窦把图中的中国画得尽可能大一些，而且中国依然位于地图的中央，他希望这幅较为准确、真实的地图不至于冒犯我们的世界观。

但是，万历皇帝对利玛窦送来的自鸣钟和洋画更感兴趣，从现有文献中甚至不能肯定他是否看过这份地图。大约两百四十年后的1842年4月，大清王朝与英国之间的战争已经开始将近两年，道光皇帝才忽然命令浙江前线的将军审讯俘虏，“详细询以英吉利距内地水程，据称有七万里，其至内地，所经过者几国？”——也就是说，直到此时，皇上还不知道这个英吉利国在哪呢！我们的历史学家实在着急，忍不住提醒他，在紫禁城中就珍藏着由利玛窦的后继者、传教士南怀仁为康熙绘制的更为精确的《坤舆万国全图》——道光皇帝本应是当时中国最有条件回答这个问题的人。

不过你不能对道光皇帝过于苛刻，即使看过那幅地图，他对“英吉利在哪里”也很难有清晰的概念，因为这个问题只有在特定的知识背景、特定的世界模型中才是有意义的。我们现在知道英国在哪里，是因为我们知道世界有七大洲四大洋，知道地球各个部分之间的相对位置，这是我们的常识，但对道光皇帝来说还是一片空白。他固然有一幅世界地图，但就像明朝的官僚们把利玛窦送的地图裱起来挂在客厅里一样，那不是“知识”，是新奇的陈设。

而在1602年或1603年，生产和确定关于世界地图的知识是葡萄牙驻印度殖民当局的一件大事。这是漫长复杂的制度化过程，他们不能仅仅根据利玛窦听来的传闻做出决定，就像在法庭上不能依靠单方面证词做出判决。他们需要证据，地图绘制出来之前，大地要由人用双脚去丈量，他们必须派人走一趟，从另一个方向，沿着马可·波罗的足迹走，如果他能够与利玛窦会合，那么就最终证明了中国就是“契丹”，地图将必须修改，使经验获得合法性，成为普遍的知识。

于是，鄂本笃出发了，他假扮亚美尼亚商人，混入中亚的朝贡商队，经过今日的巴基斯坦、阿富汗、中国新疆，于1606年抵达甘州，在这里，他听到了利玛窦的消息。

六

1935年1月3日，瑞典探险家斯文·赫定抵达甘州，“戏园子里在演戏；街上走着欢庆队伍；一群群乔装打扮的小丑和服装鲜艳的男孩子踩着高跷，招摇而过”。原来“中国通过了一项法令，废止中国的旧历年（春节），改成与西方国家一样的时间庆祝新年”。

——居然还有过这样的事情。大概1935年的国民政府认为春节既不“文明”又不“进步”，如果他们再把圣诞节定为法定节日，你也不必感到奇怪。

但是，甘州城里的权贵们“别出心裁，以令人生厌的方式，为新年庆祝活动增添了内容”。斯文·赫定住所附近的县衙里正在审讯犯人：

> 那一声声惨叫，在衙门里一个个有围墙的庭院内回荡着，听起来那么逼真，那么恐怖，简直不像是人的声音，更像是受宰割的畜生的哀号。在一声声惨叫中还可以听到刑吏发出的命令：“再重一点！”接着又是拷打声，又是一连串含糊不清的招供声。[①]

所以，对斯文·赫定来说，“再没有比甘州给我们的印象更残酷了”。

此时的甘州荒凉破败，“但有几条街的风景很别致，房屋画栋雕梁，很是精致。城里有几座颇具规模的庙宇，有一座叫大佛寺，里面有一尊身长四十步的卧佛。有一座俯瞰全城的高九层的塔，叫木塔”。

---

① 斯文·赫定，《丝绸之路》，江红、李佩娟译。乌鲁木齐：新疆人民出版社，1996年，第241页。

在木塔的注视下，斯文·赫定一行离开了甘州，他们将经过兰州，抵达西安，结束这次艰难的探险考察——他们1933年10月从北京出发，经内蒙古、甘肃进入新疆，再从乌鲁木齐出发，沿着马可·波罗和鄂本笃曾经走过的路，经哈密以东星星峡进入甘肃。这就是西北公路探险队，一群科学家在中国风雨如晦、山河破碎的日子里梦想着修筑一条由内地通往新疆的现代公路，重现古道昔日的光辉。斯文·赫定写道：

> 旅途中，我一直都在想象，仿佛已看到一条崭新的公路穿越草原和沙漠，一路上有无数的桥梁架在河川小溪和水渠沟壑上……公路的路线会忠实地沿着古代商队和车轮留下的足迹和车辙向前延伸……
>
> 我想象着一幅幅感人至深的画面和热气腾腾的生活情景，憧憬着技术进步将给这片土地带来的灿烂前景，幻想着人的创造力将得到空前发展，使人为之目眩。[①]

① 斯文·赫定，《丝绸之路》，江红、李佩娟译。乌鲁木齐：新疆人民出版社，1996年，第217页。

——不过技术进步还有另外一个小小的副产品，就是在甘州衙门里遭受拷打的那伙强盗："这伙强盗自己对他们抄袭的富裕农户也用严刑拷打。他们甚至给各种挖空心思想出来的刑具起了时髦的西方名字，诸如'坐汽车''打电话''坐飞机'等。"①

梦想中的公路当时并未建成，但斯文·赫定写出了一本《丝绸之路》，那条千年古道从此通过这个名字广为人知。

七

鄂本笃发现，在甘州，他被关在了门外。商队中一部分人继续前行，而鄂本笃和其余的人却必须留下等待他们回来。这是漫长枯燥的等待，1606年整整一年，鄂本笃走遍了甘州城内的每一条街道。也许他将永远留在这里，在这个不知是中国还是"契丹"的地方，直到那座木塔真的陀螺般旋转起来。

焦虑、烦躁、恐惧和莫名的愤怒像慢性毒药一样侵蚀

① 斯文·赫定，《丝绸之路》，江红、李佩娟译。乌鲁木齐：新疆人民出版社，1996年，第241页。

着他的身心，他越来越感到自己是某种庞大的深不可测的阴谋的牺牲品：那些穆斯林为什么要把我扣押在这里？我为什么不能继续走，一直走到汗八里或者北京？他们企图隐瞒什么？在这甘州城的东门外，无边无际的荒野尽头究竟埋伏着什么秘密？这里是马可·波罗曾经停留的地方，他由此走向了“契丹”，但问题是这个威尼斯老骗子究竟是怎么走的？他的身影和足迹在这里变得混乱模糊。

只有大佛知道，因为大佛见过马可·波罗。马可·波罗在《马可·波罗游记》甘州一节中写道：

> 有的偶像呈侧卧式长十步，小鬼则在后面，像弟子一样恭敬侍立。

那正是这尊卧佛，他现在面对鄂本笃，视之若醒，呼之若寐，神秘的笑意若有若无。

鄂本笃把一腔怨毒都发泄在他的穆斯林同伴身上。人们不得不惊叹那种西方式的偏执，生死与共的旅行丝毫未能化解他的警觉，在三四年的时间里，这位天主教传教士居然对同伴没有建立起起码的信任和理解。实际上，并非穆斯林商队蓄意把他“扣押”在甘州，这只是朝贡贸易相沿已久的规则，只有那些在自己的国家中获得特权的主要商人才能前往帝都，其他人必须留在边关，委托前者代卖货物。这是一项具有巨大商业利益的特权，为什么要把它赋予这个来历不明的“亚美尼亚人”？

然而有一天，正是从另一队归来的穆斯林商人口中，鄂本笃确切地知道了北京有几个传教士。据说他们颇得皇帝宠幸，皇帝赏给他们大批的银子，数都数不过来，只好车载斗量——财富总是有一种在空间延展中的递增效应，利玛窦等人领得的一份平常的俸禄到了千里之外已经变成了银山。

鄂本笃欣喜欲狂，他不知道那些人是不是利玛窦他们，但无论是或不是，他此行探究的谜底都将由此揭开，他一封又一封地写信，委托穆斯林商人们带去，然后焦虑地等待回音。

1607年3月31日，鄂本笃躺在病床上——

> 就在前一个晚上，在梦中或幻觉中，他得知次日有一名耶稣会士要从北京到来。他心里有这件事，就吩咐他的亚美尼亚同伴到市场上去买些东西施舍

> 给穷人；同时他虔诚地祷告上帝不要让他梦中出现的希望得不到实现。以撒（按，以撒是这位同伴的名字，他是一个真正的亚美尼亚人，陪同鄂本笃完成了此次探险。）正在市场上时，有人告诉他说有一名耶稣会士从北京到来，并且指着钟鸣礼。这位远客就随以撒一起走，他们进入屋来，他用葡萄牙语向鄂本笃致敬。病人知道了所发生的事情时，便拿着给他的信，举向天空；他眼中含泪，灵魂洋溢着快乐，唱起了颂歌《荣归天主》。他觉得他的使命完成了，旅行已经到达终点。[①]

十一天后，鄂本笃安详地死在利玛窦派来的中国教徒钟鸣礼怀里。至此，西方地理学史上一次最具个人冒险精神的战略合围结束了。利玛窦和鄂本笃从东南和西北两个方向走过中国，相遇于甘州。马可·波罗的诡计终被破解，原来只需由甘州一直向东就是“契丹”，而“契丹”就是中国。科学地理学碾碎了想象地理学美妙的梦境。

---

① 利玛窦等，《利玛窦中国札记》，何高济等译。北京：中华书局，1983 年，第 399—400 页。

八

汉武帝元狩二年，公元前 121 年，二十一岁的骠骑将军霍去病是那一年全世界最灿烂的明星。猎猎长风寒透了他的金甲，这位病弱、华贵的青年感到生命就是风，风行草偃，浩浩荡荡；天地宽阔，远方之外更有远方，年轻的将军纵马狂奔，他的剑裁割着中亚细亚的大地。

这一年，霍去病大败匈奴，拓地千里，在河西置张掖、酒泉、武威、敦煌四郡，通往西域的路在大汉帝国面前敞开，“断匈奴之臂，张中国之掖”，是为张掖。

八百五十八年后，唐开元二十五年，诗人王维奉旨巡边，宣慰将士，途中写下了《使至塞上》：

单车欲问边，属国过居延。
征蓬出汉塞，归雁入胡天。
大漠孤烟直，长河落日圆。
萧关逢候骑，都护在燕然。

正是盛唐，最宁静的诗人也有杀伐之气、金鼓之声："叠鼓遥翻瀚海波，鸣笳乱动天山月"（王维，《燕支行》）。那时的人似乎更高、更强，他们豪迈地行走，走向大漠孤烟，长河落日。

居延在张掖西北，在王维的吟咏声中，甘州渐渐地远了。

附记一：

《失乐园》中的中国

直到1657年，鄂本笃完成他的探险五十年后，英国地理学家彼得·海林在《宇宙志》中还说，中国和契丹是两个不同的地方，但也许是同一个地区。英国大诗人弥尔顿在差不多同一时期开始写作的《失乐园》中更是糊涂，在第十一卷，撒旦把耶稣带上高山，纵目眺望古今最伟大的帝国的都城：

> 从契丹可汗的都城汗八里的坚固城垣和帖木儿王座所在，奥克苏斯河旁的撒马尔罕，直到西那诸王的北京……

“西那”（Sena）是古罗马时代的欧洲对中国的称谓，所以弥尔顿笔下的耶稣所看到的景象其实就是“从中国的北京和撒马尔罕，直到中国的北京”。

我们只能说在那个时代，知识的扩散相当缓慢，利玛窦和鄂本笃的发现迟迟未能廓清英国人眼前的迷雾。当然，这时欧洲与远东的联系主要由葡萄牙人垄断，他们对向一个竞争对手传播新知也并不热心。

附记二：

等待被拆毁的建筑

在一个古老的城市，有一天忽然宣布要修复古老的城墙。也就是说古老的城墙多年前已经被拆掉了，拆下来的砖倒没有浪费，大多被用来盖房。现在，住在老房子里的人们忽然得知，他们的房子要被拆掉了，要用拆下来的砖修复城墙。于是，人们搬走了，房子推倒了，城墙矗立起来了——这依然是那古老的城墙，因为它的每一块砖都是原来的砖。

又有一天，搬走的人们中有一个回到他曾经居住的地方。他看到了雄伟的城墙，还看到城墙下堆着一些旧砖，那都是老房子的砖，也是老城墙的砖，于是，这位先生就开始糊涂了——

我突然想起来了，为了修城，我们的房子都拆了，现在城墙复好如初，砖头们排列得合榫合缝，逻辑严密，甚至比明代还要完整，砖头怎么反而多出来了？这个发现吓了我一大跳。从理论上说，历史恢复了原样怎么也不该有盈余的。历史的遗留盈余固然让历史的完整变得巍峨阔大，气象森严，但细一想总免不了可疑与可怕，仿佛手臂砍断之后又伸出一只手，眼睛瞎了之后另外睁开来一双眼睛。我望着这些历史遗留的砖头，它们在月光下像一群狐狸，充满了不确定性。

——这是毕飞宇一篇小说里的故事，小说题为《谁在深夜里说话》。这种感觉说得很绕口，其实就是有一天你把你们家的钟表拆了，然后重新装配起来，钟表装好了，滴滴答答的走得很像那么回事，可是你忽然发现桌面上还有一个零件，这个多出来的、“盈余”的零件就不免令人心慌。

讲这个故事的目的是说，我们热衷于拆房子，到处都在拆；我们也热衷于盖房子，不仅盖新房子，也盖曾经被我们拆掉的老房子。为什么要拆姑且不论，那些重新盖起来的

“老房子”，那些被隆重地宣布修复的“古老”建筑其实非常可疑。我们无法“修复”和“重建”历史，因为历史已经像那堆多出来的砖头一样被废弃和遗忘。

所以这个故事的教训是，与其拆真的，盖假的，不如对真的更珍惜一些。

但事情没这么简单，我们现在对待建筑的态度也是渊源有自。早在17世纪，利玛窦就看出了问题的症结所在，他谈到中国建筑时写道：

> 在他们着手建造时，他们似乎是用人生一世的久暂来衡量事物的，是为自己盖房子而不是为子孙后代。而欧洲人则遵循他们的文明的要求，似乎力求永世不朽。中国人的这种性格使得他们不可能欣赏表现在我们的公私建筑中的那种富丽堂皇，甚至不相信我们告诉他们的有关情况。我们告诉他们，我们有很多的建筑已经受风雨达百年之久，有的甚至达一两千年，他们听了完全是一副茫然不解的表情。[①]

① 利玛窦等，《利玛窦中国札记》，何高济等译。北京：中华书局，1983年，第20页。

——我们只相信今生今世，所以除旧布新永远是一件喜事。城市里一天天耸立起新的建筑，那些建筑似乎从盖起来的那天起就等待着被下一代人拆毁——不拆毁也真是不行，它们太丑了。

附记三：

“丝绸之路”

关于“丝绸之路”一词的缘起，杨镰先生在斯文·赫定《丝绸之路》一书的中译本代序中有简明的阐述，征引如下：

> 一般认为，早期的中文文献并不曾把这条起自西安、横贯欧亚大陆的古老通道叫作“丝绸之路”。这一名称首见于德国地理学家李希霍芬教授的多卷本名著《中国》（1887 年初版）。李氏不但提出了“丝绸之路”的概念，并做了有关的论证，在其《中国地图集》中，还涉及了“海上丝绸之路”。另一个西方学者赫尔曼率先接受了这一名词，并将自己的

一部专著题名为《中国和叙利亚之间的古代丝绸之路》（1910年初版）。然而，真正使“丝绸之路”有了立体感，并普遍为学术界、读书界所接受，是因为西域探险家斯文·赫定于30年代中期出版了以其为书名的一部杰作。[①]

① 杨镰，《丝绸之路的经行者与探索者》，载《丝绸之路》。乌鲁木齐：新疆人民出版社，1996年，第1页。

飞鸟的谱系

一

1840年8月17日，北京的仲夏夜，在圆明园——那时它已不是废墟，不是喧闹的游乐场，它是圆明园，沉睡于浩大的蓝夜中，完美、贞静——在这梦境的中心，一支红烛兀自高烧，烛影下，道光皇帝正凝神批阅一道表章：《英吉利国外相巴麦尊致中国皇帝钦命宰相书》——这是用炮舰投递了将近两个月的书信。逆虏猖獗，海疆鼎沸，舟山失、定海陷。此时，炮舰停泊在大沽口外，皇帝终于下令接受被各地官员拼死拒收的这封“夷书”，他急欲知道究竟发生了什么，这些夷人意欲何为？他们说什么？怎么说？

史学家们屏住了呼吸，这场战争的一个关键时刻即将来临，侵入者不再是沉默的，皇帝谛听他们的声音：

> 兹因官宪扰害本国住在中国之民人，及该官宪亵渎大英国家之威仪，是以大英国主，调派水陆军师，前往中国海境，求讨皇帝昭雪伸冤。①

——龙颜稍霁。道光皇帝感到世界一如往昔。皇帝不急了，有人可要急死了。就在离皇帝驻跸之处不远的清华园，一位名为蒋廷黻的史学家感时忧国，绕室彷徨，卢沟桥头硝烟未散，大沽口外铁甲环伺，他写道：

> 此文（按：指巴麦尊照会）是鸦片战争最紧要的外交文献，研究此战者必须细审此照会的原文与译文。译者遵照巴麦尊的训令只求信，不求雅。结果不但不雅，且不甚达。但除一句外，全文的翻译

① 茅海建，《天朝的崩溃——鸦片战争再研究》。北京：生活 · 读书 · 新知三联书店，1995 年，第 172 页。

确极守信。[①]

而这不守“信”的一句却最是紧要：“To demand from the Emperor satisfaction and redress”，如按现代汉语直译应是“要求皇帝赔偿并匡正”。现在翻译者笔头一滑，竟使通牒式的照会变了陈情的状纸。在那个夏夜，皇帝的目光在这句话上久久停留：

> 求讨皇帝昭雪伸冤。

于是，这场战争准确无误地回到了天经地义的经典情节：粗野的蛮夷头顶状纸跪地喊冤。当然，化外之民，桀骜难驯，但是——

> 大皇帝统驭寰瀛，薄海内外，无不一视同仁。……兹所求昭雪之冤，大皇帝早有所闻，必当逐细查明，重治其罪。……该统帅懿律等，著即返

① 蒋廷黻，《琦善和鸦片战争》，载《中国近代史（外三种）》。长沙：岳麓书社，1987 年，第 126 页。

棹南还，听候办理可也。[1]

——皇帝接了状纸，自会派员查办，且把炮舰掉头，回广东候着去吧。道光皇帝已经决定撤换林则徐——一位惹了麻烦的大臣，皇皇诏谕上，"剿"这个词已被涂擦，与它对称的"抚"字脱颖而出。在皇帝的笔下，一个词被涂擦或被书写并非偶然。是的，皇帝提起朱笔，在纸上留下鲜红的字迹，但在书写之前，词语已经悄然落在那里，等待着被写出。每一个词都身处森严宏大的秩序，追随着上文，等待着下文。当"求讨""皇帝""昭雪""伸冤"在眼前次第出现，"抚"这个词就将被写出。——驯一匹陌生的马，理顺它的鬃毛，轻拍它的脖颈，此谓之"抚"，以温和的诱骗行使权力。

然而英吉利人并不是马，尽管据《格列佛游记》记载，1771 年发现过一个"慧骃国"——智慧的马的国度，但该国在西印度群岛一带，显然不是英国。皇帝的"抚"注定无效，那些蛮夷甚至并不知道他们已经被"抚"，就像他们不曾意识到他们在"求讨皇帝昭雪伸冤"。

① 蒋廷黻，《琦善和鸦片战争》，载《中国近代史（外三种）》。长沙：岳麓书社，1987 年，第 127 页。

这是失败的对话。鉴于双方操持着不同的语言，这次后果严重的误解使那个通常隐藏在史册背后的人暴露出来，那个“翻译”：“如此重要的文件如此译法，实为难解之谜。”——又有一位史学家郁闷地写道。[①]

二

1995年，我在琉璃厂一家书店偶然看到美国人威廉·亨特的《旧中国杂记》，本以为“旧中国”是1949年前的中国，殊不知错了，在当年的旗昌洋行大班亨特先生眼里，1842年《南京条约》签订之前的中国才是“旧中国”。

晚年的亨特闲居于法国尼斯，这个濒临地中海的小城有毛姆或茨威格小说里的那种气氛。它属于旧欧洲，是历史的一点剩余，像脂肪一样慵懒；天，海，那些空茫的眼睛，一切在湿润的阳光中漫漶欲流。那正好是印象派的世界，现世浮华、脆弱，空气敏感地微微颤动。咖啡馆里，临窗坐着一

① 茅海建，《天朝的崩溃——鸦片战争再研究》。北京：生活·读书·新知三联书店，1997年，第430页。

位老人，他的脸隐藏在暗影中，有时他向窗外望去，你看见他的眼睛猝然一亮，然后他转过脸来，用很遥远的声音说：

> 在他存在的全部时间里，那里是他的唯一栖身之地，可是现在他已从那里消失了，就像史前巨兽从地球表面消失一样。[①]

自16世纪到1842年，一些洋人生活在“那里”——中华帝国的南端，澳门和广州。他们“消失”了，因为《南京条约》启动了巨大的历史叙事。时间开始了，另一本大书翻开，而这些洋人属于那本被废弃的旧书。此时坐在我们面前的这个人来自道光皇帝的天下，也是另一种前朝遗老，如风中飘蓬，流落于尼斯。

后来，我在《乔治·钦纳里之奔逃》中探讨过一位画家奔逃的一生。一路狂奔，他从爱尔兰逃到印度，再逃到澳门、广州，隐居于《旧中国杂记》中一些有趣的段落。亨特在尼斯随手写下很多这样的段落，它们被杂乱无章地编成一本书，

---

① 威廉·亨特，《旧中国杂记》，沈正邦译。广州：广东人民出版社，1992年，第14页。

这是一些埋藏在时间深处的干燥的种子，在写下时就等待着被重读、重写，重新在某种偏僻的想象中萌芽、生长。

三

1836 年 10 月，广州《中国丛报》上刊登一则短讯：

> 福建巡抚的差官日前到达，解来夷人一名。该夷人据悉为一名印度水手，至于被何人于何时遗落于福建海岸，尚未查明。

——如果是写小说，我就会选择这个印度水手的主观视角，我会用他那双乌黑、洁净的眼睛注视这个陌生的世界：我不知道这是什么地方，这里人很多，到处都是人，他们长得都一样，他们总是围着我，他们的声音像杂乱的鼓声……

如果这么写，亨特可能就听不出这是他兴致勃勃地讲述过的故事了。在《旧中国杂记》里，这不是一个“我”来到“他们”中间的故事，而是在“我”的注视下，发生在“他们”和“他”之间的故事。——我真不喜欢这样的绕口令，我其实只是说，谁看谁被看，谁说谁被说，这是每一篇可能的小说、每一个人类生活情境隐秘的要害。“他是一个高高的、肌肉发达的男人，皮肤黑得就像一位据说长着角和尾巴的古人”，亨特如此描述这位印度水手。为什么皮肤黑“就像长着角和尾巴的古人”？其间并无令人信服的类比关系，亨特是在粗暴地拼凑词语以表明他眼前出现了一个“怪物”。

——但是在在场的中国人眼里，“怪物”恐怕不止一个，除了印度水手，站在一边看热闹的亨特也是同样的“怪物”；而那位孤独的印度人，他在乞求真主把自己从这一群“怪物”中拯救出来。

这场“怪物”们的相遇发生在1837年5月，距印度水手解抵广州已有七个月。现在，官府终于要升堂问案，查明他的来历。无论如何，他出现在福建海岸已经严重触犯天朝法律，因为所有的“夷人”，如果他们一定要来的话只能来广州。这也正是这位水手跋山涉水被移送广州的原因。

审讯在行商公所举行。行商大概相当于1949年后计划经济时代的外贸公司，领有朝廷颁发的外贸专营执照。当然，彼时的行商是私商而非国营，而且其职能远为复杂暧昧，有时近似于坐地铺保，担保那些和他们做买卖的“夷人”循规蹈矩；而当官府和洋商发生交涉时，他们就是中间人、是“通事”——两边传话，化不通为通。

1837 年广州的总通事是大行商蔡懋，洋人称之为“老汤姆”。今天这场面当然少不了老汤姆，他就站在广州知府和知县的身边，担任首席翻译。他面无表情，沉默寡言，像所有后来的翻译们一样，看上去他似乎从来没有自己的话可说。正值贸易淡季，亨特等几个洋商闲得发慌，也跑来看热闹，上得堂来，只见那位印度水手正在“口若悬河”：

> 我完全无法描绘他转过身来渴望地看着我们时，那又是讲话又是做动作的情景。我费了很大劲也分辨不出他讲的是哪一种语言，或者讲了多少种语言。孟加拉语和马来语我肯定能辨别出来，但他的口音里有那么多其他陌生的语音，好像他曾去参加语言节，把各种语言的碎屑都偷来了似的。……他讲的话是那样乱七八糟，以致令我们想到，上帝在巴别

塔里制造的语言混乱，该就是这样的吧。[①]

这位水手说的是“水手语言”，一种混合语。如果你曾乘风破浪，闯荡于印度洋和太平洋之间，走过无数码头，遭遇操着各种语言的水手、小贩、妓女，而且你正好活在15或19世纪，又没什么文化，你就不知不觉地只会说这种“世界语”了。那是一锅杂烩，把各种语言的碎屑煮在一起，指望对方能够碰巧从中捞出意义。这不是巴别塔里的混乱，而是浪迹天涯的人们笨拙地反抗上帝的阴谋，语言的混乱使人相互隔绝，但冲破隔绝的另一种混乱可能使你幸运地、偶然地听懂对方的声音。

——当然，这位水手极不幸运，而“老汤姆也有点不走运，他一点都听不懂要他传译的话”。但是老汤姆自有妙计：“他从木匠广场带来一个做箱子和盒子的工匠，名叫阿树。他由于提供自己的产品与港脚船的水手做私人交易，所以能说上几句水手们的语言。”“仅仅比白嘴鸦会说得多一点，”亨特写道，“在其他国家，透过夏天黄昏的寂静，我们可以在微风

① 威廉·亨特，《旧中国杂记》，沈正邦译。广州：广东人民出版社，1992年，第25页。

中听到它柔和的叫声。”

这只可爱的白嘴鸦穿长袍，戴官帽，手执折扇站在老汤姆身后，他现在是天朝一桩涉外案件的翻译班子成员。这就像从旅游点上找来一个推销纪念品的小贩，他会说“哈罗”，会说“完、吐、死瑞”，于是他成了宝贵的外语人才。在场的一位行商憋不住“掩袖而笑，悄悄地对我们说：‘全都是唱戏！’……我们同意他的讲法，实际上我们可以断言，我们有好些日子没有看到过这样的笑剧了”。

四

肃静下来以后，首席法官便说：“问那夷人的乡里籍贯、姓名、年岁和职业。”阿树瞥了老汤姆一眼，就转向那个印度水手，用孟加拉语问道：“你要什么，你要水吗？”对这个问题那个印度人回答得非常清楚：不，他既不要喝水也不要别的什么东西。可是，阿树跪在地上，却是这样翻译他的答话：

“大人，夷人说他名叫拉姆·汗，三十岁，职业是水手。”然后他站起来，转身向着我们这些外国人，显出一副很得意的神气。

大人对老汤姆问道：“你说这夷人是由一艘番鬼船上岸的，那艘船是哪里的船？”

老汤姆用广东英语问了拉姆·汗几句，他当然一点都听不懂。老汤姆又只好看着阿树。阿树问那黑人：“要樟木箱吗？还有象棋盘，一等一流的货色，太漂亮了！一等便宜。”

那个印度水手做了好几次鬼脸，牛头不对马嘴地答了一阵子，然后看着外国人，用很好的孟加拉语说：“先生，他说什么？我听不懂他的意思。”这时，阿树又赶快跪下，把他的话翻译出来：“大人，黑鬼说他的船是从孟加拉来的。”

然后老汤姆又奉命问那艘船航行了多久？船是受哪里管束？怎么样停靠在该处海岸？载的是什么货？通事一本正经地操着广东英语，小声问那个不知所措的囚徒：“大人说你船什么时候开行，里面载什么货，去什么地方？”这是直来直去，极简单的，可是阿树却帮他加上些话：“到我的店铺来，我带你去，在木匠广场九号，名叫‘昌和’。很多船长、很多大副到我的店铺去。”他一边尝试着这样推荐自己的货色，一边跪着，用虔敬的眼光望着那位官员；而那黑鬼则嘎啦嘎啦地嚷了起来，发出一连串听不懂的语音，有些是马来语，有些可能是僧伽罗语。他拼命地做出各种姿势，并且用哀求的眼光看着我们这些外国人。老汤姆现在接上手了，他把拉姆·汗的话翻译给大人听（大人摆出一副稳重的官派听着）。老汤姆说：“大人，这番鬼说，船上装的是大米，是从孟加拉开来广州的。途中起了大风，又遇上猛烈的大海潮，船被迫在福建靠岸。他们希望在那里补充点淡水和食物。为此，他们派了一只小艇，载着五个水手上岸；这个人就是五人中的一个。就在他们用水桶装水的时候，这个拉姆·汗由于过度疲劳，倒在地上很快睡着了。突然他被一些中国人弄醒，他们绑住了他的手脚，把他的衣服剥光。……后来他就被带走，关进了监狱。过了很长一段时间，一位委员要来广州了，就委派他把夷人解来这里。”

广州知府转向坐在他左手下的知县说："你看，通晓番话真是很有用处呀！"然后他又对着老汤姆说："通事君，你学识渊博，聪明过人，令人钦佩，不过这船是哪个国家的呢？"那"聪明的"通事看着阿树，阿树对印度水手说："一定来我店，有三苏[①]，一等货色，一等便宜。两元一瓶。"（这个价钱在成交时可能减到两角五分。）这一切使可怜的拉姆·汗差点发疯，他就像鸭子在雷雨里那样，翻着白眼，绝望地举起双手，发出一些听不懂的声音，最后累得快要坐下来了。……

老汤姆对大人说："那船是属于红毛国的。"

"不足为怪，"那大人物推论似的说，"那些人，像老鼠一样，到处无孔不入，总想私自潜入中华领土。最近不是企图进入闽江吗？如果不是我们那些雷鸣般的大炮给他个惊天动地、震撼五岳的齐射，他们就闯进中国来了。天子出于仁慈，把广州开放给他们，他们却不知餍足。……如果广州把夷人全

---

① 据《旧中国杂记》原注，"三苏"原文作"Sam Shoo"，疑为英文"Sauce"的音译，意为"烈酒"。

都赶走，他们几年里喝不上茶、用不上大黄，那样他们就会懂得感谢大皇帝对他们的怜恤了。通事，你问问他，自从他有幸来到我们国土上，他受到怎样的对待。”

阿树总是想着关照自己的店铺和货物，他对拉姆·汗说：“千万别忘了，九号，木匠广场，那里，最公道的价钱，卖樟木箱和航海箱。随便比哪家店铺都便宜、都好！”那黑人越弄越糊涂，他朝四周看看，哀声说着一些语无伦次的话。

“大人，”老汤姆提高了声调说，“这个夷人对于他上岸以来所受恩惠，铭感于心，难以用言辞表达。这是今天聚集在这里的外国鬼都可以做见证的。”（然后他向站在附近的一个外国人得意地问道：“你看我哄他哄得很漂亮吧？”“是的，”那外国人说，“你把那老头子当作大傻瓜那样骗了！”）“你告诉他，”那位官员吩咐道，“我们中华的荣光，辉耀寰宇，我们对他扶危济困，说明我们无限的仁慈，足可为天下万国垂范。你叫他回国以后，应该劝诫他本国君主，定要一心向往教化，这样才好！”

阿树接着对有点绝望的囚犯说："晚饭准备好了。镜子九号有，不能——"谁也听不懂他掺进来的这些话。那个印度水手又大声嚷起来，这回用的是马来语："那个人是笨蛋，先生，他都说了些什么？"老汤姆却翻译道："大人，夷人说他很用心听着，他说一定勉力从命。"（然后他又转过身来，向他的外国朋友诡谲地微笑着，从容自若地说："你以前知道我这么聪明吗？"）广州知府说："通事君，你真是学识渊博，出类拔萃。只可惜我未能按你应得的来行赏。"接着他从椅子上站了起来，表示审问已经结束。……[①]

五

曾任盟军东南亚战区总司令的蒙巴顿勋爵晚年回忆起他在开罗与蒋委员长的会谈。在1943年11月的开罗会议上，

---

① 威廉·亨特，《旧中国杂记》，沈正邦译。广州：广东人民出版社，1992年，第27—30页。

委员长为之焦虑的首要问题是，尽快在缅甸发动反攻，打通滇缅公路，为此需要英国空军提供后勤支援。但缅甸是中国的必争之地，对丘吉尔来说却是鸡肋而已，不值得在此时押上重注。蒙巴顿勋爵当然不会说缅甸不重要，他只是反复强调天要下雨：在缅甸的雨季结束之前，英军的空运吨数不可能达到中方的要求。

蒙巴顿是英国国王的表哥，说的是剑桥英语，蒋委员长讲浙江官话，而坐在中间当翻译的是宋美龄女士。外人信不过啊，在如此重要的谈判中，委员长为自己找了一个最可信任的翻译。她的英语水平无可置疑，她不是老汤姆，也不是阿树，她的血统比蒙巴顿还要高贵——宋家的祖上可以追溯到我大宋朝的名相韩琦，韩琦和西夏蛮夷办交涉时，征服者威廉刚刚踏上英格兰海岸，建立诺曼王朝——更不用说她还是委员长毕生挚爱的夫人。现在，夫人眼看着她的土鳖老公脸上挂出了冥顽不化的招牌表情，委员长未必不知道问题的关键是缅甸在英国战略中的位置，但这个关键恰恰不能谈，一谈就没法谈了。他只能谈雨，他是王阳明的信徒，天下无心外之物，只要你心里没雨，雨就不是问题。于是谈判陷入了热带泥泞，Rain 来 Rain 去，翻译不由得叹口气，对蒙巴顿说："信不信由你，他不承认有雨季。"当然，她用的是英语。

——想象一下该"通事"当时的语气和表情吧，她让人想起"老汤姆"：你看我哄他哄得很漂亮吧？我们没有理由怀疑美龄女士的忠诚，但是，就在这句话里，她不再是站在中间的那个人，蒋委员长在完全不知情的情况下变成了"他"，一个外人，他的老婆正当着他的面和他的对手一起嘲笑他。美龄女士与蒙巴顿的这一刻的会心对视，证明了当年她和她的家族被指认为"买办资产阶级"是多么准确。与"老汤姆"和阿树一样，她有着玩世不恭的优越感，在两种语言、两种权力之间，他们暗自窃得了第三种权力，一种暧昧的、游戏性的权力，这种权力可能包含着欺骗、背叛和虚荣，肯定包含着私利。

可怜的委员长，此刻他和他的远征军竟是无声的孤军苦战。

泥泞淫雨中，从1837年走到了1943年，中国还没有找到可靠的翻译。

六

《说文解字》卷六《口》部第二十六字："囮，译也。从

‘口’，‘化’声。率鸟者系生鸟以来之，名曰‘囮’，读若‘讹’。”

据此，则“译”字源于“率鸟者系生鸟以来之”：捕鸟人张设罗网，把一只驯养的鸟置于网下，那鸟儿婉转啼鸣，遂有大群天真未凿的鸟儿闻声而来，自投罗网。这就是“囮”，在1971年修订重排本的《新华字典》中，“囮”解为“捕鸟用的鰯子”—— 一种引诱同类的鸟，古称“鸟媒”。

当然这件事必有下文，捕鸟人收了网，一把一个，将鸟儿们塞进口袋，这时如果你是其中一只傻鸟，你就会省悟上了当，着了道儿，口袋里必然要展开“鸟儿问答”：人倒罢了，本就是吃鸟的大虫，偏是那空长一身翎毛的同类，可恨呀可恼——

都无旧性灵，
返与他心腹。
置在芳草中，
翻令诱同族！

——元稹发傻鸟之心声而为诗，是为《雉媒》。他的朋友白居易是个把话说到明处的诗人，所以在和诗中振笔直书：

“岂惟鸟有之？抑亦人复然。”

这下我虽不是“老妪”我也听明白了，他的意思是说，不仅鸟是傻鸟，人也一样会成为傻人，被人家卖了还帮着数钱呢——如果你不幸碰到一个翻译官的话。

提起翻译官，我们知道他应该是什么样，马靴，马裤，白衬衫，斜挎盒子炮，头戴战斗帽。当然我们和他不曾打过交道，因为我们没赶上见识日本皇军。但翻译官总是鬼鬼祟祟地出没于我们的童年幻想——严格地说，他是我们童年幻想中一个有意的空缺，我们都知道他在那里，但我们宁愿扮演鬼子小队长什么的，也没人愿意扮演翻译官。在 20 世纪 70 年代中国孩子们的虚拟战斗中，只有鬼子和八路、魔鬼和英雄，纯粹的善恶二元，没有丝毫暧昧含混。而翻译官这个角色恰恰暧昧含混，他不是纯粹的恶，就像他那身不伦不类的装束，他是对恶的模仿，是恶的影子，而且还在扭曲晃动，使恶变得卑微滑稽。所以这个人不仅伤害了善，也伤害着恶，他是一种杂质，把明明白白的世界搅得浑浊不清。

1837 年发生在广州的那场闹剧因此具有经典意义，其基本情节将无限重复。“老汤姆”和阿树将自己塑造成了“翻译官”，他们发现两种语言的相遇是两种互不交融的“现实”的碰撞，是聋子和聋子的对话，只有他们能够把双方引入同一个现实平面。但他们是多么“聪明”啊，他们是天才的喜剧家，他们热爱艺术，他们都熟悉京戏里的一折《三岔口》，他们应为黑暗中相遇的两个人点燃烛火；但是不，他们看着，他们既在表演也在观看，他们看着甲乙双方茫然地互相摸索、互相躲避，他们快要笑破肚子了，他们忍不住对邻座的观众夸嘴：“你看我哄他哄得很漂亮吧？”

——所以，古人之忧并非杞忧，“译”很可能也是“讹”和“诱”。甲乙双方时时会有疑虑和恐惧浮上心头，这第三者会不会是一只“鸟媒”？他流利的声音或许掩盖着陷阱？谦卑的“通事”侍立于我们身边，有时你会觉得他在极力缩小，缩小成一条灵动的舌头——当中国和西方在16世纪最初相遇时，翻译就被称为“舌头”——也就是说，我们把我们的舌头交了出去，同时交出去的还有我们的耳朵，我们必须通过他说、通过他听。如果我们猜得不错，此人由此获得了一种阴险的权力，他将谦卑地背叛我们双方，他将在我们被迫的沉默中自说自话、自问自答，就像“老汤姆”和阿树不仅愚弄了印度水手，同时也使知府大人变成了“傻瓜”。——知府大人知道自己是傻瓜吗？啊，当然知道，我知道，当这个被番鬼称为“老汤姆”的家伙用他被鸦片熏哑的公鸭嗓子说着人话和鬼话时，他肯定不像看上去那么诚恳老实，但我何必为此烦心呢？只要他说的每句话都正好是我想听的，只要他确保世界依然如故……

七

多年以后，亨特在尼斯写下了这个故事，又过了许多年，这个故事由我在此引述。这个关于翻译的故事经过了反复的翻译：在原初的情境中，翻译者是“老汤姆”和阿树；然后，亨特用英语将这个汉语（很可能包括官话和广东话）、广东英语、孟加拉语、僧伽罗语、马来语，以及乱七八糟的其他什么语众声嘈杂的混乱场面清晰地讲述出来。1992 年，《旧中国杂记》再被译成中文，你能够感觉到译者在设法还原汉语对话时面临的特殊困难——“通事君，你真是学识渊博，出类拔萃。只可惜我未能按你应得的来行赏。”——这是现代人在书写，肯定不是古时人在说话。知府大人 19 世纪末远游欧洲，20 世纪末重归故里时，他已经忘记了自己当初是怎么说话的，他的声音、旧汉语的声音已在这百余年间随风飘散。

其实，在公堂会审时，除了“老汤姆”和阿树，亨特是第三个翻译，他大致听得懂所有的话，然后翻译给不在场的人们。如果说公堂上搬演着《三岔口》，亨特就是唯一耳聪目明的观众，舞台上的诱骗和追逐、想象和错觉在他面前敞开。就像敏锐的观众总会比剧中人更准确、更真实地了解剧情一样，亨特也占有着比在场的任何人更为广阔的现实。——什么是“现实”？对知府来说，“现实”就是他在审问一个来历不明的番鬼，现在他知道了一切，圆满地履行了职责；而“老汤姆”和阿树的“现实”是向官府证明了他们作为通事的专业水准，而且阿树还借此推销了樟木箱；至于那位印度水手，他的“现实”是一场噩梦。——亨特一目了然地注视着每个人的“现实”，每个人都在被观看，在此时此地，世界的真相掌握在这个“番鬼”手中，他拥有超出于在场众人的权力。

亨特懂汉语，这是他的权力的来源。所以为了确保我们的真相不被窥探，当时清朝的法律严密防止“番鬼”们学习汉语。1792 年，当英国向中国派遣著名的马戛尔尼使团时，这种语言封锁被英方认为是两国间亟待解决的难题：

> 英国人所提出的任何抱怨和控诉都被认为没有根据和无理取闹。中国官吏为了有效地制止这种控诉，常常把一些代替英国人把控诉书译成中文的中国人加以处罚。少数懂中文的英国人自然常常出头代本国人提出控诉，他们因此变为非常受中国憎恶的对象。这样一来，英国人就不愿学中文了。同时中国人受英国人的聘请教授中文被认为是一种危险的职业，这也限制了英国人学习中文的机会。[①]

——马戛尔尼的副使乔治·斯当东如此描述清朝的语言防线。所以，当使团从朴次茅斯起航，驶向那沉寂无声的帝国时，他们尚不知如何与对方交谈：

> 在英国全国找不到一个懂中文的人。……少数广州当地人懂得一些葡萄牙文或英文，但他们的外文知识只能为外国商人翻译一些买卖交易事情，任何关于其他事项的谈话，他们就难于应付了。此外，

① 乔治·斯当东，《英使谒见乾隆纪实》，叶笃义译。香港：三联书店，1994 年，第 6 页。

广州方言在北京也无人懂。[①]

即使找得到称职的“当地人”，他也肯定不想被砍掉脑袋。为了解决这个难题，使团的秘书找遍了法国和意大利，终于在那不勒斯发现了两个中国人。那里有一所“中国学院”，被传教士带到欧洲的中国青年在此接受培训，准备日后回去“挽救本国人民的灵魂”。鉴于此行的使命不是“挽救灵魂”，而是推销呢绒、钟表和鸦片，中国学院的管理者们难免心怀疑虑。所幸英国驻那不勒斯公使威廉·汉弥尔顿曾是学院的资助者，资助者的说服力总是比较强的，两位中国学生——李神父和朱神父终于成为英国使团的翻译。

就在汉弥尔顿为遥远的中国事务操劳时，他美丽的夫人正周旋于那不勒斯的上流社会。几年后，红杏枝头春意闹，她与蒙巴顿的前辈、英国皇家海军的霍雷肖·纳尔逊将军演绎出一段经典爱情——费雯丽和劳伦斯·奥利弗执手相看，无语凝噎……多年前看过这部名为《汉弥尔顿夫人》的黑白片，如果此时再看，它的背后就有了更为宏大吊诡的情节：

① 乔治·斯当东，《英使谒见乾隆纪实》，叶笃义译。香港：三联书店，1994 年，第 17 页。

纳尔逊将军在1798年尼罗河口的决定性海战中打破了拿破仑对“东方”的梦想。于是拿破仑后来说出了那句名言：“不要惊醒中国，中国醒后将震撼世界”——这句话并非对中国人说的，但中国人铭记不忘，殖民梦想破灭后的叹息神奇地成为中国民族主义觉醒的咒语，“警世钟”“猛回头”“醒狮”，这些在19世纪末20世纪初曾使中国人热血沸腾的意象均源自法兰西皇帝的灵感。而在此时，汉弥尔顿正设法“惊醒”中国，他和他未来的情敌由此成为配合默契的伙伴……

——但是还有一个小小的问题：李、朱两位神父不懂英语，他们只懂拉丁语和意大利语。当然，马戛尔尼受过完备的人文教育，通晓拉丁语和意大利语，但是当不列颠和大清两个帝国迎面相遇时，对话却发生在拉丁语和汉语之间，这显然令英国人感到郁闷。更何况这个局面也微妙地表明，通往东方的路必经梵蒂冈，罗马教廷几个世纪以来通过传教士垄断着东西方的交流渠道。

所以，在1792年的语言政治格局中，英国人丝毫不占优势，他们还要走很长的路才能使英语的声音覆盖世界。现在，他们的巨舰刚刚驶近澳门，那广大神秘的帝国尚在波涛尽处安眠，这时，有人开始心慌了——

> 有一个翻译这个时候也想退出使团的工作。因为按照中国的法律，私自无故离开本国和为外国人服务都要受到处分，他有点感到恐慌。虽然处境相同，但另一个中国翻译的态度则十分坚定。……他相信即使他被发现是生在中国的人，特使将对他加以营救。他生长在被中国吞并的鞑靼地区，他的相貌同中国本地人不完全一样。他改换了英国军装，佩带军刀，把他的中国名字改为英国名字。……准备着无论发生任何情况，决不变更初衷。[①]

事情的结果是，朱留在澳门，而那位生长在所谓“鞑靼地区”的李，也许是一位祖籍山西的内蒙古人，他成了我们后来非常熟悉的“翻译官”，穿上对方的衣服，他的名字也不知是改成了汤姆还是约翰。值得一提的是，作为英国使团雇员，李的年薪达一百五十英镑，这在当时颇为丰厚。

在英方的记载中，李一直是“李”，斯当东的儿子小斯当东跟随他学习中文，有时根据“李”字的本义称呼他“李子

① 乔治·斯当东，《英使谒见乾隆纪实》，叶笃义译。香港：三联书店，1994 年，第 168 页。

先生”。中方的记载对此人只字未提，显然，官府并未发现这个卑微的“夷人”是谁，我们也就永远不会知道他究竟是谁了。这个无名者悄然遁入分隔两个世界的茫茫黑暗之中。

但此时，李是一只秘密的“鸟媒”，“返与他心腹”，“翻来诱同族”。

八

在北京，马戛尔尼碰到了一个意想之外，但成败攸关的问题：他必须如其他番邦使臣一样向皇帝行跪叩之礼。于是“碰撞”发生了，马戛尔尼拒绝叩拜，清朝方面困惑不解：该等“夷人”不远万里而来，难道不就是为了在大皇帝面前三跪九叩吗？

——1817 年，嘉庆皇帝在诏书中宣称，他曾亲眼看见马戛尔尼在先皇面前叩头；而英方的正式报告和使团成员的个人回忆都一口咬定他们不曾叩头。英国人当然不能又叩头又不叩头，所以在这件事上一定有人说谎，而我比较相信说谎者是我们的皇帝。一个人要求天下人向他叩头，他就比较容易说谎，因为反正不会被人跳起来戳穿。其实，事情闹到必须由皇帝充当目击证人的地步，恰恰说明英国人不曾叩头，因为英国人若不叩头，皇帝就不成其为皇帝了。皇帝本来不证自明，人们见了皇帝要叩头，就像起了床要穿衣，肚子饿了要吃饭，现在他们知道居然有人见了皇帝不叩头，他们会怎么想呀？如果我是皇帝，我就会为此郁闷，郁闷一阵子之后，我就会告诉他们我亲眼看见那些“夷人”曾在御前叩头，所以我仍然是朕，皇帝仍然是皇帝——这里边的逻辑是：因为他们叩了头，所以我仍是皇帝。因为我是皇帝，所以你们必须信我的话，他们的确叩了头。对此我们还能说什么呢？我们只能撅起屁股叩头，喊一声“皇上圣明”！

但是，尽管我们按照皇帝的话书写历史，我们的记忆却无比诡诈，它们会乔装改扮，藏匿于文书的字里行间……

1839年9月1日，鸦片战争即将爆发，林则徐在一份分析敌我态势的奏折中断言：

> 夷兵除枪炮之外，击刺步伐俱非所娴，而腿足裹缠，结束严密，屈伸皆所不便，若至岸上更无能为，是其强非不可制也。

次年8月7日，浙江定海失陷，此时已被罢免的林则徐上奏献策，竟说英兵“一仆而不能复起”——只要倒下就再爬不起来，因为他们的腿是直的，不能弯曲。

一位名叫茅海建的史学家就此写道：

> 林则徐亲眼见过外国人，在澳门又检阅过葡萄牙兵。“腿足缠裹”，疑是当时的紧身裤和绑腿；“屈伸不便”，疑是葡萄牙兵采用踢腿式行进方式，即所谓“正步”，而产生的一种误解。又当时外国人不愿行跪拜礼，民间误传其膝关节有问题，不知此说与林的判断有无关系。[①]

——当然有关系。我们惊恐地注视着他们拒不下跪或仅仅单腿下跪，我们断定他们的膝盖肯定有问题。后来皇帝说马戛尔尼曾经下跪，于是我们就不再记得他们不曾下跪，但当我们遵旨涂改记忆时，这个关于膝盖的印象被遗漏了，它仍然留在那里，如一块漂移的碎片，直到找到新的上下文：当

① 茅海建，《天朝的崩溃——鸦片战争再研究》。北京：生活·读书·新知三联书店，1997年，第153页。

夷兵来临时，我们只需要一根竹竿，把他们捅倒，因为……

某种程度上，我们并未记错，马戛尔尼在华期间确实常常被严重的风湿痛所困扰，有时行动不便。但是此时，他的膝盖还没有犯病，他正苦思冥想地设法打破眼前的外交僵局，他将需要他的“李”翻译的帮助。

九

《英王陛下特使致当朝首相和中堂的备忘录》节录：

> 为了避免失仪，并向尊严伟大的皇帝陛下表达地球上最远和最大国家之一的崇高敬意，本特使准备执行贵国臣民和贵国属地君主谒见贵国皇帝陛下时所行的一切礼节。本使准备在下述条件下这样做：贵国皇帝钦派一位同本使地位身份相同的大员穿着朝服在英王陛下御像前行使本使在贵国皇帝面前所行的同样礼节。[1]

---

① 乔治·斯当东，《英使谒见乾隆纪实》，叶笃义译。香港：三联书店，1994 年，第 278—279 页。

我跪你，你再跪我，这在马戛尔尼的设想中是两无亏欠的交易，但在天朝看来是不可理喻的狂悖。跪是表达绝对顺从的姿态，绝对顺从岂可相互交换？所以，这份“备忘录”在送达“和中堂”之前就已注定会被这位著名的和珅和大人遗忘。在天朝档案中，你找不到这份文件的只言片语，原件在收件后不久就退还使团。

所以，我们现在读到的只是叶笃义先生的译文，译自使团副使斯当东的回忆录。通过一位现代翻译家，这份《英王陛下特使致当朝首相和中堂的备忘录》由英文抵达汉语，尽管行文典重，它却具备我们所熟悉的现代外交文书的一切风格要素，圆滑而精确，全文根本不曾提及“跪拜”二字，“跪拜”被小心翼翼地回避，同时又准确无误地阐明。

但是，在遥远的1793年8月，和珅和大人所读到的并不是这个译本，在马戛尔尼与和大人之间、英国和中国之间，这封书信辗转经历了几次翻译、几重书写——

使团成员哈特诺——翻译李——一位中国基督教徒——斯当东先生的儿子、马戛尔尼的见习侍童小斯当东。

据斯当东回忆，“这个手续过程是非常麻烦的”：

> 首先英文原件由哈特诺先生译成拉丁文，因为使节团中国翻译只懂拉丁文，不懂英文；然后由这位翻译将拉丁文件口头翻译给这位帮忙的人；这个人将它按照中国官方文件格式写成中文；最后由这个童子重抄一遍作为正式信件。[①]

“帮忙的人”是由住在北京的传教士介绍来的一位中国教徒，“这个人经常为那个传教士翻译中文。从文字技术上说，他是力能胜任的。但中国人一向怕参与国事，尤其是他怕钦差查对出他的笔迹来招致祸灾”。所以他的译稿必须由小斯当东抄写一遍，然后把原件当着他的面撕得粉碎。

现在他们有了两只“鸟媒”，“李”和那个无名无姓的教徒，两个匿名者怀着巨大的恐惧，怀着偷情者隐秘的狂喜暗自穿行在历史的暗影中。他们更像两只结伴而行的鼹鼠，英国人一直未能准确地理解何以一只需要另一只的“帮忙”，斯当东认为“李”“不熟悉中国宫廷文件的体裁格式”，所以必须有人进行格式化处理，他并未想到“李”其实也需要一个

① 乔治·斯当东，《英使谒见乾隆纪实》，叶笃义译。香港：三联书店，1994年，第278页。

翻译，一个由汉语的口头到汉语的书面的翻译，在 1793 年，这两者的距离并不比英语和汉语之间的距离更近。

和珅和大人的面容很多年以后通过一部电视剧而为亿万中国人所熟悉，我们熟悉他滚圆的脑袋、眼睛、鼻子和嘴。现在他拆开封套，看到了这份《英王陛下特使致当朝首相和中堂的备忘录》，我们清晰地听见他的笑声，“哧哧”的，浑身抖动，似乎一阵气浪在体内鼓荡。终于，他忍不住了，大笑喷薄而出，他张开的嘴里有一颗发黑的龋齿。笑声渐渐消歇，和大人瘫软在椅子上，似乎刚刚经过了一次呕吐，眼角挂着泪花，肚子骤起骤伏。

是的，和大人从未见过这样的公文，字迹歪歪扭扭，恍如蟹行。它出于一位十二岁少年之手，他在使团来华的航程中学习中文，至今不到一年。

十

1840 年 4 月 7 日，英国下院，一个声音在昏暗的大厅内回荡，所有的人，那些在利润和正义之间亢奋而疲惫地争辩的人们都在凝神谛听——

> 当然在开始流血之前，我们可以建议中国进行谈判。但我很了解这民族的性格，很了解对这民族进行专制统治的阶级的性格，我肯定：如果我们想获得某种结果，谈判的同时还要使用武力炫耀。[①]

这个声音具有不容置疑的权威。托马斯·斯当东爵士曾先后随马戛尔尼使团和阿美士德使团出使中国，他的父亲曾是马戛尔尼使团的副使。小斯当东长大了，1798 年他十七岁起即作为东印度公司职员常驻广州，直到 1816 年。没有人比斯当东爵士更了解中国，他用十年的时间翻译了《大清律例》，这或许是一部中文著作首次被直接译成英文。1810 年，英文版《大清律例》出版，同年一位教士在致斯当东的信中说："您经验丰富，又经过无数的斗争，所以肯定了解中国官员的种种权术，您对他们来说是个可怕的对手。"

① 阿兰·佩雷菲特，《停滞的帝国——两个世界的撞击》，王国卿、毛凤支等译。北京：生活·读书·新知三联书店，1993 年，第 593 页。

——是的，可怕的对手。斯当东有强大的说服力，战争议案在英国下院以5票多数获得通过。在他的座位上，斯当东凝望着那座遥远的名叫广州的城市，他曾经在那里度过十八年的青春岁月，这座城市将在炮火下战栗，斯当东感到恶毒的快感像电流击打着他的身体。

也许，直到此时，“李”作为一只“鸟媒”才真正完成了使命。四十多年前，在“狮子号”炮舰的甲板上，“李子先生”向一个十一岁的英国少年讲授中文，斯当东记得他平淡、温和的面容，记得他尖厉的声音，还有天空飞翔的鸥鸟的叫声，就像他记得在中国北方梦境般的园林中，一位伟大皇帝的手轻轻抚过他的头顶，那只手如玉石般坚硬、温润。小斯当东长大了，在四十多年里，他穿越了阻隔着、保护着那个神秘帝国的无声区域，就像穿越大西洋、印度洋和太平洋。他追随着最初的声音，“李”的声音，微弱、飘忽，如无边暗夜中的一点萤火，他跌跌撞撞地走着，渐渐的，眼前的一切从黑暗中现出了轮廓，越来越清晰，这个世界似乎已经向他敞开，他成为第一个精通中文的英国人……

在“第一个”之后，陌生人一个又一个地走过来，站在我们身边，侧耳倾听。

1825年，斯当东离开中国九年后，一位名叫威廉·亨特的美国少年来到广州，随即被洋行派往马六甲英华书院，一所教授中文的语言学院，他在这里学习“中国官话”——事情有些滑稽，一个外国人只有在距广州千里之遥的异域才能学会在广州与人交谈。

多年以后，亨特回忆起他在英华书院的同学：一位名叫穆尔的荷兰人，还有从槟榔屿来的一个“大麻子中国人”——

> 他原来在那里的一所罗马天主教学校读书，……很快就看得出来，他不是等闲之辈。他熟识拉丁文，而我们的中文教师人人都对他在中文方面的高深造诣感到惊异。他的名字叫小德，四川省人，年纪在二十五岁左右。他讲一口很浓的中国官话。他对书院的中文印刷所极有用处，因为他写得一手好字，可以给印刷所誊写用来制版的抄本。
>
> 他举止粗豪而敏捷，一双亮闪闪的小眼睛锐利而有洞察力。我跟穆尔和小德一起在书院里的那十六个月间，小德专攻英语，不是浅尝辄止，而是深入研究。当我离开那里回广州的时候，他已经取

得了惊人的进步。……

他时时跟我和穆尔一起去散步或骑矮种马。他骑马的时候显得特别笨拙。但是使我们觉得他有点讨厌的是，他老是在那里沉思默想些什么。[①]

后来，1829年10月3日的英文《广州纪事报》刊登了一则消息：

我们的总商受李巡抚之托，物色到一名四川籍青年，其人曾就读于槟榔屿罗马天主教学堂，后又就读于马六甲英文书院。北京政府发下来一些俄罗斯国的拉丁文文件，政府早已有其译本，专用来测试本国生员的能力的。××以中文译出其大意，遂获任用。月薪100两（约30镑）。据传××是前朝皇位可能的继承者，但也可能纯属笑谈。他受到李巡抚的接见，为他准备了一艘船，还颁与一面官旗，将他送往天朝的宫廷。

① 威廉·亨特，《旧中国杂记》，沈正邦译。广州：广东人民出版社，1992年，第274—275页。

当然，“××”就是小德，他现在成了天朝理藩院的通译。无所不在的亨特在这件事上发挥了作用，是他把他的老同学介绍给“我们的总商”的。一个学中文的外国人，一个学英文的中国人，真是怪异而危险的友谊。

十一

这是一部神秘的书，很少有人读过它，它已被遗忘。在巨大的图书馆中，人们翻过无数的书才能接近这部书，几个面目模糊的人在昏暗的时间深处抚摸着它细腻的羊皮封面。

他们是这部书最初的读者——亨特、小德和托马斯·斯当东，他们一定读过《华英字典》（*Dictionary of Chinese Language*），这是世界上第一部汉英—英汉对照字典。

1823年，也就是亨特来华前两年，这部六大卷近五千页的书终于在澳门出齐，字典的编纂者马礼逊博士在写给朋友的信中说：

> 这是对世界的一次编纂。

——马礼逊博士一定说过类似的话。如果世界是上帝的书，那么这部书版本繁多，一个版本用一种语言写成，世界因语言的混乱而不可理解、不可通读。现在,《华英字典》对世界的两个版本进行了百科全书式的互译，这是一次全面的命名，汉语世界的事物有了英语的名字，而英语世界的事物有了汉语的名字。

作为来中国的第一个新教传教士，马礼逊博士满怀人文主义激情，他坚信翻译的可能性，坚信不同民族、不同语言之间可以充分交流和理解。当他在 19 世纪初的某一天着手编纂这部字典时，他所想的也许不仅是中国人和英国人，而是“人类”。人类终将完成一个统一的世界版本，而这部字典是这个梦想中的最终之书的一份草稿。

现在，这统一的世界版本据说已经出现，出现于互联网、电影院，或者大公司的谈判桌上。唯一不太方便的是这个版本是用英语写成的，也就是说，如果你懂英语，你就属于“Mankind”，如果不懂，你就还是个中国人或坦桑尼亚人。上帝在创造世界时说的是希伯来语，但我们如果回到巴别塔以前就只能说英语，这多少有点怪异。1999 年，微软公司在推出《Encarta 世界英语词典》(*Encarta World English*

Dictionary）时宣称："英语如今是世界性语言，它属于所有讲英语的人。"展望未来的21世纪，微软预言，到2050年，超过一半的世界人口——约四十二亿——将具备"合格的"英语水平。这件事的言外之意是，如果你要踏上比尔·盖茨的"未来之路"，Sorry，请讲英语。

讲一口英语意味着成为"未来"的选民，这个未来是人文主义和科学主义的未来，对21世纪的中国人来说，它具有毋庸置疑的权威。但是，在1825年，在马六甲的英华书院，那个名叫小德的中国青年在"沉思默想"，他肯定精心研读了这部字典，因为字典的编纂者是书院的创办人之一，这位小德是否从中看到了"未来"——我们的语言、生活、世界都将被另一种语言重新编纂？或者，他在内心忧惧地凝视着某种迫在眉睫的危险？

《华英字典》在某种程度上是托马斯·斯当东和马礼逊博士的共同事业，因为斯当东当时正是东印度公司驻广州的大班，他的支持和资助使这项浩大的工程得以完成。可以说这部字典是东印度公司的一项投资，公司为此提供了一万二千镑，一说一万五千镑，反正在当时是一笔巨款。公司出资的动机显而易见，一部英汉双语字典将有助于打破对华贸易的语言壁垒，同时也是对这个想象中的巨大市场的系统的知识整理，一次最初的全面“格式化”论述。这是辉煌的人文主义事业，但人文主义事业从一开始也是资本主义和殖民主义事业。

马礼逊的身份同样是多重、暧昧的，他是享有世界声誉的汉学家，是传教士，也是英国政府和东印度公司的官方翻译。1807 年，马礼逊来到中国，开始学习汉语，时年二十六岁。据说教他汉语的中国人每次授课都随身带着一双鞋和一瓶毒药，鞋是新鞋，如果有人问：“干什么去？”就说：“去买双鞋。”当然真被官府抓住就只好喝毒药了。1817 年，马礼逊作为翻译随阿美士德勋爵出使北京。这是继马戛尔尼之后的第二个英国使团，他们的运气更为不济，几乎是被嘉庆皇帝轰出了京城，原因如前所述，皇帝曾经“亲眼”看见马戛尔尼在先皇面前叩头，那么现在你们为何拒不叩头？——似乎预感到即将发生的“所见”的疑难，英国使团的副使恰恰是另一位当时的目击者：小斯当东——托马斯·斯当东。

十二

马儒翰在英军旗舰“麦尔威厘号”上最后一次审阅了外

交大臣致中国宰相书的中文译本，他很满意，他的译文清晰、准确、无懈可击，完全符合巴麦尊外相的训令：

> 信的译文，你应当尽可能使它正确，不要不必要地脱离英文语法，也不要采用任何足以妨害信实简明而又切合实际地表达原文的中国语文形式。[①]

他站在甲板上，平原浩浩荡荡，在平原的尽头，铅灰色的天幕垂落的地方就是这个帝国的都城。二十三年前，他的父亲曾经穿过巍峨的城门，踏上那神圣的大殿，父亲的声音被封存于帝国的档案，遗弃在深宫的某个角落，也许已落满尘埃。但是，马儒翰想，上帝的意志神秘而精确，父亲在遥远的往昔发出的声音其实从未被真正封存，就像飞鸟的痕迹不会消失，每一只鸟的飞翔都是往昔重现，它谛听着冥冥之中回荡着的游丝般的声音，那是父亲的声音，现在是他的声音，似乎贯彻他们父子生命的隐秘目的就是把这声音淬炼得透明、锐利，去划破深黑的寂静。

---

① 茅海建，《天朝的崩溃——鸦片战争再研究》。北京：生活·读书·新知三联书店，1995 年，第 238 页。

现在是1840年8月16日，六年前的8月1日，父亲死于那条名为珠江的大河。在一艘独桅快船上，乌云翻卷的天空投映于父亲空茫的眼。在最后的时刻，父亲在想什么？也许他看到了未来？也许他看到在这个黄昏，他的儿子把一封由冰凉的枪炮、热的鲜血写成的书信由英文翻译成中文，也许儿子那谨慎、缜密的目光是由父亲的眼睛发出的，也许在某一瞬间，似乎被那冰凉、炽热的词句所刺伤，父亲闭上了他的眼睛？

马儒翰有些累了。他想，不管怎样，明天中国朝廷的官吏就将登舰收取这封文书，然后由飞驰的驿马送达皇帝的案头。作为英国远征军的首席翻译，他已经善尽职责。

是的，马儒翰，英国远征军的首席翻译，在中文里，他有时也与他的父亲共用一个名字：马礼逊。

十三

当英国外交大臣巴麦尊强调译文应该“信实”“正确”时，他是在重申西方翻译理论的传统信条：必须忠实，必须使意义被一面镜子完整无损地映照出来。此为翻译家的天职，本来无须刻意叮咛，但巴麦尊也许记得塞缪尔·约翰逊博士很久以前说过的话："谁能用同样的风度转达同样的思想，并且，在做翻译的时候，只改变语言而不改变其他任何东西，谁就应该受到最高奖励……"显然，他对马儒翰能否得到这份"最高奖励"并无充分的信心。

老约翰逊的话表达了英国人对翻译的复杂态度，既确信又怀疑。作为在持续的殖民扩张中与各种语言发生对话的民族，英国人确信能够实现完满的翻译，似乎"意义"已经先于语言差异而存在，翻译只需把它从另一种语言中提炼出来，然后对称地予以还原。这种先验、本原的"意义"的最初源头是上帝。上帝确立意义，尽管后来有巴别塔的语言爆炸，但意义世界依然超越于混乱和差异之上。当然，在约翰逊的时代，意义的源头已经发生了决定性的转移，现在，站在那里的是"人"，在具体的各种各样的人之中和之上，有一个大写的"人"。他使一切语言都变得透明，一切语言都映照着他的形象，因此两个操持着不同语言的陌生人最终能够在对方的声音中认出自己，他们心灵相通，他们实现了完满的翻译。

但是，谁都知道这种“最高奖励”实际上多么难得。从约翰逊博士的语气中，你可以听出他甚至对人们最终能否得到这种奖励心存疑虑。如果说，英国殖民史同时是一部翻译史，那么，这部翻译史也是误译史。一种语言和另一种语言的每次相遇都是深不可测的陷阱，匪夷所思的差错、误解、幻觉和欺骗在其中翻滚沸腾。“译”即是“讹”，中国古人的话虽然扫兴，但真是没错。

在故宫博物院编辑的《掌故丛编》中，刊载了当年马戛尔尼使团向乾隆皇帝呈递的表文：

> ……本国知道，中国地方甚大，管的百姓甚多，大皇帝的心里常把天下的事情、各处的人民时时照管，不但中国的地方，连外国的地方都要保护他；他们又都心里悦服，内外安宁。各国所有各样学问各样技艺大皇帝恩典都照管他们，叫他们尽心出力，又能长进生发变通精妙。本国早有心要差人来，皆因本境周围地方俱不平安，耽搁多时。如今把四面的仇敌都平服了，本境平安，造了多少大船，差了多少明白的人漂洋到各处。不是要想添自

己的国土，自己的国土也够了，也不是为贪图买卖便宜，但为着要见识普天下各地方有多少处，各处事情物件可以彼此通融，别国的好处我们能得着，我们的好处别国也能得着。恐各处地方我们有知道不全的，也有全不知道的，从前的想头要知道，如今蒙天主的恩可办成了，要把各处的禽兽草木土物各件都要知道，要把四方十界的物件各国相互交易，大家都得便宜。是以常想着要将各国的风俗礼法明白了。如今闻得各处唯有中国大皇帝管的地方一切风俗礼法比别处更高，至精至妙，实是头一处，各处也都赞美心服的，故此越发想念着来向化输诚。……[1]

叶笃义先生在历史译本之外向我们提供了一个现代译本，见于《英使谒见乾隆纪实》：

……英王陛下奉天承运，事事以仁慈为怀，践

① 故宫博物院掌故部，《掌故丛编》。北京：中华书局，1990年，第720—722页。

祚以后，除随时注意保障自己本土的和平和安全，促进自己臣民的幸福、智慧和道德而外，并在可能范围内设法促使全人类同受其惠。在这种崇高精神的指导下，英国的军事威力虽然远及世界各方，但在取得胜利之后，英王陛下对于战败的敌人也在最公平的条件下给以同享和平的幸福。除了在一切方面超越前代增进自己臣民的繁荣幸福外，陛下也曾几次派遣本国最优秀学者组织远航旅行，做地理上的发现和探讨。此种举动决非谋求扩充本国已经足以满足一切需要的非常广大的领土，亦非谋求获取国外财富，甚至并非谋求有益本国臣民的对外商业。陛下志在研究世界各地的出产，向落后地方交流技术及生活福利的知识，增进整个人类世界的知识水平。陛下常常派遣船只载动物及植物种子至荒瘠地区帮助当地人民。此外，对于一切具有古老文明国家的物质和精神生活，陛下更是注意探询研究以资借镜。贵国广土众民在皇帝陛下统治下，国家兴盛，为周围各国所敬仰。英国现在正与世界各国和平相处，因此英王陛下认为现在适逢其时来谋求中英两

大文明帝国之间的友好往来。……[1]

比较这两个译本，你肯定觉得必有一个译者发了疯，至于发疯的是谁，那要看你是谁。如果你生活在18世纪的中国，你会认为收藏于军机处档案的那份文本无可置疑的真实，它的辞气卑顺，每一行文字都表达着憨态可掬的屈从。而且它是有“声音”的，它在模拟“说话”。在18世纪，任何有教养的中国人都不会在书面上公开“说话”，他们不会留下“声音”，只有引车卖浆者流的口语才会被书写出来，这种书写行为本身就在充满优越感地向人们展示说话者的低微伧俗。——蔑视声音，这是古代汉语的一项根本规划，汉语由此被分割为书写和说话，书写者是上等人，说话者是下等人。而在军机处存档的当时的译本中，英国人恰好被表现为粗野的下等人。

极为吊诡的一件事是，我们从叶笃义先生的译本得知，英国人其实是在煞费苦心地为自己塑造出文明人的“风度”。这份国书几乎是一篇人文主义理想的概要：知识、技术、贸

① 乔治·斯当东，《英使谒见乾隆纪实》，叶笃义译。香港：三联书店，1994年，第21—22页。

易的扩展，“人类世界”的信念，我们仿佛看到那个大写的“人”正在向我们走来。

但如果翻译是面对文本的一面镜子，那么这个大写的“人”碰上了一面魔镜，类似于照妖镜或“风月宝鉴”，当时的译本几乎是对原文的一次滑稽模仿。

这种事何以发生？当然，和关于跪拜问题的备忘录一样，这份文件也经过了由英文到拉丁文再到中文的多重转译，语意的流失和错讹在所难免。而且中文译者想必是我们熟悉的翻译李，他的译文肯定也经由某位精通中国公文行文规则的教徒润色或重写。出于习惯、恐惧或者对马戛尔尼的一片好心，他们都有可能故意改动文件内容，比如把英国国王的一大段自吹自擂径自改为对中国皇帝的歌功颂德，马戛尔尼如果懂得中文不被气死才怪。

但问题的关键不在这里。关键在于，在 1793 年，这样一份文件根本不可能译成中文，它不可译，它所表述的意义在中文中无法找到对称的词语——英国人的“人类世界”在中文里就会成为“普天之下”，而“普天之下”隐含的下文是“莫非王臣”。对此你有什么办法呢？即使你是最忠实的翻译，你的译本也必然在有意无意之间偏离原文，生成另外一套意义。

一个秘密是，语言之外无意义，意义就在语言之中。无论巴麦尊还是马儒翰，这些天真的人文主义者兼凶悍的殖民主义者对此一直缺乏领悟，他们和他们的对手一样，坚信天地之间只有一套意义，这种意义已被自己的语言充分表述。唯一不同的是，反正他们是开着大吨位炮舰来的，他们可以跨越任何意想不到的陷阱。

所以，人们没有理由怀疑马儒翰是否严格遵循了巴麦尊外相的训令，他肯定是尽忠职守的。他的译文发生严重的误译，《英吉利国外相巴麦尊致中国皇帝钦命宰相书》歪曲了英国政府的姿态和意图，这并非“难解之谜”，谜底就是——作为一个十六岁来到中国，幼承家学，精研中文的英国人，周旋于两种语言之间如同一仆二主。当然他忠诚于自己的语言，但从英文出发进入中文时，他不由自主地变成了中文的仆从，被中文的“真理”所驯化，服从中文的规则和习惯。在他的笔下，“satisfaction and redress”只能被写成“昭雪伸冤”，而“赔偿并匡正”这样的说法包含着英国人自《大宪章》以来全部的政治、法律和商业伦理，在1840年，它完全处于中文的语言经验之外。

可怜的马儒翰，他也许在某个瞬间清晰地看到他和他父亲的境遇：他们学会了另一种声音，这种声音是对世界的另一种描述，在一个被如此描述的世界里，他们极力加入自己本来的声音，但他们的每一声鸣叫都是古老声音的回响。

这是两只奇怪的鸟，他们将继续飞翔，因为鸟在天空和大地之间先知消息。他们知道，有的世界终归于沉寂，有的世界将日渐喧闹。在漫长的飞翔中，我们悄然衔走一个世界的梦，直到某个月光如水的夜晚，这片森林的鸟群在深睡中沉入陌生的梦境。当曙光初露，他们醒了，他们振翅鸣叫，他们并不知道他们自己的声音已被偷走……

——我们终于得到了马戛尔尼使团的表文和《英吉利国外相巴麦尊致中国皇帝钦命宰相书》的准确译文。但时间已经过去了很多年，这是一个漫长的翻译过程，无数翻译为此穷尽了毕生精力，他们在中文中制造一个又一个新词，他们逐步改变着汉语的结构、语法，直到一个名叫叶笃义的人和一个名叫蒋廷黻的人能够相对准确地由原文抵达译文，由英语抵达汉语，似乎意义就在两种语言、两种声音之间透明地流动。

于是，1840 年的汉语归于沉寂，那个意义世界已被成功地遗忘，荒烟落日，遍地榛莽。

十四

在这个故事中，充满了奇异的邂逅、对称和重复。斯当东父子相继出任访华使团的副使，小斯当东担任副使时，马礼逊是使团的翻译；1840 年，小斯当东成为鸦片战争的坚定推动者，而英国远征军的首席翻译是马礼逊的儿子。

还有一个我们熟悉的人物：亨特。在《旧中国杂记》中，亨特写道：

> 我在 1824 年乘“公民号”从纽约出发的时候，带了一封由这位博士的朋友奥利芬写给他的介绍信。但我抵达时适逢他去了英国，所以没见到。直到 1827 年 1 月我从马六甲书院（他是该书院的创始人之一）回来之后，才见到他。于是他就考核我，看我在学习中文方面有什么进步，结果宣称“成绩‘良好’”。[①]

---

① 威廉·亨特，《旧中国杂记》，沈正邦译。广州：广东人民出版社，1992 年，第 174 页。

——这位“博士”正是马礼逊，按照中文的传统说法，亨特是马礼逊的“门生”。我们记得，在马六甲书院，亨特有一位同学名叫“小德”，经过亨特的介绍，1829年他被选送到京师理藩院担任通译，马礼逊此时应在广州或澳门，不知小德是否见过这位老师？

1829年的秋天，遥远的北京雁阵南飞，天很高，是一种明亮的蓝。在广州，十三行前的广场上，亨特和小德从喧闹的人群中走过，小德依然沉默无语。亨特忽然觉得，这个朋友竟如此陌生，他是谁？他在想什么？他的沉默似乎守护着某种神秘的事物，亨特永远无法接近。

“北京的天也该凉了。”亨特说。

小德微微一笑。

——这也许是最后一次见面了，亨特想。北京无限遥远，他的朋友小德将消失在那传说中的幽深宫殿中。

实际上，1830年和1838年，他们曾两度重逢，每次小德都是匆匆来去，只是为了“找几本外国书”。

1839年，当钦差大臣林则徐到达广州时，人们在钦差的随员中看到了小德，这一次，他没有与他的朋友亨特见面，但是——

> 钦差阁下到达广州后不久，人们给我拿来一份他与广州政府的高级官员联名写给英国女王陛下谈鸦片贸易的信件的英译本，带到行商公所，要我把它译成中文，以检查原来的译文是否正确。这个英译本显然出自我的老同学小德的手笔。他在广州一直待到这一年年底，后来听说他返回北京，以后我就再也没有听到过他的音讯。他和我两人的通信成了问题，相互之间都身不由己。①

现在，我们终于知道小德是谁了，他是袁德辉，林则徐的首席英文翻译。在历史的这个紧要时刻，敌对双方的首席翻译原来出自同一师门：马儒翰是马礼逊的儿子，而袁德辉曾在马礼逊创办的马六甲书院学习英文。

亨特晚年的散漫回忆使我们走近了这个失落于历史的重重暗影中的人物：袁德辉。我们已经忘记了这个名字，但这个沉默寡言的人悄悄地改写了我们的基因密码，改写了我们的语言。通过他的眼睛，林则徐看到了“世界”，后来林则徐

① 威廉·亨特，《旧中国杂记》，沈正邦译。广州：广东人民出版社，1992年，第276页。

将所有的翻译资料转送给一位名叫魏源的文人，魏源据此写出了《海国图志》，中国人开始寻求和接受一种世界性的普遍的“意义”。

——这真是一株神秘的谱系之树。也许你还记得，最初的那粒种子竟是那位姓“李”的翻译，从他那里开始，根须和枝叶在历史中不为人知地暗自生长。

直到 1917 年，一位名叫胡适的美国哥伦比亚大学博士发起了“白话文运动”，这棵谱系之树蓦然间变得遮天蔽日。这场运动从来不像它所宣称的那样，是要人们按照自己的所说去书写，它隐秘的真正目的是使汉语彻底地成为一种可以翻译和被翻译的语言，直到我们能准确无误地听清来自世界的声音和意义。

那时，飞鸟将自由翱翔？

附记一：

诏书和洋人的膝盖

1816 年 7 月，清嘉庆二十一年，嘉庆皇帝将英国使团逐出北京。使团的正使为阿美士德勋爵，副使和翻译分别为托马斯·斯当东和马礼逊。嘉庆在《赐英吉利国王敕谕》中说：

> 其行礼日期仪节，我大臣俱告知尔使臣矣。初七日瞻觐之期尔使臣已至宫门。朕将御殿，尔正使忽称急病，不能动履。朕以正使猝病，事或有之，因止令副使入见，乃副使二人亦同称患病，其为无礼，莫此之甚！朕不加深责，即日遣令归国。

——可见当时的情势颇为尴尬，召见来使为国家大典，场面铺排好了，皇帝就要升殿了，就等着来使朝上磕头了，谁知“约翰牛”忽然就犯了牛脾气，正使“不能动履”，抬不起腿走不动路了。好吧，明知他是装蒜皇上也忍了，让副使来，可副使居然也抬不起腿了。这下算是撕破了面子，皇上只好让他们卷起铺盖，抬起腿走路。

大概从此以后，中国人更认为洋人的膝盖长得硬。这种看法本来久已有之，据《郎潜纪闻二笔》：

> 康熙间，俄罗斯贡使入京。仁圣（按：指康熙皇帝）令选善扑处有力者在馆伺候。凡俄国一使一役出外，必有一善扑者随之。俄人虽高大强壮，而两股用布束缚，举足不灵。偶出扰民，善扑者从其后踢之，辄扑地不能起。以此凛然守法。

“善扑者”大概练的是蒙古式摔跤，从后面照着腿弯子猛踢一脚，恐怕不仅洋鬼子爬不起来，换了任何人都会半天爬不起来。但康熙年间的人还算心明眼亮，注意到洋人打着绑腿，并未直接归结到膝盖上去。

在第二次鸦片战争之后，清朝终于不再坚持让洋鬼子下跪。1873年，同治十二年，同治皇帝接见外国使臣：一鞠躬，二鞠躬，三鞠躬！洋鬼子们总算没有犯腰椎间盘突出；1876年，光绪二年，清廷向英国派出了第一位现代意义上的驻外使节。到了1892年，有一天英国外交部次官约见中国使馆参赞，原来是外交部清理档案，有些中文文件请他帮忙看看。其中有个匣子，包裹重重，放在档案库里已经七十多年，相传是从中国带来的，但从来不曾打开。这位参赞启封一看，匣子里有黄绫包裹的竹筒，筒内是一卷函轴，展视之，正是当年嘉庆皇帝的那份《赐英吉利国王敕谕》，有满文、汉文、拉丁文三种文本。

当时薛福成兼任驻英国、法国、意大利和比利时四国使臣，住在巴黎。他接到参赞送来的诏书抄件，在日记中大发感慨：

> 恭读敕谕，辞义正大，洵足折服远人。但昔年风气未开，中西语言文字，莫能通晓。观其包裹完好，久庋外部，盖英廷亦无人能读者，实亦未尝启视也。[①]

① 薛福成，《出使英法义比四国日记》。长沙：岳麓书社，1985年，第304页。

其实他是知其一，不知其二。英国使团中的小斯当东、马礼逊都通晓中文，况且还有一份拉丁文译本，所以并非“无人能读”，他接过了诏书，却一直没有打开看看，恐怕是因为不看也知道里面说些什么。

事情的结果就是，嘉庆皇帝一篇“辞义正大”的文章在伦敦舰队街尘封七十年，最终第一个读到它的还是他自己的臣民。

附记二：

两个中国人在伦敦

1792 年，当马戛尔尼使团启程前往中国时，“在英国全国找不到一个懂中文的人”，但在此之前大约二十年，伦敦还是有两个中国人的。据范存忠先生《中国文化在启蒙时期的英国》记载：

> 一位叫作谭纪华，又名纪华，是于 1769 年间从广州来的，在 1770 年以后的一二年里，走了一段红运。他是一个塑像家，手里捻了一把泥，看了你一两眼，就捻了个泥像，据说相当逼真。于是轰动一时，达官、贵人、名士、艺术家，纷纷跑去请他捻像，乔治三世还特别找到他捻了一套王家人像。1770 年王

家艺术学院举行展览会时，他也有作品，是一个半身塑像。在流传下来的名画家左发尼的王家艺术学院写生画里，我们还可以看到谭纪华的容貌，中年模样，是一个黑黑矮矮的广东人，这位谭先生还留下一些英文信件，其中有几封是写给牛津的三个太太的，似通非通，但也有些意思。……此外，还有一位中国人，年龄比较轻些，也是从广州来的，叫作黄阿东。他是商人，但据说是秀才出身。[①]

这位黄阿东先生还曾与画家乔舒亚·雷诺兹、诗人和语言学家威廉·琼斯一起吃过饭。他和谭纪华大概是有史以来最早到过英国的中国人。

① 范存忠，《中国文化在启蒙时期的英国》。上海：上海外语教育出版社，1991年，第192—193页。

附记三：

《乾隆英使觐见记》的白话

马戛尔尼后来写过一部回忆录，著名学者刘半农译为中文，题为《乾隆英使觐见记》。刘氏译笔颇饶风致，有早期白话文的朴直，比如马戛尔尼与清廷大臣在觐见皇帝的礼仪问题上讨价还价，读之仿佛白话小说：

> 余曰："英国礼乃系屈一膝，引手伸嘴，握皇帝陛下之手而亲之。"
>
> 彼等大诧曰："怎么这事？在咱们皇上面前使得吗？"
>
> 余曰："自然使得。倘使见本国皇帝之礼见贵国皇帝，已属万分恭敬，何言使不得？"
>
> 言次，屈一膝，作行礼之状示之。三人颔首而

去，容色似已满意，不复如前此之极力喧辩矣。

下午，周大人复来，言："已回过相国（按：指和珅）的话。他说，此时或由贵使径行英礼，或先派大臣向贵国皇帝皇后像行中国礼，尚未商议妥当，晚半天可有回音。"余无言。

未几鞑靼钦差（按：指负责接待使团的金简）又来，言："目下决意请贵使行英国礼，但照中国风俗说来，拉了皇帝的手亲嘴，总不是个道理，拟请贵使免去拉手亲嘴，改用双足下跪以代之。"

余曰："敝使早已说过不用中国礼，这双足下跪，还不是中国礼吗？此礼诸位行得，敝使行不得。"

金大人曰："既如是，双足单足，且不去管他，那拉手亲嘴，总得免掉才是。"

余曰："此则悉听诸君之便；但诸君记着，此系诸君之意见，非敝使之意见。敝使本欲向贵国皇帝行个全礼，今屈从诸君之意，改做个半礼了。"

——在现场做翻译的是那位从那不勒斯留学归来的李某，"拉手亲嘴"云云，如闻其声。

附记四：

李鸿章的翻译

李鸿章当年办洋务，手下有两位主要翻译，一为伍廷芳，一为罗丰禄。罗丰禄中英文俱佳，是清末难得的译才，后来当过驻英公使；伍氏为现代史上名人，香港人，留学伦敦获大律师资格。甲午之战后随李鸿章赴日议和，《马关条约》的英文文本即出于伍、罗二人之手，后留在李鸿章幕中担任翻译。

伍廷芳的英文和英国人不相上下，但不曾受过中国传统教育，中文水平不高。写毛笔字是那个时代中国读书人的基本功，伍氏却全无修炼。他天天为李鸿章翻译路透社的电文，翻出来后总是请人精楷誊清，再呈送上去。有一天，李鸿章忽然问："这是你自己写的吗？"伍廷芳说："是。"李鸿章笑了："罗丰禄还说你不会写字呢。"说着扭头对儿子李经方说："看看，比你写得都好！"正巧仆人送来路透社电文，李经方大概也是存心出他的洋相，就说："这份要得急，你就在这儿翻吧。"伍氏大窘，只好把李经方拉到一旁，边翻译边央求他帮着斟酌词句，歪歪扭扭草草写出，当然不是蝇头小楷，字字都比指甲盖还大。李鸿章一看，笑了："你年纪不大，怎么就成了老花眼了？今天是不是没戴眼镜啊？"

伍廷芳毕竟精通英文，字写得丑，"达"和"雅"或有不及，"信"则应无问题。还有更荒唐的，一句洋文不懂，居然也做翻译。据说有个浙江人许某，与李鸿章夫人沾一点拐弯亲戚，李鸿章便让他跟着洋顾问美国人毕德格学习英文。过了一年多，有个洋人摄影师要来府里照相，李鸿章忽然想起许某，正好考考他的本事，便吩咐下去，让许某当翻译。摄影师来的那日，只见许某双手比画，嘴里滴里嘟噜，和洋人话来话去，应对裕如。李鸿章大为欣慰：此子乃可用之才！

不知许某后来是如何被"用"的，不过他确实不懂英文，这一年多的工夫只顾了斗鸡走马、眠花宿柳，英文课一次也没上。那天是事先求了毕德格，与摄影师串通好，到时候各说各的，只看手势，嘴里的滴里嘟噜都是信口胡诌。

附记五：

《文明小史》

1903年5月到1905年9月，上海《绣像小说》半月刊连载李伯元的小说《文明小史》[①]。此前三年，中国在义和团和八国联军的巨大震撼中进入了20世纪。1900年的庚子国变是中国现代化进程的决定性关口，历史的下文在天崩地裂的混乱中就此编定，只待时间把它写出而已。任何一个稍有脑子的观察家都会看出大清国要亡，在历史和文化的终结感中，开辟新纪元的新文化运动已是呼之欲出。

于是李伯元写了《文明小史》。“文明”这个词在20世纪

① 李伯元，《文明小史》。上海：上海古籍出版社，1997年。

初的语境中有特殊的含义，它指的就是1900年以后席卷全国的现代化浪潮。朝野上下，咸与维新，大家都要“文明”起来，而“文明”的标准在西方。1900年的事变致命地损伤了民族的文化自信，以至于在这五千年文明古国中，“文明”竟成了指代一切外来事物的词语。

在这个背景中，我们看到了《文明小史》中的那些翻译，他们的面貌、神情我们依然熟悉。他们是新世纪的新贵，由于通晓洋文，他们几乎就是“文明”的代言人，掌握了重大的文化权力。这些人一直隐蔽在历史的阴影中，现在他们走上了前台，所有的观众都注视着他们，而观众的目光交织着好奇、敬畏、不安和怀疑。是的，我们都要“文明”了，但是，这些打着一口洋话的“文明人”令我们困惑，他们是谁？是自己人还是外来者？看起来他们不是外来者，但也不像自己人，他们的身份和地位尴尬、暧昧，他们处于舞台的中心，处于众人目光的焦点，这个位置也同时意味着他们身在众人之外的边缘。

所以，看到他们出洋相，我们颇为受用。《文明小史》开始时是在穷乡僻壤的湖南永顺府。一日西门外来了几个外国人，知府连忙要去拜望，却有一件，没有一个会说洋话的，亏得知县衙门有个姓张的师爷，“从前在省城里什么学堂里，读过三个月英文的”，现在正教知县的两个儿子读洋书。知府大喜：“原来世兄学习洋文，这是现在第一件经世有用之学，将来未可限量，可喜可敬。”遂请上张师爷同去。

原来那外国人是个地质师，受了湖广总督张之洞的聘请勘探矿苗，随身带着一个通事，“那通事鼻子上架着一副金丝小眼镜，戴着一顶外国困帽，脚上穿着一双皮鞋，走起路来咯吱咯吱地响，浑身小衫裤子，一律雪雪白，若不是屁股后头挂着一根墨测黑的辫子，大家也疑心他是外国人了”。

——除了多一根辫子，他活脱就是我们常见的汉奸翻译官，可见“翻译官”的形象在世纪初即已定型，后来在现代小说和电影中只是有过一些细节上的修改。

双方见面行礼，分宾主坐下，好戏就开场了：

> 张师爷一心想卖弄自己的才学，打着外国话，什么温、吐、脱利、克姆、也斯①，闹了个不清爽。起先那矿师还拉长了耳朵听，有时也回答他两句，

① 分别为英文的 one, two, three, come, yes。

到得后来，只见矿师一回皱皱眉头，一回抿着嘴笑，一句也不答腔。府、县心里还当他俩话到投机，得意忘言。停了一歇，忽见矿师笑眯眯地打着中国话向张师爷说道："张先生，你还是说你们的贵国话给我听吧。你说的外国话不要说我的通事他不能懂，就是连我也不懂得一句。"

于是这小地方的外语人才大大地栽了面子。事后知县向知府赔罪，知府倒是宽厚："你不用怪他，他学洋文学问虽浅，这永顺一府，只怕除了他还找不出第二个，留他在这里开开风气也好。"

小地方如此，大地方又另有一番景致。到了第四十五回，安徽巡抚黄升甘言厚币地请来一位顾问官，名叫劳航芥，这倒确实是个人才：

十二岁上，就到陆师学堂里做学生，后来看看这学堂不对劲，便自备资斧，留学日本，先进小学校，后来又进早稻田大学校，学的是法律科。过了两年，嫌日本学堂的程度浅了，又特地到美国纽约，进了卜利技大学校，学的仍旧是法律。卒业之后，便到香港，现在充当律师。中国人在香港充当律师的，要算他是破天荒了。

却说这位劳航芥，接了聘书，一溜烟跑去拜见寓居香港的安绍山和颜铁回，这两位其实就是影射康有为和梁启超。听说劳航芥被政府请去做顾问，“康先生”沉吟道：

腐败政府，提起了令人痛恨！然而那班小儿，近来受外界风潮之激刺，也渐渐有一两个明白了。……劳公抱经世之学，有用之材，到了那边，因势利导，将来或有一线之望，也未可知。

相比之下，“梁先生”倒是有更为实际的忠告：

劳兄你既受中国之聘，充当顾问官，这条约是一桩至要至紧之事，不可忽略，顶好把它一张一张地念熟了，然后参以公理公法，务使适得其平，将来回国，有什么交涉，就可以据理而争，虽然不中用，也落一个强项之名，不同那些随人俯仰的。

领了这么一通教训，想必劳航芥也觉得此一去大有可为，收拾收拾启程赴任。

接下来的故事就开始有趣了。这劳航芥吃了几年面包，把辫子也剪了，穿一身洋装，路经上海不肯住中式客栈，住进一天五块大洋的礼查饭店——现在是浦江饭店了——为的是和“旧同胞”划清界限。有人劝他回乡随俗，改了装束，留起辫子，只听他好一顿慷慨陈词：

> 至于改装，我自从得到了电报，却也转过这个念头，但是改得太快了，反被人家瞧不起，且待到了安徽，事情顺手，果然可以做点事业，彼时再改，也不为迟。
>
> 我们中国，生生就坏在这条辫子上。如果没有这条辫子，早已强盛起来，同人家一样了。

但没过两天，该老兄就溜到街上的估衣铺，买了两身时派的长袍马褂，又求一个朋友按着《申报》上的小广告，“出了两只大洋，替他办了一条辫子，底下是个网子，上面仍拿头发盖好，一样刷得光滑滑的，一点破绽也看不出来”。

劳航芥关上房门，“从头至脚改扮起来，一个人踱来踱去，在穿衣镜里看自己的影子，着实俏俐”。

“俏俐”二字着实用得好，劳航芥由外国人又变回中国人是因为在堂子里看上了一个姑娘张媛媛，而这张媛媛偏又是趣味保守，对洋鬼子或假洋鬼子一概不喜欢，于是劳航芥一身披挂着的“文明”转眼就冰消雪化了。——礼查饭店自然不住了，搬到了三洋泾桥的客栈。

如此到了安徽，这位热腾腾的顾问大人很快就坐了冷板凳，起因是有一天有一德国人来访：

> 履声橐橐，进来一个洋人，见了黄抚台，点了点头。……一面又和劳航芥点了点头，口里说了三个字，是“式米脱”。黄抚台知道这德国人叫式米脱。劳航芥正想打着英国话问他的名字，见他已经说出名字来了，便把这句话在喉咙里哽住。原来德国规矩，生人见了面，总得自己道名姓，不待人请教，然后说出来，也不作兴人家问他的名姓，可

怜劳航芥如何懂得呢？黄抚台一面让他坐下，式米脱先开口说道："我现在打山东来，有一个人短了我五千银子，我问他要他不给，请大人你帮我一个忙。"式米脱说的话，原没有什么深文奥义，但是劳航芥没有学过德国话，如何懂得呢？只得睁大了眼睛对他望着。式米脱又说了一遍，到底黄抚台和德国打交道打得多了，德国话虽不懂，然而数目字却是懂的，晓得是"五千两"三个字，扭转头来对劳航芥道："他说五千两，莫不是赔款吗？"劳航芥一句也回答不出，只好说"是是是"。黄抚台满心不愿意，式米脱看见黄抚台跟旁边坐着的外国打扮的都不懂德国话，料想是弄不明白了，明儿找着了翻译再来罢。遂和黄抚台、劳航芥点了一点头，嘴里又说了一句什么，扬长走了。

偏偏过些日子又有一个法国副领事来安徽，抚台设宴款待，那洋人叽里咕噜，一会儿英语一会儿法语。英语劳航芥自然对答如流，碰上法语就张口结舌，成了锯了嘴的葫芦。

这下黄抚台彻底灰了心，原说是请一个懂洋文的人才，谁知他只会说英国话！劳航芥终于混不下去，灰溜溜地回香港，该干什么干什么去了。

这个故事中充满了误解和幻觉，劳航芥兴致勃勃，以为有一番事业可做，谁知其实只是当翻译；而抚台大人理想中的翻译又得是通万国语的，不管他英国、法国、德国，反正只要是洋人都能对付，这样的翻译当然没处去找。

所以20世纪初的劳航芥们就像是躲在洋饭店里换装束、照镜子，其实里外不是人。他们被视为“文明”的选民，但他们的“文明”在现实中就会变得滑稽，而现实中的人们也感到这些翻译官完全不符合自己对“文明”的想象。

历史就这样在多种多样的想象和幻觉的冲突中展开。很多当时人的幻觉并非像后来看上去那么荒唐，比如在黄抚台头脑里，懂外语就是懂一切外国语，这其实也不算特别糊涂，就在19世纪末，还有满清的大臣正儿八经地给皇帝上折子说，西洋其实只有一国，就是英国，那些什么美国、法国、德国等等全是英国人改换名号，以便向天朝多讨一份便宜。——也真亏他想得出来。

乔治·钦纳里之奔逃

乔治·钦纳里，生于英国，长于爱尔兰，1802 年移居印度。在印度，他结了婚，生有一女。

对乔治·钦纳里的早年生活，人们所知不多。比如，什么原因使此人从爱尔兰远走印度？在现有资料中找不到有关记载。但 1852 年 5 月 30 日乔治·钦纳里死后，由澳门的沃森医生所做的尸体解剖报告提供了某种线索。在这份报告中，沃森医生用显然不太冷静的语调写道：死者的胃“惊人的健康”，而此时的钦纳里已经七十多岁了。

乔治·钦纳里的胃在他生前极具传奇性，其超大容量和超强功能广为人知，人们普遍认为这个胃始终处于一种“狂乱”状态。问题是，在1802年前后的爱尔兰，养这么一个胃过于艰难，此时正有成千上万空空荡荡的胃从那里拥向新大陆呢。当然，这一时期的爱尔兰大规模推广了土豆种植，据布罗代尔记载，过去种小麦只能养活一个人的地块现在养活两个人还绰绰有余。不过，尽管土豆后来成了某种神话中的珍馐，但在当时，这种高产的植物块茎除了可以果腹外，还有两种公认的副作用：一是传播麻风病，这听起来很可怕，但由于饿死的人不会得麻风病或任何其他什么病，所以土豆的市场地位并未受到损害；另一种副作用是，土豆吃下去会使人胀气放屁，但正如一本1756年出版的《百科全书》所说："对农民和劳动者结实的机体来说，放几个屁又算得了什么！"实际上，无论何时何地，总会有人恨铁不成钢地告诉我们什么什么"算得了什么"。一听人家这么说，我马上就会感到羞愧，就会感到什么什么的确算不了什么，比如没有房子算不了什么，没有钱算不了什么，等等。但"放几个屁又算得了什么"的前提是"农民和劳动者结实的机体"，也就是说，如果你本来没有什么象征性资本可供贬损，那你还穷讲究什么呢？乔治·钦纳里先生虽说机体结实，但读过几年书，还会画几笔画儿，想必是个很上进的青年，所以"又算得了什么”的勉励对他并不适用。我估计，吃土豆放屁对该青年来说不幸仍是一个巨大的问题。

就这样，乔治·钦纳里先生被一个狂乱虚荣的胃带到了印度。当然他和他的胃找对了地方，尽管当时印度饿死人的事经常发生，但在诸如马德拉斯、加尔各答等沿海城市，欧洲人中最流行的疾病却是消化不良，原因显然是吃肉太多。欧洲人食用的肉大多由海外运来，由于冷藏技术和食品加工技术尚不发达，远涉重洋的腌肉和火腿到岸时就已经臭烘烘的了。臭烘烘的肉吃了很多，事情的结果就是，不愿放屁的先生们大打臭烘烘的饱嗝。两千多年前中国的孟子对此早有洞察，他写道：“肉食者鄙。”

但钦纳里先生想必不会消化不良，鉴于亚热带饮食风格辛辣，他的胃肯定极端亢奋，像吃了辣椒的猫。在19世纪初的加尔各答或马德拉斯，你偶尔会在大街上或码头上看到一个红扑扑的大胖子挎着画夹在牛和牛屎、乞丐和玩蛇人、燕尾服和纱丽之间穿行。显然，乔治·钦纳里是幸福的，就像一台开足马力的拖拉机是幸福的一样。

多年以后，钦纳里在澳门和广州的“番鬼”圈子里成了讲故事的大师。此时的钦纳里先生经得多见得广，所以有一肚子故事可讲。经得多说明活得长，见得广说明走得远。钦纳里初到澳门时四十多岁，在19世纪已经够老了，况且他在这四十多年里走过了半个世界，就像老了的尤利西斯神神叨叨地逢人就讲《奥德赛》，钦纳里的故事充满自传性和异国情调。

一位听众后来记下了其中一个故事：

"一天晚上，他跟一些朋友一起在一所平房宽敞的大厅里吃晚饭，他坐在餐桌末端，主人对面的一张椅子上。头顶上是布风扇，被看不见的力摇动着，摇扇的用人在隔壁房里。"晚餐快结束的时候，钦纳里发觉"有一条蛇来跟他的脚踝交朋友，缠住了它。那蛇是从他背后的游廊里无声无息地爬进来的"。"他做手势让大家保持安静，用只比呼吸大一点点的声音，叫仆人给他拿一碗牛奶和一根手杖来。""他不慌不忙地把牛奶放在离他椅子不远的地板上，轻轻地把手杖伸到紧挨着碗的地方，仍然握着手杖的柄。牛奶的气味吸引着那条蛇，它立即松开他的脚踝，去缠住手杖。接着，当它正在享用不找自来的食物时，钦纳里从椅子上一跃而起，跳到那不速之客的头上，一眨眼间就把它和它的晚餐都消灭了。"

这位听众名叫亨特，曾是美商旗昌洋行的大班。1872年，在一本名为《旧中国杂记》的书中，他以怀旧的调子描述了

1840 年以前的广州和澳门，“钦纳里和蛇”是其中的一段。

其实，蛇爬到脚面上，在印度是常事，但英国人就照例很激动。福斯特的《印度之行》中，那位倒霉的印度医生阿齐兹在月夜下的清真寺初遇甫抵印度的莫尔夫人：

> 我看你不该在晚上独自外出，莫尔夫人。这附近有坏人，马拉巴山上的豹子也会翻山过来，还有蛇呢。
>
> ——她惊叫起来，她没有想到会有蛇。

这位太太想到了印度有“坏人”、有豹子，但没有想到会有蛇。阿齐兹是受过完备教育的、理性的知识分子，他知道他自己是“好人”，好人的标志之一就是殷勤提醒一位英国太太“还有蛇呢”。这表明，他把英国人民与英国殖民者区分开来，并且对英国人民抱着友好的感情，他可没想到自己日后会成为一条“蛇”——在陪同莫尔太太和她计划中的儿媳艾德拉·奎斯特小姐去岩洞观光的路上，“奎斯特小姐看到一条小溪的对岸有一个细细黑黑的东西竖立在那儿，便说道：‘一条蛇。’村里人也跟着说是一条蛇。阿齐兹还解释说：是的，那是一种剧毒的黑眼镜蛇，它竖起身子在观望着大象从这里经过”。但是，艾德拉拿起了望远镜，忽然又发现“原来那不是一条蛇，而是弯弯曲曲的棕榈树的枯树桩，于是她说道：‘那不是一条蛇’”。

阿齐兹显然认为自己在此类问题上具有优先解释权，便固执地抬杠：“那东西从望远镜里观察像个树桩，但实际上那确实是条黑色的眼镜蛇。”

后来，艾德拉小姐就在岩洞中恍惚觉得这位印度医生扑了过来，惊呼非礼，闹出了轩然大波。再后来，这位小姐在审判阿齐兹的法庭上大概又用上了望远镜，便说：“那不是一条蛇。”于是阿齐兹又不是“坏人”了，但从此他也再没有兴致做“好人”，印度也就少了一位棕色皮肤的gentleman。这也难怪，如果你乖乖地在地上爬着，没招谁没惹谁，忽然随着一声惊叫，就有一只二百多磅重的大脚丫子挟着劲风当头踩下来，按常理来说，你对这大脚丫子的认同感总会受到打击，从此由一个普遍主义者变成一个相对主义者。

所以，问题不在太太小姐们的惊叫，而在亢奋地随时准备动脚的先生们身上。比如乔治·钦纳里的故事中，“从椅子上一跃而起，跳到那不速之客的头上”，我认为这就不太好看，而且踩烂了蛇头，打翻了牛奶，也就弄脏了地板。当然，我这是隔着二百年说便宜话，钦纳里可能觉得他非跳不可，不跳不足以惩奸除恶。但我知道，他是可以不跳的。比如还有一位英国太太，我忘了是在哪本书上看到的，大概也是在印度或其他什么热带地方的晚餐上，女士们先生们正聊得热闹，这位太太忽然竖中指做嘘声，示意众人安静。众人愕然，呆看着她腰板挺直，目视前方，良久，她长吁一口气，淡然笑道：对不起，刚才有条蛇从我脚面上爬过去。——我得承认，我很喜欢这位太太，我希望和这样的女士吃饭聊天，推而广之，我甚至喜欢那些没头没脑地爱上"坏人"的女人。我这么说人家会说我是非不分，或者说我本人就是"坏人"。对此，我的想法是，我的确比较不喜欢用脚丫子辨别是非好坏，脚丫子上也没长眼，或者如相声里说的，要长也是鸡眼啊。

至于乔治·钦纳里，如果按神话逻辑，把蛇当成女人，那你就比较准确地理解了他那种恶狠狠的劲头。因为钦纳里从印度远走中国，主要的原因就是逃避女人——至少他自己到处这么说。

这个女人是他的妻子，钦纳里认为"她是他一辈子里见过的最丑陋的女人"。尽管他和她过了十几年，生了一个女儿，但1825年的某一天，钦纳里忽然觉得再也忍受不下去了，于是他一溜烟地跑到码头，跳上了一艘开往澳门的货轮。简单地说，钦纳里仓皇奔逃。

男人跑了，这是近两百年来英国两性关系的恒常主题。在英国文学中，当然有忌妒的丈夫，比如奥赛罗，但那是伊丽莎白一世女王时代。从那以后，英国的女人们就不得不艰苦卓绝地提防男人莫名其妙的逃跑或追捕莫名其妙逃跑的男人。乔治·钦纳里还不算最恶劣的，比如《远大前程》中，一位老兄居然在婚礼上溜之大吉，撇下穿着婚纱的新娘，从此一辈子咬牙切齿骂男人。

跑首先是因为有路可逃，比如钦纳里就从印度跑到了澳门，后来听说太太要来澳门找他，连忙收拾行李，再跑到广州。在这里他是安全的，因为按照天朝的律令，凡来广州经商的“番鬼”不得携带女眷，也就是说女洋人一概不准入境。电影《鸦片战争》中忽然冒出个颠地的女儿玛丽，恐怕是官府关防废弛，或者是真的看不出“番鬼”之男女。而且该玛丽还是一位友好人士，这就叫人想到当初律令本该反过来定，只许女洋人入境。

但至少在1825年左右，钦纳里太太还进不了广州。“现在，”钦纳里对他在广州结识的朋友亨特说，“我没有事了，这中国政府真是个仁慈的上帝，他不许那些娘儿们到这里来打搅我们。安排得太妙了，你说是不是？”“是的，钦纳里先生。”亨特答道，“真是这样。”

钦纳里转溜着眼睛，叹道：“天助我也。”

在广州的日子是幸福的，钦纳里很快吃名大振。有一次，据亨特回忆，当咖喱米饭端上来时，钦纳里几乎把所有的饭都舀到自己盘里。“钦纳里，”主人叫道，“你把饭都拿走了，你一半都吃不了的呀。”钦纳里答道：“我吃着这一半的时候，另外那一半可以使它保暖。”

我没有钦纳里那么一个大胃，但推人及己，我对“保暖”说的看法是，一个疯狂的大胃不仅需要填饱，而且需要安全感。也就是说，它确实需要一盆饭，半盆是用来吃的，半盆则纯属精神性的，它是另外那半盆的符号，指涉着富足、丰饶。所以它不仅维持另一盆饭的温度，而且可以抚慰大胃的焦虑。

现在，乔治·钦纳里幸福而安全，我本来应该为他高兴。虽然无缘见面，但我是喜欢他的，谁能不喜欢一个欢乐、喧闹的胖子呢？如此的一个胖子也会使别人感到幸福而安全，感到春天般的温暖。你如果和他坐在一起，他就相当于盘子里的另外一半饭，有保暖的功能。

不过，我读过老子，知道福兮祸所伏，祸兮福所倚；小时候吃盘炒鸡蛋都心中惭愧，长大了，看到别人幸福我就忧虑，感到自己幸福我就心慌，比如尼德兰画派的画，胖男人胖女人傻呵呵地乐，我就总觉得不对头，后来读了历史，知道这些胖子其实活得辛苦，这才放下心去。

因此，关于乔治·钦纳里，我的看法是，有一个大胃总怕吃不饱，这不幸福；娶了个丑太太，这也不幸福，后来提心吊胆地逃避太太的追捕，这就更不幸福。当然，如果他把胖手一挥，说："我就是幸福！"那我也没办法，但我还是怀疑其中有诈，比如乔治·钦纳里自1825年以后从未闹出什么风流韵事，而维多利亚时代的英国有大批快乐的单身汉，赛马，打猎，泡俱乐部，都是可敬的绅士，关起门来就写色情小说，搞同性恋，玩SM，照此看去，乔治·钦纳里就有些可疑。但就算如此，我也不能说他不幸福，况且我的怀疑毫无证据，钦纳里是个小人物，又死了一百多年，造他的谣也没什么意思。

有一件事多少使我有点失望，乔治·钦纳里的太太最终也没能把他捉拿归案。实际上，钦纳里在广州躲了两年，风头过去就回到了澳门。据亨特说："这期间他汇过几次钱给他的妻子（他总是说，‘又没了一千卢比。’），同时安排了一份年金，‘来使她安静’。”——但钦纳里先生并未放松警惕，他“有时收拾好一个箱子，准备随时拿起来就可以逃到省城”。

而钦纳里太太果然要来了，钦纳里太太终于又没来成。据说她预订的舱房在开船前一刹那被一位名叫布朗的先生占去了。我们可以想象，乔治·钦纳里先生像一台欢唱的拖拉机一样开到了甫抵澳门的布朗先生府上，“布朗，”他说，“我欠了你一个人情。”布朗先生打断他的话，连连向他道歉，“很抱歉占用了这个舱房，使他不能在久别之后愉快热烈地欢迎钦纳里夫人。‘请原谅我，钦纳里，我有些特别急的事情要办’”。

“原谅你？布朗！”钦纳里嚷道，“真有你的，我的好伙伴，你明天得跟我一起吃早餐。非常感谢你给我做的这件永远难忘的大好事。祝你好运，你的财源永远不会减少，你的十二股巴特那将带来十倍的利润！”

“巴特那”是印度东北部的一个地方，19世纪遍地罂粟，这个词在当时的英国人口中有一种妖冶而邪恶的美，就像后来中国人口中的“云土”。钦纳里先生欲望化的善颂善祷无疑透露了南中国海上隐隐的炮声。

乔治·钦纳里的这场虚惊说明19世纪前期的海上旅行

仍是漫长艰辛的。由英国到澳门需四个多月，印度到澳门也要一个多月，因此，对布朗先生来说，“特别急的事情”就是必须在一个多月后处理的事情。当然我怀疑这件事情与他那十二股巴特那有关，所以我倒希望钦纳里太太能把找到自己的老公看作更急的事情。问题是这位太太显然与我想法不同，路上一个月，在家里她可能要准备一年，一件事需要一年零一个月酝酿，那也确实不急。所以钦纳里太太注定是个很有耐心的人，我猜想她大概是满怀同情地让出了自己的舱房，因为她真的觉得布朗先生的事才是急事。这么说来，我有点喜欢钦纳里太太了，实际上我总是喜欢那种一件事可以消磨一辈子的人，比如一辈子爱一个女人，或者一辈子写一本书。但现在这样的人实在不多了，原因之一是印度到澳门已经太近，坐飞机需要多少时间？顶多半天吧。这就比一百年前少了六十倍，照此推算，钦纳里太太追一个钦纳里的工夫现在足可以抓住六十个男人了。

但是，我很怀疑钦纳里太太是否真的希望追捕成功。钦纳里先生不断从种种假想和真实的险境中脱逃，他显然觉得这很有趣，反过来，钦纳里太太始终没有抓住他，也许是因为她觉得这很好玩。我这么说没有什么依据，只是因为我发现现有的资料都把钦纳里太太想象成十足的失败者，这显然是男性自大狂的症状。而我这个男人碰巧对女人从来不敢低估，咋咋呼呼、得意洋洋的钦纳里先生的对面，钦纳里太太没准也正咧着嘴乐呢。一方有趣，一方好玩，游戏才能持续下去。既然一方觉得有趣得紧，为公平起见，可以断定另一方也觉得好玩得很。所以，关于钦纳里两口子的追与逃，一种解释是他们都觉得这是一件有意思的事，都愿意一辈子做这件事，钦纳里先生因此不会逃得杳无音信，钦纳里太太也不会真的追上去把他一把揪住，他们就这么隔着印度洋欲追欲逃，互做鬼脸。

这里还有一个例子，它有力地证明了我的论点——绝不要低估女人，她们是世界上最好的侦探。20 世纪三四十年代，缅甸有个英国人叫乔治。乔治回国探亲时与一位名叫梅布尔的姑娘订了婚，本来说好待乔治回缅甸半年后就正式迎娶，但很不凑巧，太平洋战争爆发了，战火烽烟，蓝桥魂断，一别就是七年。终有一天，乔治在仰光的码头上等待渡海前来的梅布尔，梅布尔一到，当然就得马上成婚。

但就在这时出了问题，“乔治突然紧张起来，他已有七年没见梅布尔，连她的模样都记不清了，纯粹和陌生人一样。

他的心仿佛掉进无底深渊，两条腿开始发颤。他再也忍受不住了，他得告诉梅布尔，实在对不起她，确实不能和她结婚。但是，一个男子汉怎么好和一个订婚七年，而且不远六千里前来和他成亲的女人说这种话呢？他真没有勇气这么做，他彻底绝望了。码头上，一艘去新加坡的船正在起锚，他急忙给梅布尔留下一封信，然后两手空空地跳上船”。

这封信是这样写的：

最亲爱的梅布尔：

我突然被派往外地出差，不知何日能归。依我之见，你最好还是返回英国吧。我的去向不定。

你亲爱的，

乔治

乔治刚到新加坡就接到一份电报：

完全明白，放心。亲爱的。

这下乔治出了一身冷汗。“天哪，她肯定在跟踪我。”他二话不说就跳上了开往曼谷的火车。到了曼谷，还是提心吊胆，天知道那女人会不会跟来？第二天就上了开往西贡的轮船，到了西贡，总算松了口气，刚在旅馆的登记册上签了名，侍者就递过来一封电报，上写："亲爱的。梅布尔。"

——"下一班去香港的船什么时候开？"

接着就是真正艰苦卓绝的奔逃，香港—马尼拉—上海—横滨。刚到横滨，一封电报又在饭店里等着他：

> 真遗憾，在马尼拉没见到你，亲爱的。

乔治心急如火地浏览一下客船时刻表，她现在到哪儿了？他急急忙忙又折回上海，这次他干脆直接找旅馆要电报，侍者把电报递给他：

> 马上就到，亲爱的。

此时，事情已经变得好玩了，乔治当然不能束手就擒，他兴致勃勃地溯长江而上，经汉口，过宜昌，赴重庆，一路奔波，最后逃到成都，住进了英国领事家里。乔治综合分析了所有因素，断定梅布尔无论如何也找不到这儿来，所以接下来的几个星期，他逍遥自在，心中暗喜。

一天上午，乔治和领事正在庭院里欣赏古玩，突然，领事馆的大门外传来一阵敲门声。看门的砰的一声把门打开，只见四个苦力抬着一乘轿子跨进门来。落轿，帘子一掀，梅布尔走出来。衣着整洁，精神抖擞，一点看不出她花了半个月时间刚刚赶到这里。

这个故事的结局是，梅布尔冲着乔治的朋友问道："您就是领事吗？"

"对。"

"那好极了。我洗完澡就马上同他结婚。"

后来，毛姆据此写了一篇小说，题目就叫《梅布尔》。

如前所述，乔治·钦纳里1852年携着一个强健的大胃死于澳门。他留下了一批画作，包括素描、漫画、水彩画和油画。20世纪90年代初，香港曾经举办过乔治·钦纳里画展，从展览目录上看，他的画没什么才气，人们记得他，只因为他是保存香港、澳门殖民地风情的最早的画家。

这些平庸的画是乔治·钦纳里之奔逃仅存的痕迹。

附记：

跑来跑去的英国人及二十二条军规

1894 年，澳大利亚旅行家乔治·沃尼斯特·莫里斯从上海溯长江而上，经四川、云南，抵达缅甸仰光。莫里斯有一个中文名字：莫理循，这位莫理循先生后来做过大总统袁世凯的顾问，在袁世凯发昏称帝的过程中推波助澜。但此时还是光绪二十年，他正孤身一人穿越这个破败帝国的腹地。一路上，他接触到无数普通的中国人，当然还有外国人，比如各地的传教士，他们在异国他乡待了十几年，发展了两三个教徒，差不多全是他们的厨子或仆人。在昆明，莫理循听人提到一位伦兹先生，这个美国人于 1893 年 5 月骑着他的"活车轮"到达昆明耶稣堂，这大概是第一次有人骑自行车穿越中国。当然伦兹先生的旅程恐怕大部分是走过来的，因为19世纪末中国的道路一般并不适于自行车行驶。在缅甸仰光，英国殖民当局的情报部里，莫理循遇到了一位“著名的中国翻译家”：

> 这个中国人具有罕见的语言天才。他是福建人，当然能说福建方言。他还能说广东话和普通话。除此之外，他能说法语、印度语、缅甸语、掸语和梵文。他在把中文译成英文的一本小说中，频繁地引用拉丁文，令人钦佩。[1]

听上去有点像辜鸿铭，辜老夫子倒是祖籍泉州，但此时他正在武汉忙着筹办武汉大学的前身自强学堂，应该不会出现在仰光。可惜莫理循没有记下这位天才的名字。

这一路上，莫理循遇到的最有意思的一个人是个英国人：

> 在重庆海关，承担检查工作的是一位侯爵的教子、伯爵的外孙。……他在澳大利亚背过行李包，每天挣15先令。在新南威尔士州的一个煤矿，当过

① 莫理循，《中国风情》，张皓译。北京：国际文化出版公司，1998年，第281—282页。

由纠察员保护下的工贼。他到过巴特勒博士领导下的哈罗（按：指哈罗公学，英国贵族学校），参加过剑桥的基督圣体节。他当过都柏林的火枪手，在韦瑟比骑兵队当过中尉。他参加过第五骑兵队，从一等兵升到上士，并在此的十个月后取得军官的资格。他在苏丹和（南非）祖鲁的英军中服役时表现突出，获得带有四个别针的三块奖牌。他到过埃尔特尔，当南达迈河上的米克尼尔要塞的防御栅栏断裂时遇到过大难。他到过泰尔·埃尔·凯比尔，在阿布克莱，看到过伯纳比试图自杀。在阿布·克鲁，他目睹赫伯特·斯图尔特爵士受到致命的一伤（按：以上自埃尔特尔起均为英属殖民地，大多在非洲）。他到过罗克漂流，同一帮英雄出现在伊里莎白·汤普森小姐的绘画中。离开军队后，他曾在马德拉斯（按：在印度）保安队中当过一段时间的军官，现在他是大不列颠王国在中国的海关的三等助理检查员，薪水虽然较低，工作热情却很高。[①]

① 莫理循，《中国风情》，张皓译。北京：国际文化出版公司，1998年，第38页。

此人就像一个疯狂的陀螺，从英国转到澳大利亚，转遍了非洲，转到印度、中国。他在重庆时年纪应该不小了，大概也没有结婚，仍然“工作热情很高”，活得兴致勃勃。如果为大英帝国在全球的惊人扩张寻求最原初、最微小的原因，那么秘密很可能就在乔治·钦纳里和这个无名的英国人身上。他们都有一种混杂着压抑和狂躁的旺盛精力，如果找个心理医生，肯定会被诊断为有病。也许正是某种普遍的心理疾患造就了这个殖民帝国。

重庆海关的检查员是个外国人，这在现在看起来不可思议。但在清末，整个大清的总税务司就是一位英国爵士，中国的关税收入是政府向洋人借债的抵押，洋人要亲自管理才能放心借钱。但具体到重庆海关，事情就尤其暧昧怪诞。据莫理循说，重庆当时从法律上并非对外开放口岸，根据《天津条约》，清政府有权没收擅自进入重庆的外国船只；但同时，根据西方列强与清政府在巢湖会议上达成的协议，只要有第一艘外国船只到达重庆，重庆就自动成为开放口岸。这是标准的第二十二条军规，莫理循写道：

这种情况使人想起某个政府曾经发布的关于建

一新监狱的矛盾指示。指示这样说道：

条款 1：应该用旧监狱的材料来建造新监狱。

条款 2：在新监狱建造好之前，犯人继续关在旧监狱。[①]

① 莫理循，《中国风情》，张皓译。北京：国际文化出版公司，1998 年，第 39 页。

第一眼
——三寸金莲

有件事不能提，谁提我们跟谁急，那就是三寸金莲。

20 世纪 70 年代，有一阵批判米开朗基罗·安东尼奥尼。据说他跑到中国，拍了一部纪录片也叫《中国》，居心叵测的镜头专照老太太的小脚——“难道这就是中国？”——我在我们班的黑板报上用双钩的大字质问那个安东尼奥尼。

当然，我没看过《中国》，我也不知道谁是安东尼奥尼——后来知道了，此人是有大名的意大利导演，能在 70 年代被请到中国来拍片子，可见他还是进步的，至少是左派。但事实证明，在左与右的界限之下还有更牢固的文明界限，你以为他是个左派就跟咱们一条心了？结果老头子一下飞机就瞄上了小脚。

西方人第一次看到“三寸金莲”是在14世纪。游历中国的传教士鄂多立克在《鄂多立克东游录》中提到了缠足的风俗。但与我们想象的相反，很长一段时间里他们对此并未表现出特殊的兴趣，一些著名的游记比如《马可·波罗游记》索性只字不提。当然不提也不对，现代西方学者就曾以此为据，怀疑马可·波罗其实并未到过中国，否则怎么会不提起这个众所周知的文化标记？

但马可·波罗并不知道他的后来者们有这么一种别致的目光。在他的时代，欧洲很少有人走向外面的世界，他在中国所经历的一切都是神奇的，缠足这样的风俗在马可·波罗眼里可能只是巨大奇观中一个无关紧要的细节，被遗漏或者遗忘。

直到17世纪初，著名的天主教传教士利玛窦在《利玛窦中国札记》中叙及缠足一事时还是一副见怪不怪的语气：

> 女人身材都很矮小，脚小是一种美的标志。为了造成这种效果，她们从小把脚用布条紧紧地裹住以防止它长大，走起路来会使人觉得她们的脚是被

截去了一块。这种裹脚布整个一生都裹着。他们认为人在街上走来走去很不雅观。可能他们有一位圣人想到了这个主意把她们关在家里。①

这段简短的描述无所臧否，颇具文化人类学家价值中立的风范。细绎文意，你甚至会觉得这位老教士对“圣人”想出的主意不无赞许。实际上，在利玛窦参与撰写的《圣方济各·沙勿略传》中，对中国女性贞静的“幽居”生活着实赞美了一通。

1792年，英国向大清王朝派出了第一个正式的外交使团，为马戛尔尼使团。次年6月，使团乘坐的“狮子号”炮舰在驶往天津途中停靠舟山港，一群英国人上岸到定海县城看景致。这回，他们可是紧紧地盯上了小脚——这是一种“违反自然”的习惯：

人为地把脚弄小，虽然不致使人残废，但总是戕贼人的生机和健康的。……

很难想象这种奇怪习惯的来源，也不容易想出，

---

① 利玛窦等，《利玛窦中国札记》，何高济等译。北京：中华书局，1983年，第82页。

男人为什么把它强制性地在妇女中推行。假如男人的目的是把妇女们关在家里不让她们出去，那么他们尽可以用其他方法做到这点，而不必残忍地损害到妇女的身体机能。……无论如何，女子的优美最终在乎她的相貌，而不在乎她的走路的步法。[①]

——这位名为斯当东的先生夹叙夹议，洋洋洒洒地说了一大篇。我觉得他说得都对，如果他再多活一百多年，就可以被请到中国做禁止缠足的讲演，因为一百多年以后的清末民初，斯当东先生观察小脚时秉持的基本价值立场开始被中国社会逐渐接受，最终取得无可争议的合法性。

"自然""生机""健康"，这些词现在是家常日用，毫不新鲜，但在汉语中用这些词指涉我们的身体，表达我们对自己身体的感觉和判断其实是相当晚近的事。它们随着1840年的炮火被艰难生涩地读出，构成一个新的价值空间，迫使我们把自己放进去审视衡量。这是中国现代化进程的一部分：进入"现代"，成为"现代人"，首先要取得"现代人"的身

① 乔治·斯当东，《英使谒见乾隆纪实》，叶笃义译。香港：三联书店，1994年，第183—184页。

体。所以翻一翻清末民初的报纸，我们就会发现那时的中国人竟像蝉蜕一样痛苦、专注，毫不妥协地改变着自己的形象：剪辫子、剪长发（那时的长发也是封建落后的标志）、禁缠足、易衣冠，每一件事都是关乎国家民族的大事，个人的身体与宏大的历史有确切的、不容置疑的联系。

1923年2月10日，上海《民国日报》刊出一条新闻，题为《鞋业提倡天足之热心》：

> 云南昆明市市政公所办事人员，皆学有专门，颇富责任心，故成绩甚有可观。即如缠足解放一事，自昨岁市公所成立以来，劝导与惩罚兼施，并设天足会以专司其事，其进行异常认真。迩来市街妇女，除二十岁以上者外，几解放殆尽，可见其感化之大。又市间各鞋店，以市当局具此热诚，特自动地发出宣言一张，誓不再制小足鞋，犯者以违反行规论，公议处罚。

昆明地处边陲，这场“解放”尚且如此轰轰烈烈而又扎扎实实，其他通都大邑就可想而知。“解放”这个词在这里固然是贴切地用其本义：“解”而“放”之，但它也确实通向更广泛的“解放”梦想：解放我们的身体，进而解放我们的生活，让它“自然”“健康”“生机”勃勃。

但是，这个带有狂欢色彩的梦想其实掩映于阴影之中——1918年，上海县公署在1月4日的《申报》上发出白话告示，宣布整顿风俗，第四条即为缠足：

> 查缠足陋习，早经劝禁。但是通都大邑，虽然渐渐的少，僻远乡村，仍多拘守不改。要知此种陋习，每贻笑外人，且留民国污点。纵或年长者已成习惯，年少者悉令解除，为家长者各宜遵照。

——最有趣的一句是“要知此种陋习，每贻笑外人”，我觉得这和我在黑板报上批判安东尼奥尼是一样的心理。1793年的那个早晨，那群英国人鄙视的目光后来竟一直注视着我们，如芒刺在背。

当然，这目光不仅属于斯当东和他的同行者，也是西方在用一种新的目光审视中国。从马可·波罗、鄂多立克到利玛窦，几百年间，中国在西方人眼里一直是个富庶、文明的国度，在那里，如伏尔泰满怀憧憬地想象的那样：“人类理性”解脱了一切超自然的羁绊。但是，在1793年，驶往中国的“狮子号”军舰上却是一批经受了启蒙精神洗礼的真正的现代人，那一年是大清乾隆五十七年，但也是法国大革命爆发的第四年。

斯当东的上司，使团正使马戛尔尼勋爵曾经亲手领受“启蒙运动”的圣餐，年轻时他游学欧陆，见到了卢梭，见到了伏尔泰。伏尔泰叹道：“这个年轻人是谁呀？小小年纪就了解这么多学科，知道这么多东西！”他介绍马戛尔尼去见著名哲学家爱尔维修和物理学家、数学家达朗贝尔，在致爱尔维修的便笺中，伏尔泰写道：“这是一位非常有教养的年轻英国绅士，他跟您的想法完全一样：他感到我们的民族很好笑。”

——终有一天，马戛尔尼也会觉得伏尔泰“很好笑”。因为1793年，那个伏尔泰笔下合乎启蒙理想的中国，在马戛尔尼这位启蒙传人严厉的批判目光下轰然倒塌了。资本主义精神已经不需要心造的偶像，它自己就已具有君临世界的权威。

所以，当斯当东，也许还有马戛尔尼注视着定海县城大街上的小脚女人们时，卢梭、伏尔泰、达朗贝尔、爱尔维修这些启蒙大师站在他们身后，“自然”“生机”“健康”，这些词语正是来自这些巨人。

舟山定海是马戛尔尼使团在中国土地上停靠的第一站，踏上这片土地的第一眼就盯上了我们的身体，这件事有重大的象征意义：西方的入侵是从我们的身体暴露在对方批判的目光之下时开始的。这种目光剥夺了我们固有的价值世界，我们噩梦般站在废墟上，与周围突然呈现出来的一切格格不入。我们意识到我们正被审视，我们当然不自在，强烈的羞耻感刻骨铭心地袭来。

文明的羞耻感是19世纪以来中国的现代化进程为我们打下的持久难消的烙印，也许很少有哪个民族怀着如此的紧张、期待、喜悦和愤怒关注着外国人如何看我们：他们在看吗？他们看见了什么？他们为什么看见了这些而看不见那些？

这就是“视觉政治”。别人如何看我们，这是别人的事，但更是我们的事，我们不得不与别人的目光斗争，因为我们辛酸痛苦地意识到，我们的形象正是被这种目光所确定的。看与被看的斗争在西方和中国之间持久地进行着，而“三寸金莲”就成为我们民族身体上的一个羞处，我们不想让他们看，他们偏要看，就像安东尼奥尼的镜头一样，紧追不放。也许在他眼里，这不过是一种景致，富于异国情调，但作为被观看者，我们比他更清晰地知道他这种目光的本质——他把中国指认为一个野蛮、蒙昧的地方，而这恰恰是一百多年来我们民族的焦虑所在：翻阅清末民初的文献，你会发现“文明”这个词的使用频率猝然升高，却不是指称我们这个五千年文明古国，而是用来命名那潮涌而来的西洋事物：文明棍、文明戏等等，那时的人们确实面对着一个尖锐的疑问：我们是否“文明”？对这个疑问的回答支配了一百多年来我们为融入现代世界所做的坚苦卓绝的斗争。

曾有一位中文名字叫作吴芳思的英国女留学生，她在20世纪70年代初的北大接受着标准的“工农兵学员”的教育：“我们一起在稻田里插过秧；一起捆过大白菜防冻——每年从11月到次年3月全靠它来作菜肴；每个星期三下午一起学扔手榴弹——这是必修的体育课，所需费用由英国文化委员会支付。”

吴芳思多年以后谈到缠足问题时写道：

……当代中国人对这种古代的习俗大为反感，

> 并把西方人对这种习俗的兴趣视为一种侮辱。现在仍活在世上的曾在本世纪初缠过足的老年妇女已绝无仅有，虽然在本世纪80年代初，大家仍可以在北京的鞋店里看到有专柜向缠足妇女出售两种尺码的黑色灯芯绒小鞋。我那时无疑是由于阴差阳错（出于对封建旧迹的兴趣或无意识的恋足癖），总想买上一双，可是我不敢，因为我很明白，这样做会被认为是对现代中国的侮辱。[①]

吴芳思同样流连于小鞋，但她的目光不那么专横，不那么富于侵略性。面对着这个文化标记，她知道中国人自己是如何看待它的，也就是说，她的目光中兼容着中国人的目光。这时你可以说她不再是个单纯的观看者，她感同身受地理解了另一种文明，理解了现代中国的历史。

——但这又谈何容易呢？正如安东尼奥尼当年下车伊始就扛着机子乱拍，并不管我们高兴不高兴，观看者总是倾向于肆无忌惮地行使他的权力，他所看的是他到来之前就想看

① 吴芳思，《马可·波罗到过中国吗？》，洪允息译。北京：新华出版社，1997年，第183页。

的东西，而对他不想看的东西毫无兴趣。

此时是1999年12月31日，千年的最后一天。北京阳光灿烂，走在街上，人们的脸是平静的。明天是21世纪，是下一个千年，但明天和今天将并无不同。那些外国人在街上走过，他们看着这座城市和人群，他们看到了什么？

——至少，他们不会再看到女人的小脚。

附记：

芭蕾舞演员的脚尖

1949至1950年，陈伯达随毛泽东访苏，苏方邀请观看芭蕾舞剧《红罂粟》——它的剧情“同中国有点关系”。毛泽东没有去，陈伯达去了，据费德林《我所接触的中苏领导人》：“中国同志看得很认真，不断向我提出问题，有些问题还相当奥妙。”

> 当剧中一个上海老鸨出场时，陈伯达突然问：“咦，这个家伙是干吗的？”我做了解释，但他并不甘休：“这个丑八怪是中国人吗？其他那些也是中国人？你们以为中国人就像台上扮演的那个样子？你

> 们觉得好玩，是吗？”我不知怎么回答是好，这可不是一般性的问题。我不得不对他说，我们大家都是从自己的角度、从自己的想象出发的。外国人很难演出中国人的样子，必须加以化装……“恐怕不是化装问题吧，你看他那样子、他的动作，简直让人恶心！”陈伯达激动地说。

结果自然是不欢而散。很多年后，陈伯达忆及此事，原来他当时的强烈反感还有不便对费德林明言的理由，据叶永烈《陈伯达传》：

> 说来可笑，我过去在苏联读过书，可是从来没有看过芭蕾舞，进剧场后，看到女演员足尖，以为是仿中国女人的小足，心里已觉不快。

既然陈伯达此前从未看过芭蕾舞，他的联想自有道理：一部据说是反映中国革命的戏，开场就只见几个女人踮着小脚蹦出来，是何居心？！

——这段掌故正可与《第一眼》相互对照发明。

印在水上、灰上、石头上

《春明梦录·战事奏报不足信》:

闻咸同之际，军务紧急，朝廷日盼军报。遇有胜仗，即用红旗报捷，飞折八百里驿递。所谓八百里者，真八百里也。驿站遇军务时，每站必秣马以待，一闻铃声，即背鞍上马接递。其忙急至于如此。然奏报中所叙战情，委曲详尽，一若好整以暇者。按之事势，种种可疑。后查知其幕府言，此等奏稿，皆于未战之前，先行拟定；一得胜仗，即行发折，驰陈其当日如何冲锋，如何陷阵，贼从何地来，我从何地追，杀贼若干，获战利品若干，皆由幕府以意为之。将来如有事实太悖谬处，只于奏报详细情形时，设法补救，亦不必显为更正也。然后来所撰，平定某地某匪方略，皆根据当日奏折原文，酌量删减，不能自赞一辞。今之战事如此，古之战事何莫不然。读史者不可不知。

《春明梦录》的作者何刚德，晚清同光之际任职吏部，是军机大臣宝鋆的门生，于“宝中堂”府上走动甚勤，腿勤、嘴快、好事，估计也是个传播“政治谣言”的喇叭。笔记一体，本是“谣言汇编”，到清末民初，王纲解纽，世道凌夷，大家伙儿造谣更无顾忌。相比之下，何氏尚余一点“老吏”习气，就算造谣也不致全无根底。

张爱玲谈“流言”，引了一句英诗：“Written on water”（水上写的字），“是说它不持久，而又希望它像谣言传得一样快。”——有多快呢？如水流，如潮动，其实还是不太快的。在前工业时代，蒸汽机尚未发明，谣言传播的最快速度是一日一夜八百里，平均时速 16.67 公里。

——据何刚德说，这正是我军战报从遥远前线抵达朝廷的速度。该速度在19世纪中后期不免为洋人所笑，但是在此之前的上千年，咱们一直领先世界。唐宋以后来华观光的外国人说起此事总是叹羡不已：在China，朝廷上放个屁，天高地远之外很快就能闻到味儿，反之亦然。

但我要谈的不是速度问题。读《春明梦录》读到《战事奏报不足信》，只见咱们圣明神武、先天下之忧而忧的皇上半夜里被“快递”喊起，披龙袍，秉孤灯，“忽闻官军收河北，漫卷折子喜欲狂”！而我就比较纳闷，他们是否知道他们手里的折子其实是一篇小说，是“军事题材文学创作”？

对啦，我要谈的是小说问题。据何刚德透露，每到战前，师爷们必先拟妥奏稿。由此推断，这种预制的“新闻”应该不止一份，如果我早生两百年，有幸加入某大帅的秘书班子，我就会一口气写它六七份，因为战争的结局可能是大胜、中胜、小胜，或者大败、中败、略败，还可能是互有胜负，打个平手，如此算来，至少需要七种写法，我将在纸上虚拟不同的七场战争。

但我的推想很可能还是幼稚了。大帅们只需要一种结局，就是大获全胜。鸦片战争中，宁波、镇海、定海三城被英军攻占，1842年3月，扬威将军奕经发动反攻。据他的师爷贝青乔在《咄咄吟》中透露，战前，将军为幕僚们举行了“露布”作文大赛。所谓“露布”，是贴出去的告示，那时没有报纸，露布就是新闻，它本应在战后写出，宣布刚刚结束的战役的结果，但是，为什么不呢？既然给皇上的奏稿已经写定，既然尚未发生的战斗已经在书写中获得全胜，既然将军和师爷们正在虚拟的现实中“嗨”着，为什么不继续下去，把宣示万民的告示写好，为将军的胜利奏起凯歌和颂歌？

本次大赛共有三十多篇作品应征，奕经将军亲自担任评委会主席，经过严肃认真的评审、公开公正的程序，最终选出了获奖作品。第一名是举人缪吉穀，“详叙战功，有声有色”，第二名是同知何士祁，“洋洋巨篇，典丽矞皇”。[①]

可惜，这些“露布”未能张于闹市。此一战，天朝输得很惨，奕经跑得很快。无论如何，宁波、镇海和定海还在英夷手中，再黑的墨也无法涂擦，再锋利的笔也不能修改。

这些将军、这些师爷，他们是不幸的小说家，他们遭遇到了现实对虚构充满恶意的侵蚀和颠覆。

是的，我是小说家，对我来说，战争的结局如同人的命

① 茅海建，《天朝的崩溃——鸦片战争再研究》。北京：生活·读书·新知三联书店，1997 年，第 385 页。

运，其实也翻不出很多花样。重要的是，我们如何走向那个命定的结局，这就需要妙笔生花，需要情节、气氛，需要煽情的小闲笔，诸如“关键时刻，某把总[①]奋不顾身……”或者“寡不敌众，某将军望北而拜，挥刀自刎……”云云，所有这一切是为了什么呢？为了让命运通俗易懂地展开，让惊喜、恐惧、绝望和哀愁不再是绝对的、不可理解的，尽管命运这匹马跑向了自己的终点，但通过我的书写，你们将相信，这匹马没有发疯，它已被驯服。

所以，皇上必须看小说，你必须讲故事。我认为皇上们对此是“圣聪烛照”，心知肚明的。电视剧《康熙王朝》中，“与天同在”的太皇太后老祖宗有句名言：天下最不可信的就是奏折这东西。我听了之后，和广大观众一样在心里磕头如捣蒜：教训的是！但窃以为这话后头还得加一句：天下最可信也是奏折。我相信老祖宗的意思也正是如此，否则你就不能理解皇上们为什么总是把大堆奏折捆绑打包，移交史馆，历史学家们据此增删裁剪，编一个更大的、更加不容置疑的故事。

---

① 明朝及清朝前中期陆军基层军官名，也可称为百总。

——这完全是一个创作、编辑和阅读过程，战场上那些脑袋滚在地上、肠子见了阳光的人们其实是可有可无的。当然，你会争辩说，那个结局总是确实发生的吧？在虚构的海洋中总会有一块坚硬的石头，它由“真实”的人类活动凝聚而成。

对此我表示怀疑。我认为这种说法极大地低估了人类的创造力，也就是无中生有的能力。有一件事显然是可能的：我孤身一人，躲在某个遥远的地方不断书写奏报，虚构一场正在激烈进行的战争，这些折子通过八百里驿递传到皇上手中，当它们在龙书案上堆积如山时，它们就会被重新编纂，流传后世……

——这不可能！好吧好吧，我就知道你会惊叫，你觉得你的某些最珍贵的信念遭了非礼，但其实你手里也没什么证据是吧？“真实”的人类活动在发生的同时就已消逝，累累白骨也化作鲜花、青草和沙砾，如露如电，如梦幻泡影，你看到的只是刻在石头上，写在绢帛、羊皮和纸上的模糊不清的字迹，你对“真实”的信念只是表达了你对书写者的祈求、信任和顺从。当然，除此之外，你也没有别的选择。

“写在水上的字”，这在汉语中有一个更准确的对应词：“浮辞”，漂浮在水上的言辞；汉语中还有一个词叫“浮生”，它的意思是，人类的活动，以及作为“真实”的最终证据的人的肉身，都是水之波纹。

1930年，美国《国家地理杂志》的记者约瑟夫·洛克在黄河上游：

> 沿着河流走了一天，我看见有一个喇嘛，他仿佛是在水中嬉戏玩耍。他带着一个大约两英尺长的木板，木板用一根绳子系着。他让木板在水中漂流，漂流一会儿后，他再将木板拉回来。两个小时之后，当我返回来时，他还在那儿，还在玩木板。木板的背面，有五个铜模子，是用佛教的人物形象装饰了的。通过调查，我发现他在“印刷”佛教的人物形象。他通过这样做来获得一种价值。他就这样耐心地致力于做这件事，一做就是好几个小时。[①]

——佛的形象印在水上，这是绝对的假，也是绝对的真，

① 约瑟夫·洛克，《寻找黄河上游的神秘之山》，载《彼岸观点——美国〈国家地理杂志〉中国探险纪实②》。北京：中国对外翻译出版公司，2000年，第317页。

是绝对的空幻和永恒。

《罗马帝国衰亡史》：

> 在整个帝国中，似乎仅仅只有马尔库斯不知道，或不曾注意到福斯丁娜的反常行为；那类行为，根据历代以来的偏见，都认为是对受伤害的男人的一种侮辱。她的好几个奸夫都被委以高位或肥缺，而且，在他们在一起的三十年的生活中，他始终表现得对她无比关怀和信任，而且直到他死后还对她十分尊敬。在他的《沉思录》中他感谢上帝给了他如此忠贞、如此温柔，在做人处事方面如此纯朴的妻子。唯命是从的元老院，在他的恳切要求下，正式尊她为女神。在她的庙中塑有她的神像，把她和朱诺、维纳斯和色雷斯同等看待；而且明文规定，每到他们结婚的那一天，所有男女青年都一定要到他们的这位忠贞不贰的保护神的圣坛前宣誓。[①]

---

① 爱德华·吉本，《罗马帝国衰亡史》，黄宜思、黄丽石译。北京：商务印书馆，1997 年，第 82 页。

——爱德华·吉本讲了一个老故事：妻子（或丈夫）有了外遇，丈夫（或妻子）总是最后一个知道。不过，吉本这个故事里的主人公比较特殊：马尔库斯是罗马帝国的皇帝。皇帝无疑是一种稀有人物，皇帝兼哲人，这更是"珍稀"，马尔库斯正好也是哲人。该哲人的名字在中文中通常译为马可·奥勒留。在他的《沉思录》里，奥勒留皇帝睿智、仁慈、谦卑，一日三省其身，是沉静的斯多噶派信徒。

按照柏拉图关于"理想国"的设计方案，在该国的中心、在万众之上端坐着一位哲人王，他是绝对理念的化身，所有的人都从他身上分享真理的荣耀。这的确是一种完美的构想，我们忍不住要在地面上实现它，为此我们需要哲人王，通常只要有了哲人王，千千万万的草民们自然会合乎"理想"。

那么现在就有了一位：马可·奥勒留。他在第二次马科曼尼战役期间，在军营里用希腊文写下了《沉思录》；有一次大军出征前，他为罗马人开了一场哲学讲座，苦口婆心讲了三天。据说在他的统治下，辽阔的帝国繁荣、安宁，老有所养，幼有所依。每个人的心都是舒展的，就像绿叶挂着露珠儿，每一对新婚夫妇都在一尊崭新的大理石神像前宣誓：我们真诚，我们忠贞，我们将恪守神圣的契约……

但是，我们知道，面前的这尊神像是个不折不扣的荡妇，我们知道，所有的人都知道，只有皇帝不知道。

这个故事正逐渐接近“皇帝的新衣”，你们正屏住呼吸，等着某个孩子发出那声著名的喊叫。但是，生活不是童话，“理想国”中的生活更非安徒生之流的理想主义者所能想象，在我们那里，即使是拖着鼻涕的孩子也会夸他的老师新衣漂亮。所以，我们的哲人王将永远圣明，万众欢呼，万众景仰。

唯一的问题是：皇帝真的不知道吗？这个问题像毒蛇一样盘踞在我们内心深处，细微的声音如蛇信颤动：他知道、他知道、他知道……

——是的，我知道。作为一位哲人、一位王者，我，马可·奥勒留，我知道的比你们想象的更多。我知道事情的真相，那就是：福斯丁娜是个婊子。但是我永远不会把它说出来，不说不是因为男人的体面——即使是吉本也不能理解这一点，他错误地描绘了一个受蒙蔽的丈夫——不，不是，之所以不说是因为这是哲人王的责任。

一个哲人王必须保存和守护“真实”。我的心已经像一座盛夏里堆满了臭鱼烂虾的仓库，但是为了我的臣民们的幸福，我必须忍受。

是的，我知道，所有的人心里都在嘀咕：“福斯丁娜是个婊子。”他们从我这里秘密分享着“真实”的恶臭，但他们不会说出来，因为我不说。他们一个个都快憋疯了，在我的帝国里，每一个垂死的老人都在喘气儿、瞪眼儿，用他仅存的最后一丝力量把卡在嗓子眼儿里的那句话强咽回去。正是我的沉默培养了我的臣民们对“真实”秘密的热爱和深沉的敬畏。

你必须敬畏“真实”，你必须在“真实”面前满怀恐惧，你必须知道那是你永远不能说出的具有毁灭性的事物。当这些信念深深地在每个人的心里扎根，那么“盛世”就会来临。实际上，我最忠顺的臣子恰恰是福斯丁娜的那些奸夫们，他们在我面前卑躬屈膝，他们每天临睡时都在祈祷我不会在明天的早朝上说出那句话，他们为此时时对照检查，朝乾夕惕，鞠躬尽瘁，以至于其中的大部分人已经臻于道德上的完善，我正在考虑他们死后在罗马城的广场上为他们树立雕像。

恐惧是幸福的，它有助于道德的完善。但是，正如你们所知，我的帝国并非死气沉沉，恰恰相反，这里灯红酒绿，到处欢歌笑语。这一切都源于那个著名的仪式：新婚夫妇在福斯丁娜面前宣誓。这意味着什么？意味着神圣的契约在订立的同时被庄严地撕毁，或者更准确地说，你在庄严地肯定，同时也在庄严地否定，你忠贞，你不忠贞，你热爱“真实”，你反对“真实”。

这样的双重境界包含着盛大的快乐。我了解我的臣民，当他们立誓“忠贞”时，他们正在准备背叛，他们对“真实”爱得越深，他们就越急切地背弃“真实”；“真实”是冰清玉洁、令人屏息仰视的贵妇，而“不真实”是人尽可夫的娼妓，娼妓纵容我们，让我们沉湎于粗俗的快乐。

那么，还有谁比福斯丁娜更完美地体现着这种双重性？她是最高贵的贵妇，她也的确是个婊子；她既是禁忌，也在纵容；既是利刃，又是床榻；她激起同时抚慰了人们的恐惧；她维持了秩序，又保证了活力；她把人们引向“真实”，又制止人们走近“真实”，她就像一幅春宫图或一部毛片，既暴露又隔绝，她使人经历安全的快乐，然后心满意足地睡去。

只有我们的“王”是痛苦的，他独自照料我们的美梦和噩梦，他一个人，在黑暗的花园里，沉思。

《沉思录》：

这看来是多么明白啊：没有一种生活条件比你现在碰巧有的条件更适合于哲学。

对生活中发生的事情感到奇怪的人是多么可笑和奇怪啊！

如果这是不对的，不要做它，如果这是不真实的，不要谈它。因为你要这样努力……

《斯大林秘闻——原苏联秘密档案最新披露》：

裁缝就在街上揽活，衣服尺寸是这样量的：裁缝在地上铺好草木灰，顾客仰面躺在灰上，裁缝骑坐在顾客身上，把他的身形压在灰上。[①]

——这本书的作者是爱德华·拉津斯基。多年前，李洱向我推荐了这本书，现在我记得的只是哥里街头的这一幕。

我认为哥里的裁缝们对“真实”有一种特别质朴的理解，他们抵达“真实”的办法切实可行。当然，我们由此可以推

① 爱德华·拉津斯基，《斯大林秘闻——原苏联秘密档案最新披露》，李惠生、盛世良、张志强等译。北京：新华出版社，1997年，第14页。

断哥里是个气候温和的城市，如果那里像北京的春天一样多风，裁缝们在草木灰上的印刷工作就会相当麻烦。

所以，结论一：风之吹动会损害“真实”；结论二：所谓“真实”，就是一个人骑在别人的身上。

哥里是斯大林的家乡。据说，斯大林微时也曾做过裁缝。

行动：三故事

来自俄国的英雄

这是安德烈·马尔罗讲的故事——

大概是 1925 年吧，马尔罗在新加坡的一间酒吧遇见一个俄国人。那时，你在新加坡、中国香港、上海或者天津，当然还有哈尔滨，到处都能看到这样的俄国人，像踽踽独行的熊，你一眼就能认出他们，他们忧郁、脆弱，被遗弃在这里，怀着乡愁。这位俄国人就是如此，一只漂泊到南中国海的熊。

俄国人已经有点醉了，他灰色的眼睛遥远地注视着马尔罗。他们是同类，是的，他们都是收集古物的人，出没于世界偏远的角落，用金钱和洛阳铲摘取、偷窃那些寂寞无主的花。他们相互嗅出了同类的气味，他们之间有很多话。

俄国人从提包里取出五个象牙雕刻的小佛像，一个又一个，摆在吧台上，那是他刚从街上摆小摊的印度人手里买下的，在幽暗的灯光下莹白润洁，佛似乎睡去。

“你看，朋友，我经常买些诸如此类的玩意。每次挖掘完了以后，就放几只在墓穴里，然后原样埋上。等五十年后有人把它们挖出来，就会变得古色斑斓，那帮家伙肯定以为挖到了宝贝。”

“我喜欢给后来者出点难题，我的朋友，我在安科尔瓦特的一座塔上用梵文刻了一段粗话，然后仿古做旧，看上去非常古老，将来会有那种‘万事通’把它译出来的。”

俄国人最后铿锵有力地与马尔罗共勉：“我们都应该设法教训那些自命不凡的蠢货！”

——这就是马尔罗讲的故事，多年以后他把它写了下来。

现在，我们谈谈这个故事的意义。比如吧，我们在电视上看到新闻，说在某地发现一处古代墓葬，出土某些珍贵文物，有重大的学术价值，云云。这时你可以想象“考古工作者”的惊喜，他们获得了新的证物，可以据此补充、修改我们对“过去”的认识，“历史”这个故事将不得不重新讲述。

但就在此时，也许那个俄国人正在天堂或地狱——我估计是地狱——里恶毒地大笑。他的诡计得逞了，他把假货混进了历史，历史的“真实”和我们对真实的历史的信念都在他的笑声中遭到了刻薄的嘲弄。

——这简直是个噩梦。假设那个俄国人曾经走遍大地，挖开每一座古墓，或者每一个古墓挖掘者都和那个俄国人一样喜欢恶作剧，那么我们还怎么能相信我们有“可信”的过去？当“现在”侵入“过去”，使它真伪难辨时，你又怎么敢断言眼前的“现在”就是货真价实的“现在”？

但那个俄国人是一个英雄。我们都是历史的奴隶、时间的奴隶、死亡的奴隶，我们竟无从选择、无可逃避，这就是“荒谬”。在“荒谬”中，绝大多数人都是“自命不凡的蠢货”，相信历史的真理、时间的真理，相信此时的生命在历史和时间中的“意义”——这看上去很好，因为它把我们的“荒谬”用正面的、积极的言辞重新说了一遍，于是你就红光满面、兴致勃勃了。但仍然有些人，比如那个俄国人，他不愿意红光满面、兴致勃勃地“荒谬”下去，他决心干点什么，让这巨石般的“荒谬”不能再那么安稳地压在头上。他行动起来，就像一匹驯马突然挣脱了缰绳，他怀着巨大的快意向“过去”和“现在”、历史和时间发起角度刁钻、猝不及防的突袭，于是庄严的荒谬变成了滑稽的、摇摇晃晃的荒谬，他证明自己能在荒谬中干出一点什么来，这是他个人的一次隐秘的胜利。

——说完了这个故事的意义，我们就知道这个“英雄”为什么是俄国人。他是个“白俄”，也曾锦衣玉食，暇时摩挲古物为乐，那时很可能他也是一个“自命不凡的蠢货”。但是1917年，历史翻了脸，该先生只好背井离乡跑到美国，昔日王谢堂前燕，飞入寻常百姓家，幸亏当年玩得精致，还能靠替波士顿博物馆搜寻藏品谋生。偏偏这位大爷还脾气不好：历史对我不客气，我也不能让它消停，于是就出坏水，使阴招，捣点小乱，直到碰上那个法国佬，拿他当个知己，说了真话，谁知他一转身就嚷嚷出去了。

马尔罗的代表作

现在再讲马尔罗自己的故事，这个故事远为复杂。

1996年11月，马尔罗逝世二十年后，遗骸迁葬先贤祠。法兰西以此隆重地向他表达敬意——“祖国感谢伟人”，先贤祠的门楣上这样写道。继伏尔泰、卢梭、雨果、左拉之后，马尔罗是第五个领受这种敬意的作家。

安德烈·莫洛亚说：“马尔罗的生平就是他的代表作。”——这真是一件妙事，我们现在就可以一目了然地阅读他的生平：

马尔罗（1901.11.3—1976.11.23）：20世纪法国著名小说家。在考古、艺术、政治活动各方面，亦颇杰出。生于巴黎一富裕家庭。21岁时曾携妻去柬埔寨考察寺庙废墟。20年代东南亚及中国革命浪潮风起云涌，旧秩序濒于崩溃，曾组织青年安南联盟，创办报纸《印度支那》，并到中国会晤苏共派遣到中国的鲍罗廷。1926年从印度支那返法后，出版《西方的诱惑》。1928年、1930年、1933年又先后出版了《征服者》、《王家大道》及《人类的命运》，后者曾获龚古尔奖。1930年法西斯以纳粹面貌出现时，他曾组织委员会要求释放在纳粹监狱中囚禁的国际知名的共产主义者台尔曼和季米特洛夫等。西班牙内战爆发后，他立即组织了一支国际飞行中队，自任指挥，并多次参加飞行。1937年出版的《希望》即根据他在西班牙的亲身经历写成。第二次世界大战爆发后，入伍为坦克兵，一度被俘，逃脱后化名“伯尔瑞上校”在法国中南部参加抵抗运动。不久就组织阿尔萨斯—洛林旅，自任队长。他在阿尔萨斯前线遇见戴高乐，从此结下不解之缘。曾先后被任命为情报部长和文化部长。后随戴高乐退休，在法国北部埋头于艺术研究。1951年出版《沉默的声音》，首创泛人道主义。马尔罗的一生历经革命年代的艰辛险阻，为祖国英勇奋斗，在任文化部长的十年中，虽掌握了实权，但因职责所限，未能施展宏图。[①]

——这确实是一部史诗般的作品，它涉及政治、暴力、创造，主人公以惊人的精力在宽阔的空间中活跃地行动。这种

---

① 中美联合编审委员会，《简明不列颠百科全书》。北京：中国大百科全书出版社，1986年，第5卷，第571页。

“宽阔”不仅是指作家—士兵—政治家—艺术史家和考古学家的多重生活领域，也是指从中国、印度支那到西班牙的广大世界，这是一个史诗人物的必要背景：巨人行走在大地上。

那么现在，我们就说到了正题：马尔罗在中国的足迹。在碑文式的词条之外，我们还需要一条更细致的线索，以便看清他在中国走到了何处，走了多久。

1928 年夏，《征服者》在法国出版，这是一部以 1925 年 6 月到 1926 年 10 月间的中国省港大罢工为题材的长篇小说，它为马尔罗赢得了最初的文学声誉。书后的作者简历写道：马尔罗“1924 至 1925 年，任国民党驻交趾支那委员，后任驻印度支那委员，1925 年任鲍罗廷领导的广州民族主义运动的宣传代表”。

1933 年，《人类的命运》出版，此书写的是 1927 年上海工人第三次武装起义，马尔罗同年在致美国批评家埃德蒙·威尔逊的信中说，自己曾是“国民党驻印度支那和广州的委员”。

——你如果是个西方读者，你肯定印象深刻：这位马尔罗写了两部关于革命、暴力、死亡的小说，其中的一切发生于遥远的东方；不仅如此，你会顺理成章地猜测马尔罗本人就是书中的人物，这个法国人曾经神秘地参与了中国的历史。一篇《征服者》的书评索性就以《广州战斗日记》为副题，小说被直接确认为作者的自传。

但我们是中国读者，阅读马尔罗的小说就是一种奇怪的经验。《人类的命运》有丁世中译本，书名译为《人的境遇》。1999年，曾有人在百无聊赖中从书架上抽出这本书——

> 陈会掀开蚊帐吗？会隔着蚊帐刺下这一刀吗？一种不安的心情，惹得他胃部绞痛起来。

——读者叹了口气，没有一个中国人会把一个姓陈的人叫“陈”，这部书从第一个字开始就是一副洋人口吻。他接着看，看这个“陈”会不会刺下这一刀。他记得在一本什么小说教程中曾把这一刀作为富于悬念的经典性开头分析得天花乱坠。他一直看下去，看到深夜，后来就睡了，尽管没有看完，也不打算把它看完。他觉得这本小说中的一切似乎悬浮在一个梦境般的地方，那是1927年的上海吗？真的不是，他想，尽管身在1999年，我仍然知道那个在书中被叫作上海的地方不是上海，还有那些人，像影子一样晃动着的人，在他们身上你甚至嗅不出中国的气味。

该读者如果读过一本名为《马尔罗研究》的书，他就不会感到奇怪，因为从其中一篇题为《马尔罗：本世纪的一个人》的文章中他将得知，马尔罗和他一样不曾到过1927年的上海，这位小说家“从风云变幻的印度支那去构想激情沸腾的中国，根据西贡和堤岸写出上海，透过科尼亚克（法驻印度总督）的刑讯手描写蒋介石的屠夫，按照卡第纳街的商人勾勒出外滩的掮客的面貌，从湄公河三角洲或西贡港社会的呻吟想象中国大地风起云涌的起义，以青年安南运动的战友为模特想象广州的战略家”。

——也就是说，在地图上，那一端是上海和广州，这一端是越南的西贡，《征服者》和《人的境遇》正好飘在两端之间。

1927年时马尔罗已身在法国，他是1925年12月30日离开法属印度支那的，前来送行的有两个华侨国民党员：董瑞和唐代。这两位恐怕是那一时期他所认识的仅有的和中国沾边的革命者。因为他实际上仅在这一年的8月去过一次香港，逗留数日，为他创办的报纸《印度支那》购买印刷设备。就在这几天里，他目睹了已经持续两个月的省港大罢工，这足以使他写出《征服者》，却肯定不足以使他成为“国民党驻印度支那和广州的委员”或当时共产国际驻中国代表鲍罗廷的“宣传代表”。这个法国人仅仅在香港留下了一个匆匆过客的足迹，但通过两部小说，这早已随风消散的足迹竟飘进了中国大陆，飘进了中国第一次大革命波澜壮阔的历史。

于是，人们说马尔罗是中国大革命的“英雄”。每当谈及此事，马尔罗就会变成斯芬克斯：“颇似神秘的谈话，令人难堪的沉默，某些暗示，某种肯定的语气和意想不到的微露真情”。——不说是，也不说不是，好像是，又好像不是，对此你有什么办法呢？你面对的是一座云雾缭绕的高山啊。

1996年，马尔罗迁葬先贤祠的那一年，有人在《纽约书评》发表文章，对马尔罗一语道断：他“主要是会吹”，举个例子吧，你翻开《简明不列颠百科全书》，就会看见他“多次参加飞行”，还当过坦克兵，但实际上，他连汽车都不会开，更不用说飞机坦克了。

“会吹”的作家其实甚多，马尔罗的同代人海明威吹牛的本事就与他难分轩轾。有一天，一个编辑几杯酒下肚，用泄露天机的诡秘语调说：“作家们都是傻瓜，他们分不清事实与虚构。”他忘了他是对着谁的耳朵说的了，但是风从一个耳朵吹向另一个耳朵，直到又有一天，马尔罗在床上醒来，忽然听到一句话："他主要是会吹。"

这时，马尔罗已经老了，每天醒来都感到浑身酸痛，他的头深深陷在枕头中，他想，那时我是多么强壮，像一头灵巧的狮子、豹子或者狼，在柬埔寨的亚热带丛林中，这个男人和那个名叫克拉拉的女人一起，他们手挽着手，踏开青绿的深草，那些草真绿啊，绿色的汁液在叶片上黏稠地流淌，太阳是白色的，那些高棉人瘦硬的脊背像光滑的乌木，他们被沉重的石块压弯了腰。

——那是由七块巨石拼成的四幅浮雕，美极了，是一种沉睡的、无人窥看的美；直到有一天，停滞的时间重新流动，它被两双蓝色的眼睛看到，然后就被偷运出深山古刹，去向一个遥远、陌生的地方。这几块巨石最终被简化成一行小字，成为一部宏大作品浪漫的、富于传奇性的开端：

去柬埔寨考察寺庙废墟。

——是的，我一直在这样做，把东方运到西方，沉睡的东方并不知道发生了什么，但西方却在惊叹。这很像那个俄国人，他是多么仇恨历史啊！那个可怜的家伙，他在命运的灭顶重压下刻毒地笑着，直到现在，我依然能听到他的笑声，就像从未离开1925年的那间酒吧。但俄国人不过是无关紧要的细节，是扎在历史和时间中的一根毛刺，他只能使这个世界感到一丝微痒。而我，我完成了一部书，我直接书写历史，我使自己成为历史中的一个人物，没有谁知道这个叫马尔罗的人物是事实还是虚构。当然，总有一天，会有自命不凡的蠢货宣称马尔罗在吹牛，但是马尔罗将永远地活着，因为没人能够像药剂师一样把"吹牛"提炼出来，剩下纯净的历史，更因为马尔罗使你们、使所有的人看到一种希望：

> 把一个盲目的历史转化为意识，使每个人的属于神的那一部分浮现出来。[①]

——好吧，现在就让我告诉你这是什么意思。这就是说，历史如同死亡，它只是把死亡、把我们不得不接受的命定的结局讲述得更精致、更有逻辑、更可以理解。理解了怎么办？理解了就老实了呗。但也有理解了也不肯老实的，比如

① 皮埃尔·德·布阿福德尔，《一种绝望的人道主义》，载《马尔罗研究》。桂林：漓江出版社，1984年，第295页。

我，凭借艺术，凭借大胆的、肆无忌惮的、厚颜无耻的编造，我经历着我的“历史”，我是自由的，历史不能把我怎么样，相反的，你们所说的历史将越来越像我的书。你们把这叫作“吹牛”？也许是吧，但在我的词汇表中，我更喜欢选择另一个词：“行动”，你总得做点什么证明你不是一个坐着等死的家伙，就像你走在大街上，走在千千万万人中间，你知道你不过是一粒尘沙，你毫无意义，这时你就必须蹦起来怪叫、打滚、口吐白沫，随你的便折腾吧，这时你就在“行动”，你就是自由的，你总算证明尽管归根结底都是一样的，但你曾经与众不同，你对着死亡、命运、时间、历史等诸如此类的东西做了一个鬼脸儿。

——那个叫“马尔罗”的人就是我的鬼脸儿，我将因此而不朽。

1931年，马尔罗和克拉拉开始了一次环球旅行，他们平生第一次踏上了中国大陆。

1965年，马尔罗作为戴高乐总统的特使访问中国，会见了毛泽东、刘少奇，当然他还见到了周恩来——这位上海工人第三次武装起义的领导者据说是《人的境遇》中革命者京·吉索尔的原型。也就是说，在《人的境遇》出版二十二年后，虚构和事实在北京首次相逢。

马尔罗晚年出版了回忆录《反回忆录》，其中详细记述了他与毛泽东巨人式的交谈，但是对比翻译的现场笔记和法国驻华使馆提供的记录，这次见面不过半个小时，显然不会像马尔罗回忆的那样海阔天空地神聊。

——在西方人眼里，中国的历史再次模仿了马尔罗的书，因为他的记述是对后来爆发的“文化大革命”的准确无误的预言。

第三个故事

“从这儿出发，沿长城向西，到这儿，顶多需要四天。”

老马的手指在地图上移动，前一个“这儿”他指的是居庸关，手指轻移，我们就到了大同。这次冒险的终点定在大同使我一阵窃喜，因为大同有王祥夫，他将热情地迎接从艰险的旅途中走来的朋友。

后来的十几天，我跟着老马穿行于北京的大街小巷。老马教会了我如何做一个冒险家，比如“在山野行走，有时与朋友错过或自己迷失方向，这时赶快回到自己所认识的地方，拿出地图和罗盘，找出自己所在的地点，再找目的地的方向”，于是我们买了罗盘；比如“野外活动，帐篷是不可缺少的”，因为“帐篷质轻，携带方便，篷内提供了与外界隔绝的休息空间，给人有安全感”，于是我们买了便携帐篷；我们还得买小收音机，你肯定想不到那是干什么用的，那是为了预防雷击：“收听广播时，有刺耳的杂音，即表示附近有雷云。”

1997年，中国标准出版社和人民中国出版社联合出版了《冒险图鉴——野外生活与生存》，现在当我引用这本书中的句子时，我觉得这些话老马都曾经对我说过。在暴烈的阳光下，老马遥望远处纷至沓来的危险：滚石，溺水，遇强盗，中暑，崴脚，肚子疼，蚊子叮，马蜂蜇，毒蛇咬。谈到毒蛇时，老马的语气稍显游移，他也说不准在盛夏的北方我们是否会遭遇毒蛇，遭遇什么样的毒蛇。但一种连老马都不能预知的危险显然更危险，所以我暗自叮嘱自己，一定要记住老马的话：“上山时，穿登山鞋或长靴”；“不要把手随便插入树洞或岩石空隙”——蛇正休息呢；万一“被蛇咬到，未送医前，用绳子绑紧伤口上方靠近心脏处，避免毒液随着血液循环到人体内”。而“把伤口切开，用嘴吸毒，并不是好方法，吸毒的人也可能因此中毒”。——老马反复强调我千万不要把“他”的伤口切开，不要用嘴给“他”吸毒，但我还是决定，只待老马被毒蛇咬中，我就马上扑过去，用那把锋利的瑞士军刀切开伤口，然后一通猛吸。想想吧，老马肯定会热泪盈眶，这将是此次冒险的真正高潮，是一次证明着我们的兄弟情谊以及我的忘我无私、英勇无畏的光辉事件。

——盛夏的北方山地究竟有没有毒蛇呢？我至今不知。当然老马也不曾被咬，我的朋友老马现在健壮地生活在新西兰绿草如茵的牧场，羊毛剪子咔嚓响。去年圣诞，我收到老马的一张明信片，只见一艘18世纪的帆船乘风破浪而来，老马用深思熟虑的字体写道：“想念长城。”

是啊，我也想念长城：

匹马行将久，征途去转难。
不知边地别，只讶客衣单。
溪冷泉声苦，山空木叶干。
莫言关塞极，云雪尚漫漫。

此为一千六百多年前的唐朝，诗人高适自封丘赴幽州青夷军，入居庸关所作。在我的笔记本上，“溪冷泉声苦，山空木叶干”两句画着潦草的红圈，这种寂寥凉瘦的情调或与当时心境暗合，虽然高适的诗一派秋思，而我和老马的冒险正值盛夏。

笔记本中，还记着唐朝一位不知名的诗人施肩吾的《云中道上作》：

羊马群中觅人道，
雁门关外绝人家。
昔时闻有云中郡，
今日无云空见沙。

此诗冷僻，不知出处，当初总不至于翻遍了《全唐诗》吧。诗也未必好，之所以抄在本子上，因为唐时云中郡治所即今山西大同。可见，我们的冒险不仅有充分的物质准备，也有充分的精神准备。唐人的声音回荡于此行的起点和终点，我似乎看见自己在空旷的世界千里孤行，以斯人之渺走进天地之大，此情此景，能不“独怆然而涕下”？

多年以后，老马在他的“羊马群中”忽然想起了长城，惹得我翻箱倒柜检出这本笔记。重读一遍，黯然魂销。1994年的那些夏夜，高楼上，急雨敲窗，执手相看，但觉世事茫茫而又地久天长，却不记得竟暗自激烈到“十步杀一人，千里不留行”的地步。

的确，这个故事中出现了女人，而且是两个：我的女友和老马的太太。回忆那段日子不可能不提到她们，几年以后，她们都已比她们当初的男人走得更远，比如老马太太，此时人在纽约，老马在给我的一封信中写道：好在没有比纽约更远的地方了。我想这就是做了牧场主的老马与他昔日妻子的根本区别，在后者看来，更远的地方永远在地平线之外，她也许不知那是何处，但肯定不是她此时所在的纽约。不过这都是后话，当我和老马宣布将沿着长城徒步探险时，我们可并没有从两位女士的热烈反应中看出什么端倪。在烟雾腾腾、嘈杂昏暗的酒吧里，她们的眼睛湿润、明亮，她们说了很多话，我们喝了很多酒，那个美妙的夜晚结束时，我想老马和我有同样的感觉：我们是了不起的男人，我们将带着心爱的女人的祝福、思念、崇敬和羡慕踏上艰险的漫漫长途。当然我们都不愿意离开她们，哪怕只是短短几天，但我们不得不去，因为这两个男人都听到了冥冥之中某种神秘、急迫的召唤。

在以后的日子里，我和老马都享受着一个即将远行的壮士所能想象的最高待遇。我必须每天早上喝两杯牛奶，吃两个煎蛋，到了晚上，我必须吃掉一锅排骨或者一只炖鸡，然后就坐在书桌前为此次冒险进行必要的案头准备工作。需要查阅、整理、记录的资料太多了，我几乎翻遍了有关长城的文献资料，沉浸于古人屹立于长城之上的孤傲、悲怆、脆弱和沉毅。而我的女友正在厨房为我准备一顿营养丰富的夜宵，或者与老马太太在电话里交流当日的食谱。我估计，那段时间我和老马的饮食结构大致相同，而两位女士的烹调技艺也在与日俱进。

但是，有些事情古人早已白纸黑字地写着，而我和老马却没想到它来得这么早——两位女士在电话里嘀嘀咕咕，磋商交流，竟会一致产生了“悔教夫婿觅封侯”的念头。“这些女人啊——”老马一脸的悲天悯人，“她们想来想去，觉得我们就要被空投到伊拉克的沙漠上去了。”

很明显，老马对于此行可能遭遇的种种危险日渐丰富具体的设想和描述吓住了女士们。老马几乎每天都会想出一种至数种新的危险和对策，我真是一夕数惊啊，电话铃响，女友去接，然后擎着话筒对我说：“老马。”老马照例劈头就是一句：“有个问题你想到没有？”——我当然没想到，于是我们马上就此展开亢奋专注的探讨，原定方案必须修改，否则就真的一去不返了。女友始终守在身边，用一种遥远的眼神注视着我，我想我当时错误地领会了这目光的含义。

女人是伟大的浪漫主义者或伟大的现实主义者，我们此时面对的两位女士更是浪漫主义与现实主义相结合的光辉典范。她们像猫一样耽于梦想，也像猫一样行动敏捷、诡计多端。整装待发的两个男人发现，出发竟是如此困难，两位女士心细如发，不断发现新的亟待解决的问题和必须在启程前处理的事务。我和老马终于失去耐心，断然宣布，无论如何，星期四走。“星期四？那可不行，星期四是我姨妈的生日。”我的女友说。虽然平日也不见她和姨妈如何亲密，但是，“姨妈的儿女都不在身边——”显然，不仅她将去安慰姨妈她老人家孤独的心，我如果不是不通人情不讲道理的话也肯定会去，那将给老人带来多么大的欢乐呀！

“那就星期五吧。”老马沉默半晌，做出艰难的让步。“星期五也不行！”老马太太慢条斯理地摇摇头，两只硕大的耳环叮当轻响，“我查过了，星期五不宜出行，下月八号才是黄道吉日。”

我和老马差点跳起来，“黄道吉日”，这难道是一个物理学硕士应该说的话吗？

壮行的晚餐变成了一场关于天象、术数和命运的学术辩论，老马太太在我的女友的摇旗呐喊下大获全胜。从那以后，每逢听说我们的科学工作者求神问卜我都不会感到奇怪，因为科学逻辑稍一痉挛就会导向冥顽的不可知论。

我们等待着那个“黄道吉日”的来临。我和老马都已意识到问题的实质是女士们决心阻止我们去冒险，谁知道八号之前她们还会弄出什么新鲜花样？诡计多端啊！我们一致认为有必要马上展开耐心细致的思想工作，打消她们的疑虑，当然打消疑虑的最好办法就是宣布此行没有任何危险，这是太平盛世、朗朗乾坤之中一次快乐的徒步旅游，但是——

“她们肯定会问，为什么不带上她们？”老马愁苦地说。

是啊是啊，我们怎么能欺骗我们心爱的女人，把一次艰险雄壮的男子的冒险硬说成平庸的旅游？

经过反复讨论，我和老马最终确定了统一的说辞——

我知道，你不想让我去。（——“戳穿她的鬼心思。”老马注释道。）但是，我怎么能不去呢（缓慢地、但坚定地）？危险？当然是有危险，可是（稍作停顿，神情开始朦胧）——我真的不能不去，小时候，我就梦想着，一个人，走得很远，站在山顶上，看太阳升起，还有脚下的大地。（——此处我认为稍嫌矫情，但老马坚持保留。）这些年来，我总觉得有一个声音在心里，在很深很深的地方召唤我。（“用气声，轻轻的，就像闹鬼一样。”老马提醒道。）

——到此为止吧，其实我没有必要追忆和复述这套充斥陈词滥调的说辞，因为它们根本就不曾用上。“我知道，你不想让我去——”，这句我倒是说了，可是话音未落，女友就用那双猫一样的眼睛盯住我，好像我是什么有趣的怪物：“你怎么了？不是说好了八号就走的吗？”然后做恍然大悟状：“是不是怕了，懒了？”不等我辩解，她就鬼笑着拍打我近来迅速隆起的肚子：“这么多好东西可不能白吃噢。”

可怜的我和可怜的老马。第二天见面时，老马久久注视着窗外，大街上，汽车一辆、又一辆，仓皇驶过。老马转过头来，一口气喝干了一碗茶，恶狠狠地说：“不管怎么样，八号一定走！”

当然，八号一定走！这也是我的决心。现在，当我坐在这里回忆那段日子时，我依然感到我当时的决心是多么坚定，那几乎是一种类似于肾上腺素分泌的生理现象。我们都意识到，女士们不仅将阻止我们的冒险，更令人悲愤的是，她们永远也不会承认这一点，她们将温存坚毅地鼓励你踏上征途，因为她们反正总能让你走不成。

女士们必将胜利，命运站在她们一边。

当我和女友闯进病房，一眼看见一条缠满绷带的腿高高翘起，像一根倾斜的旗杆。五年来，每当想起老马，我的眼前首先出现的必定是老马那条倒霉的腿，它居然让一辆自行车撞成了粉碎性骨折。

女友陪着啜泣着的老马太太去交药费，我和老马相对无语。此时是 1994 年 8 月 6 日，离“黄道吉日”还差两天。

——这就是我和老马的冒险经历。我之所以有兴致把它写出来，是因为我发现我们都没有充分领会这段经历的真正秘密。

1999 年 2 月 11 日，艰苦卓绝的装修工程终于告竣，两天后，也就是腊月二十九日，我迁入新居。“漫卷诗书喜欲狂”，一辆卡车载着我的书、我的锅碗瓢盆以及我，从安贞桥穿东三环，再下三元桥直向新源里。这一去，有分交：

四面杀机，惊破英雄胆；遍地荆棘，寒彻壮士心。

——我可能被熏死。上海的一位朋友在电话里大惊：“你怎么这么着急呢？刚装修的房子有毒，会熏死人的，上海就有一个！”

我当然不想成为北京的另一个。鉴于装修过程中使用了大量化学涂料，熏死人在理论上应该是成立的。于是，迁进新居后数天，天天门窗大开，如坐寒窑。朔风浩荡，想必吹净了房中毒气。但是且慢，这是今天的报纸：北京的空气质量极为恶劣，我所在的地区情况尤为严重，空气中含有大量二氧化硫、一氧化碳和氮氧化物——你听听，这都是毒气啊！还有活路吗？

现在，我在新居里悠然地活着，门窗紧闭，室内融融如春。在新西兰绿草如茵、天蓝云白的牧场上，老马正奢侈地呼吸着富含富氧离子的新鲜空气，他怎知他的朋友冒着罹患支气管炎、气管炎、肺炎、肺气肿、肺结核、肺癌的危险而安之若素，坦然无惧？

但危险何止于此。新居安顿妥当，父亲光临视察。儿子另筑新巢，老人家不免有许多勉励、期望的话，然后掏出一叠纸，打开来看，是八开宣纸，上写：

勿忘锁门。

勿忘关煤气。

勿忘关水管。

勿忘关电器。

儿子连忙赔笑:“爸,您的毛笔字儿越写越好了,直追何绍基,赶明儿给我写个中堂?”老爷子脸一沉:“少跟我花马掉嘴的,你可千万小心,危险啊——”

是的,我已经意识到我的处境是多么危险。每次打开防盗门,我都觉得是走进了保险箱,但是据说如今的盗贼已经用高科技设备武装到牙齿,任你铜墙铁壁,三分钟内应手而开,也不管屋里有人无人,人家带着捆人的绳子呢。再说煤气,忘了关阀门固然危险,但是由于管道老化,也可能楼下一点火,楼上就爆炸,这叫人如何甘心?水龙头当然应该随手就关,问题是龙头质量如果不好,我的木地板可就得撬了重换。电器就不用说了,那不是电器,那是一颗颗炸弹,电线会短路,电视机会冒烟,电脑有辐射,空调会得空调病,实际上,已经有一只新换的灯泡在我的头顶砰然爆碎。

所以,在给老马的信中,我写道:

真正的秘密是,危险就在我们的日常生活中,虽然未到长城,但现在的我已经是英勇的冒险家。

附记：

尼雅的玻璃瓶和织锦

那个俄国人的诡计是否得逞就无可考证了。但在考古发掘中，有时也真能撞上诸如此类的妙事，比如《科学》杂志（《科学美国人》中文版）上曾刊登齐东方的文章《尼雅之谜》：

> 尼雅还有一个不寻常的“垃圾堆”，斯坦因曾在“三个冗长的工作日，饱吸古代垃圾散发出来的臭气”，……1995年10月23日下午，我在被斯坦因叫作“垃圾堆”的N14号遗址附近，也是他当年安营扎寨的地方，无意中捡到一个完整的玻璃瓶，上有LONDON（伦敦）的字样。记得我在

书中读到过，1906 年 12 月，斯坦因来到楼兰，也曾意外地捡到一把钢卷尺，对这一有趣的发现斯坦因哑然失笑。很快就断定这是前些年瑞典探险家斯文·赫定遗失的物品。他小心翼翼、十分妥善地保管好带回了欧洲，并在一次高朋满座的宴会上亲手还给了斯文·赫定。而这个玻璃瓶看来非斯坦因的遗物莫属。

新疆的楼兰、尼雅，均为西域古国遗址，偏处大漠绝域，前人踪迹，历历可考，如果你在那儿遗失一件物品，也许多少年后还会原物奉还，并不至于让考古学家犯了糊涂。但玻璃瓶、钢卷尺出现于纯净的“过去”之中，总有一种滑稽的拼贴效果，难怪后来者“哑然失笑”。

但有时现在与过去确能偶然遭遇、准确重合。在尼雅，1995 年中日联合考察队曾在古墓中发掘出一块织锦护臂，上面居然用汉字织着“五星出东方利中国”的字样，真能把人吓一大跳！其实这不过是汉晋时期的占星之语，“五星”为金、木、水、火、土五大行星，据《汉书·天文志》：“五星……积于东方，中国大利。积于西方，夷狄用兵者利。”就是说五星在东方同时出现，则大有利于中国，如果出现在西方，“夷狄”们可就要打胜仗了。

五星联出于特定方向，是极罕见的天文现象，据说下一次出现是在 2022 年 3 月 21 日前后。

修道院中的“魔鬼”

对出版社来说，出版《修道院纪事》大概曾是一桩很郁闷的生意。萨拉玛戈这部长篇小说的中译本1996年8月发行第一版，印数1万册。直到1998年11月，这些书才大批出现在书店里，此时的萨拉玛戈已经获得诺贝尔文学奖，据瑞典皇家学院的授奖词：

> 若泽·萨拉玛戈的充满丰富想象力、同情心和反讽的譬喻，不断推促我们再次体会难以捉摸的事实。他的智慧和敏锐的洞察力相辅相成……

看起来事情是这样的，那1万册《修道院纪事》两年来大部分没卖出去，它们积压在仓库里，直到某一天，电视里传来好消息……

说这件事不是为了发感慨，做事后诸葛亮不是显示一个人的智慧的恰当方式。我无意指责我们的读者不识货，谁知道萨拉玛戈呀，反正我不知道，如果他没有获得诺贝尔奖，我肯定不会买一本《修道院纪事》。

但有一个问题值得追问：我们为什么不知道萨拉玛戈——这个葡萄牙作家？对了，原因就在这里：他是一个葡萄牙作家。

对于葡萄牙文学，我所知甚少，多年前曾买过一本中葡文对照的卡蒙斯诗集，因为其中有精美的插图。但诗集的名字现在却记不起来——书早就丢了，当初也并不曾读。最近看《葡萄牙人在华见闻录》，才知道这位大诗人曾与中国有一段渊源。1553年，卡蒙斯因在街头斗殴中杀死一名军官被流放印度，此后浪迹东方十余年，1558年起居留澳门，担任“失踪和死亡者财产管理人”，其间写下长诗《卢济塔尼亚人之歌》，是为葡语文学的经典。1831年，后来做过英国驻华公使的东印度公司大班德庇时写过一首题为《在贾梅士的石洞》

的诗，见于龙思泰的《早期澳门史》：

这一片小丛林清幽寂静，令人陶醉，
直射的阳光照映着，透过树叶的浓荫。
曾有一位葡萄牙诗人迸发出灵感，
天赋才华写就了优美的古典诗篇。

昔日的半身大理石像点缀着岩缝石隙，
命运多舛的诗人，如此备受热爱和磨难。
据说贾梅士从这个石洞的微弱光线中，
寻得安宁来写下他不朽的史诗。[①]

贾梅士即卡蒙斯，他在幽暗的石洞中写作，这情景有一种史诗式的传奇情调，但可行性令人怀疑。实际上，卡蒙斯在澳门并非穴居，他住着一幢洋房，有大花园，附近才是那个石洞。二百多年后的1794年1月15日，这幢房子已是英国东印度公司的产业，它迎来了另一位住客：刚刚结束对大

① 龙思泰，《早期澳门史》，吴义雄译。北京：东方出版社，1997年，第232页。

清帝国的访问的马戛尔尼，这位备受挫折的英国使臣一腔郁闷，暗自酝酿着1840年的炮火硝烟。

——中国人很久之后才知道马戛尔尼在想什么，也不知道澳门曾有一位葡人“诗圣”。这并不奇怪，当卡蒙斯在中国的土地上写作时，他肯定也不曾想过，那些黄肤黑睛的东方人有朝一日会读他的诗。在时空的这个点上，在这幢房子中，世界是多重的，劈面相逢的人们各自生活在自己的世界里。

那么，现在呢？据说现在是全球化的时代，一种普世文化将把我们融为一体，“地球只有一个”，是不是世界也只剩一个了？对卡蒙斯的后辈萨拉玛戈来说，对我这样一个中国的专业读者来说，事情都不那么简单。没有诺贝尔奖，我不会知道萨拉玛戈，现在我知道萨拉玛戈了，但他是否就进入了我的世界？

我的世界，或者说我的文学世界是一座万神殿，其中有莎士比亚、托尔斯泰、陀思妥耶夫斯基、福楼拜、卡夫卡、福克纳、博尔赫斯、纳博科夫、三岛由纪夫等等等等——皆为“夷人”，为免数典忘祖，我会加上李白、杜甫、王维、苏轼等人，当然还有曹雪芹、鲁迅，愿他们的灵魂在此安息。

这个世界是百余年间建构起来的，是一部翻译史和一部接受史的结果，不过我可不好意思说此事只关文学，不涉烟火，谁都看得出来这是个政治性的世界，百余年间国际政治的势消势长、合纵连横，决定了中国这个后发展国家的文学图景。所以说句不恭敬的话，大英帝国不仅有女王、纺织机、海军和鸦片，还有莎士比亚，这位伟大戏剧家是殖民体系的一部分。就像安理会常任理事国的席位分布一样，我们心中的世界文学也首先是英美文学、俄苏文学和法国文学，当然还有德语文学和日本文学。

按说我们是穷人，我们与一切被压迫、被剥削民族会产生天然的共鸣。新文学运动中，鲁迅等人曾致力于译介弱国、穷国、小国的文学，这表明，当中国文学进入“现代”，我们不得不在世界背景下建构我们的传统、确定我们的认同时，曾经歧路彷徨，有过各种各样的思路和取向。但鲁迅等人当初推举的作家大多没有被我们记住，这其中的原因极复杂，倒不一定是那些作品不好，我们的记忆并非一个公正的文学院，所有作品在这里经受达尔文式的优胜劣汰；恰恰相反，那些对我们自我形象的形成起了至关重要的作用的“他者”优先、充分地进入记忆并留在记忆中。对1840年之后的中国历史的叙述可以根本忽略土耳其、埃及、波兰或者希腊，但不能忽略那些把中国推入持久的现代性焦虑的国家。我们的确看到了世界，但我们眼里的世界并不像它本来那么大、那么丰富，它是一个简单的体系，这一方是中国，那一方是英国、美国、法国、德国、日本，关关雎鸠，在河之洲。

所以，我不敢担保萨拉玛戈会在我的或我们的文学世界中获得一个持久的地位，即使有诺贝尔奖担保也未必行，比如现在谁会想起尼日利亚的索因卡、埃及的马哈福兹、南非的戈迪默、波兰的博申斯卡娅？看起来事情是这样的：尽管身处西方的东方，是第三世界国家，但我们具有远比瑞典文学院更锐利的势利眼——当然，我们看到了昆德拉，看到了马尔克斯，但那是因为从他们身上我们看到了梦想中的自己：不是黑人，不是女人，不是伊斯兰教徒，由第三世界凯旋式地进入第一世界的殿堂。

但还是看看萨拉玛戈吧，尽管葡萄牙远在那个伟大欧洲偏僻的边缘——

《修道院纪事》由范维信翻译，是否“信”不敢说，我又不懂葡文，“达”和“雅”是肯定的。在我的想象中，萨拉玛戈的原文就应该是这样，神游天地，清明硬朗，那位全能的叙述者能写很好的白话文，在操持汉语的中国当代作家中，有此造诣的也真是不多。

当然这不是什么新发现，王小波就曾经表达过对诸如王道乾这样的翻译家在语言上的倾慕，他们隐藏在译本背后，不断向我们展示现代汉语能够多么精确、文雅、庄严、深微。——“文雅”是个刺眼的词，如果我写了一篇小说，你看过之后对我说：语言很文雅，我就不知道你是夸我还是骂我。现代汉语的趣味重心从来不是文雅，是尖刻、愤怒、铺张扬厉或者嬉皮笑脸等等，但肯定不是文雅。我也想举几个文雅的例子，比如周作人，比如张爱玲，比如张爱玲那个薄幸得深情的爱人胡兰成写的《今生今世》，但偏偏这些人都有各种各样不体面的历史问题。胸中不正则眸子眊焉，在现代汉语中，似乎是胸中不正则笔头文雅，这其中的关节说起来夹缠得很，暂且按下，另表一枝，那就是翻译家们的“文雅”。

文学翻译是一种奇妙的经验，你用自己的文字把一部过去的、一个人用另一种文字写下的作品重写一遍，这时你是另一个“这个人”。博尔赫斯曾谈到《鲁拜集》的作者欧玛尔和英译者菲茨杰尔拉德，他猜测：或许欧玛尔的灵魂于1857年在菲茨杰尔拉德的灵魂中落了户。

所以，对于身处20世纪颠簸险恶的历史风浪之中的许多知识分子来说，翻译是一种幸福，它本身就具备意义，这种意义不必经过检查和认可。当然这部作品可能是“供批判用”，但至少，你可以通过对另外“这个人”的忠诚维持对自己的忠诚。因此，翻译曾经意味着“生活在别处”的可能性。

在语言上，翻译家同样“生活在别处”，这个“别处”有强硬的纪律，它要求克制、谨慎，竭尽全力表达另外一种声音，你的语言因而与日常语言保持着距离，你甚至会尽力避免日常语言的侵入，因为它携带着“此时此地”，它将搅扰来自过去、来自异域的声音，而你必须让这种声音在你自己的声音中从容流淌。在这个过程中，现代汉语在书面上——由书面到书面——被考验、被创造。

如果你把文雅视为在深厚的文化背景中对纪律和规范的自由的遵从，视为从心所欲不逾矩，视为戴着镣铐的曼妙舞蹈，那么这种文雅的语言就在那些优秀的翻译作品中，它们是现代汉语的另一副面目。

经常有人指责现在的小说语言不好是受了翻译的影响，的确，恶译、滥译滔滔者天下皆是，坏的小说、坏的语言也天下皆是，大概到22世纪仍然如此，你硬说这之间有什么关系，也永远说得通，但千万别一回头碰上你们家大人，老爷子断喝一声：怎么就不知道学好！

因为好的翻译、翻译作品中好的语言是有的，比如《修道院纪事》。

萨拉玛戈在接受记者采访时说过："你要知道，我有个越来越坚定的想法，那就是我们全都是些可怜的魔鬼，全都是。"

"我们都是可怜的魔鬼"，这句话曾被一篇介绍萨拉玛戈的短文用作题目，可见它很对作者的胃口，当然也合了我们这些比较专业的文学读者的胃口，萨拉玛戈这么说了，我们会觉得他很深刻。

但是，"魔鬼"在萨拉玛戈的语境中意思极为复杂，可不是《西游记》里的牛鬼蛇神，他可能是欲望，是现世的欢乐，可能是理性，是现代性，可能是一个革命者。所以当萨拉玛戈说"我们都是可怜的魔鬼"，我很想知道它的上下文，否则就不可能了解萨拉玛戈究竟想说什么。

——至少在《修道院纪事》中，萨拉玛戈是在用一种庄严的声音说："我们人民……"

当然，在中世纪末期的天主教语境中，“我们人民”就是“可怜的魔鬼”；而且，当小说中的人们梦想着飞起来，终于飞起来，但最后又落回地面时，主体和理性的力量与限度呈露无遗。这是一部“现代性”的神话，人宣告上帝死亡，魔鬼胜利了，但魔鬼在胜利的同时发现了自己的可怜。《修道院纪事》是复杂的，有多种解读的可能性在我们面前展开，但在我听来，“我们人民……”这个声音浩大、悠长，它超越了嘈杂，在文本中回荡。

尽管我们曾经无数遍地念诵：人民，只有人民，才是创造历史的动力。但实际上，在我们的历史视野中很少看得见人民。我们知道，人民与那些具有强烈表面效果的历史戏剧之间应该是有联系的，但问题是这种联系究竟何在？法国年鉴学派认为，在长时段上观察，千百万人的生活和劳作、他们的日常性活动远较个别的、具体的历史事件更具本质意义，正是他们从过去塑造了现在。比如对中国历史来说，一艘商船上的无名商人把玉米、番薯的种子带入中国，无数农民在漫长的时间里把它们撒遍大地，这沉默的过程使任何帝王将相、才子佳人都显得卑微，因为它所带动的生存条件的变化、人口数量的增长构成了中国历史演进的基本力量。

所以，我喜欢读布罗代尔的一切书：《菲利普二世时代的地中海和地中海世界》、《15 至 18 世纪的物质文明、经济和资本主义》、《法兰西的特性》，在这些书中，人民以及人民的生活不再是空洞的，他们被呈现出来，而且获得了雄辩的意义。这使我们有了一个稳固的立场，在这个立场上，可以质疑一切关于我们的历史和生活的戏剧性叙事。

萨拉玛戈是否喜欢布罗代尔我不知道，但他在小说中做了同样的事。在《修道院纪事》中，三个主人公隐于人群，隐于时代，他们是无法被历史叙事识别出来的“人民”的成员，但他们的梦想和痛苦，他们从人群中采集起来的意志却消解了君王、教会的神圣权力。故事的时间是在 18 世纪，我们知道，当时和未来的时代都肯定不属于君王和教会，但即使是布罗代尔也不能让那些伟大的无名者发出声音，这只有小说能做到。

——接着，我们可以再谈谈“文雅”。本文的题目是《修道院中的“魔鬼”》，我喜欢这个题目，因为对这篇文章来说，这个题目至少包含了三种意思：首先，它是指萨拉玛戈的小说，中世纪的欧洲即是修道院，但魔鬼埋伏其中，梦想着倾覆这个世界；其次，它也是对昔日中国许多翻译家境遇的隐喻，在历史的风涛中潜心译事，他们正如“修道院中的魔鬼”；最后，就谈到了“文雅”，如果你把最文雅的语言视为一座修道院，那么修士们进入这里正是为了驯服心中的魔鬼，把它甜蜜、邪恶的声音冷却为语言的砖石。

附记一：

邪恶的史诗

法国学者艾田蒲在《中国之欧洲》中对卡蒙斯做了尖刻的评述：

> 此书（按：指《卢济塔尼亚人之歌》）内容下流，不过作者却凭借它而赎罪，……作者是个冒险家、刺客、骗子，因谋杀未遂罪受到通缉，最后打入地牢，于1553年3月5日得到国王大赦，但明确规定的条件是“要他在这一年去印度为国王效劳”。
>
> 于是，他于1553年出发去果阿；有人在澳门发

现了他，他行为不端，又触犯了法律，后被遣送果阿；他乘坐的船只在柬埔寨附近沉没。卡蒙斯抢救了《卢济塔尼亚人之歌》的手稿，此后，他再度入狱。然后去了莫桑比克。他与一位有色女奴发生了爱的关系——多少拯救了他。后又去中国游历了一番，继续写他的《卢济塔尼亚人之歌》。

……此书粗俗不堪，令人作呕，竟敢公然冒天下之大不韪，吹嘘如何将众多的民族，如“东方土耳其，置于侮辱性的枷锁之下”，并引以为荣。通篇尽是这样的语言，什么“摩尔人骗子国王”、“黑”灵魂等等，总而言之，用绝了诽谤之词：奸诈、邪恶、欺诈、可憎、野蛮、该死，等等，这就是发表于 1572 年名噪一时的《卢济塔尼亚人之歌》用的口气，然而，就是这样一部书，竟给那位令人不齿的诽谤者带来了一笔 15 000 里亚尔的终身年俸……尽管他留下的信函使他那令人蔑视的程度少许有所减轻，但是，我仍然觉得此人卑劣，竟然拼凑了这么一部所谓的“史诗”，哪怕是因为当时惧怕宗教裁判所的缘故。他为何就不从《伊利亚特》之中获得一点灵感，《伊利亚特》中最纯洁的人物是敌对阵营的一员：赫克托耳！[①]

《卢济塔尼亚人之歌》我至今不曾读过，但是我相信，一部殖民者的“史诗”也许是“不朽”的，但同时也必然是邪恶的。

① 艾田蒲，《中国之欧洲》，许钧、钱林森译。郑州：河南人民出版社，1992年，第10—11页。

附记二：

最初的书

那个人叫什么？敏豪生或什么什么豪森？我记不清了。手边无书，一时也无从查找。他好像是德国人，其时应该是16世纪或17世纪吧，他写了一本书，书名也许是《吹牛大王历险记》，也许不是，我甚至怀疑那本书根本就没有封皮。在20世纪70年代初的某一天，它落到一个中国孩子手中。

我想那是我读到的第一本外国文学，情节差不多忘光了，只记得那个家伙被大炮砰然一响发射到了天边——那本书好像是有插图的，瘦长的“吹牛大王”长着一绺儿山羊胡子，身穿甲胄，戴着一顶式样怪异的尖帽子，估计是骑士游侠之类的人物。

“吹牛”是否快乐我不敢肯定，但看人家吹牛肯定是快乐的，这本书令我快乐。在以后的日子里，它被时间不断地简化删节，最终它成为一束光，快乐地跳荡。读《堂·吉诃德》、读《分成两半的子爵》、读《大师和玛格丽特》时，我觉得似乎都是在重读《吹牛大王历险记》，在这最初的光引导下，我喜欢一切云山雾罩“不着调”的书。

我不知道这本《吹牛大王历险记》在文学史上的地位，我甚至不知它比《堂·吉诃德》早还是晚，但它却是我个人的文学史的源头。每个人都有自己的文学史，那是一个秘密的图书馆，其中收藏着我们读过的书、最初的书和最新的书，它们之间有着由时间、际遇，由层层覆雪般的印象和感悟偶然形成的秩序，只是在这个秩序中，文学才真正关乎我们的生命。

现在，我可以比较清晰地说出这本书对我究竟意味着什么，那是一种厚颜无耻的虚构精神，是大胆地用语言创造现实，是一种神奇的魔力：当我们那样说时，事情就将会变成那样；还是一种梦想的可能：无拘无束、天马行空的梦想，让炮弹或其他什么怪东西把我们发射得无限远。

——我认为，这是小说的神髓所在，小说的一个秘密就包藏在那本薄薄的旧书里。

后来，读过什么呢？读过《表》，是一本苏联的儿童小说，译者似乎是曹靖华。接下来可能就是《钢铁是怎样炼成的》。那也是旧书，竖排，纸页发黄，不少人读过了，在他们认为是名言警句的地方用红笔画着杠杠，凡是有红杠的地方我就会多看一遍，暗自赞叹那些话是多么铿锵——我觉得一个人童年时对名言警句的爱好未必是有受教育的热情，名言警句通常都音调铿锵，话说得漂亮，所以好听。

还有一点可以证明教育一个人——即使是个孩子——有多么困难，整本的《钢铁是怎样炼成的》看下来，我最喜欢的人竟是冬尼娅。2000 年 3 月，有一天我打开电视，忽然看见几个外国人在爬长城，原来《钢铁是怎样炼成的》拍成了电视剧，几个乌克兰演员到了北京。电视剧我不曾看，但在那几个外国人中我一眼就认出了冬尼娅，她果然就是冬尼娅，她很像她。

当然，冬尼娅是个资产阶级小姐，保尔吭哧吭哧修铁路时，她纤纤素手笼在皮护套里，风言风语的，话说得很不正确。即使我是个孩子，我也知道冬尼娅不是个“好人”，当然我也拿不准她是不是“坏人”。但不管她是好是坏，这位小姐还有一个特殊情况，就是她很美。她穿着类似海魂衫的上衣，短裙飘动，灵巧地奔跑，闪闪发光的笑声在林间回荡。在1973年或1974年的一个中国男孩的心里，这是永难磨灭的印象。

看看，本来是要告诉你“钢铁是怎样炼成的”，你却只盯着一个冬尼娅，这是不是有点问题？我想，当我九岁或十岁的时候正在努力要求进步，是红小兵的大队委，思想应该还没出问题。问题在于，一个孩子已经有了美感，当他惊喜地发现美的时候，就顾不上受教育啦。

20世纪70年代的中国出版界有很多妙事，其中一件就是“内部发行”。我至今不知究竟谁属于“内部”，谁属于“外部”，似乎新华书店是“外部”，我所在的那个机关大院的资料室就是“内部”了。在“内部”，我读了很多书，大概以苏联小说居多，《多雪的冬天》什么的，都是“供批判用”，我当然无从批判，读的时候主要兴趣在修正主义腐朽生活，我想我对私家车、郊外别墅、交谊舞等事物的最初感知就是由此而来，当然还有黄油、鱼子酱之类，看上去应该好吃。除此之外，那些书就都算白看了。

但有一本“内部发行”的书在我的记忆中留下了一道不那么形而下的划痕，那是三岛由纪夫的书，书名却忘了——现在书柜里有三岛的文集，也懒得去核查，我希望忠实于我不怎么好的记忆，对那些表现出惊人记忆力的“回忆录”我总是高度怀疑——好像在编者的前言或后记中特别告诫我们要警惕日本军国主义的复活，但在那本书中何处隐藏着这种阴谋和危险我却不记得了，很可能当时就没看出来。我所记得的是书中的一个细节：一个日本人在异国（泰国？）遇到另一个人，后者身上有状如七星的红痣，该日本人由此就认定此人是他一个死去的朋友转世，因为那死者身上也有一模一样的痣。

读这本书时我大概十一岁或者十二岁，尽管已经被外祖母灌输了一大堆因果报应、转世投胎之类的故事，但似乎只是在此时，我才悚然惊觉世界深不可测的神秘。想一想吧，一个人转世为人，这倒不奇怪，问题是他还携带着那个标记，那鲜红的七粒朱砂竟不可思议地穿越了生死。还有一个问题：“他”是谁？前一个“他”，还是后一个“他”吗？

我想那本书我并未读完，我被它吓住了，世界实在性的帘幕轻轻掀开，向一个孩子敞露了一条缝隙。

还有老高尔基，他的《童年》《我的大学》《在人间》，以及《母亲》《克里姆·萨姆金的一生》，前三本令人沉迷，后两本令人非常失望。后来文学史的老师告诉我，《母亲》是好的，而写《克里姆·萨姆金的一生》时，高尔基思想上似乎有了什么问题。但令一个十多岁的孩子感到失望的是那种孤独的、桀骜不驯的派头没有了，消失了。

我想，70年代的高尔基至少对我来说就相当于后来的J.D.塞林格，我在小学和中学期间唯一的一次逃学很大程度上是受了他的激励，那时的那个孩子心中充满了自我怜悯：我是多么不幸，我将浪迹天涯，永不回头，在这个世界上我是孤独的，意识到这一点让人又辛酸又骄傲。《童年》《我的大学》《在人间》里所有的磨难都等待着我，我在心中把每种磨难都津津有味地反复重温，挨饿受冻，干重活，被人打，这么想着，有微微战栗的快感。

当然我终于没有做成英雄，在一个算是不良少年的同学家里混了三天，然后就灰溜溜地回去做乖孩子了。而且事情明摆着，那椎心刺骨的“不幸”基本上是编出来的，高尔基为我提供了底本。

但发生在70年代的这场小小的“革命”对我来说仍有重要意义，某些基本的生命体验由此转化为观念形态，比如世界之广大，当然我早就知道世界很大，但似乎到了此时，我才意识到苍茫世界中有一个“我”，人会因此孤独，孤独是如此脆弱而坚硬，人在孤独中成为英雄，而英雄体验中包含着一种受虐和献身的狂喜，似乎受虐和献身就是对这个广大世界最有力的反抗和报复。

——我估计我是全面地误读了高尔基，有什么办法呢，误读每日、每时、在每一双阅读着的眼睛下发生。

还有什么呢？有巴尔扎克，他的《高老头》《欧也妮·葛朗台》使我知道什么是“性格”；有司汤达，我记得偷偷地从母亲的枕头底下翻出《红与黑》，又在母亲下班前原样放好，那个十多岁的孩子似乎从这本书里既没有得到教益，也没有受到什么腐蚀，只是初次体会了鬼鬼祟祟读禁书的乐趣。

——再后来，就很多很多了。

巨大的鸟和鱼

有史以来最大的一条鱼出于古埃及，据说古埃及的大地就在这条鱼的背上。由此，我们可以断定：这条鱼很大，至少大如大地。古埃及人经常看到某些奇异、壮观的景象。比如，每天晚上，一只银白的鹅都在孵育一个巨大的卵。你可以把这幅景象想象为月亮守护着地球，而古埃及人与你不谋而合，他们正是把那只白鹅比作月亮，只是他们一直无法预测那枚大卵中将有什么破壳而出。

或许他们猜到了，只是这个预言未能流传至今。众所周知，上古之人沉默寡言，他们的话句句是真理，而他们很奇怪地认为真理一旦形诸文字就会像案板上的鱼一样失去魔力和生命。他们宁可让言语在风中飘散，他们相信风能够更好地保存言语的精神——很可惜，风也会把某些重要的情节吹得无影无踪，比如关于大卵的预言，还有，那条鱼的去向。

曾经承载着古埃及大地的那条鱼后来不知去向，古埃及文献中对此没有留下只言片语。但是，我猜测，那条鱼也许游向了北方的大海，很可能是沿公元15世纪达·伽马开辟的航线逆行，由印度洋过好望角，经南大西洋，继续向北，过北大西洋，进入北冰洋。

事实上，北方的大海中确曾出现过一条巨大的鱼。中国古代一位名为庄周而人称庄子的哲人就此做过简略的记载，他写道：

> 北冥有鱼，其名为鲲。鲲之大，不知其几千里也。

这是后人编纂的名为《庄子》的书中的第一句，我所用的版本是中华书局1982年版的《庄子集释》。百年以前，一位名叫郭庆藩的人撰写了这部书，后来，一位名叫王孝鱼的人又做了校勘、标点，因此，书的扉页上写着：【清】郭庆

藩 撰 王孝鱼 点校。

当然，根据中国人大常委会颁布的《著作权法》，此书的扉页上应该写作：庄周等 著 郭庆藩 集释 王孝鱼 点校。但这其实是一部由引文构成的书，许多人在这个场所讨论和阐发《庄子》，《庄子》的原文又是众人口中的引文，在如此一引再引之后，庄子显然失去了《庄子集释》的著作权，我们宁可把这个权利授予最终的“引者”——他有点像主持清谈节目的电视明星。郭庆藩完成《庄子集释》后，按照当时和现在的惯例，请了一位名人作序，他请的是他的湖南同乡王先谦。作为一代朴学大师的先谦先生，显然没有读他所序的著作，所以除了两句关于此书的市场预测之外，他基本上是在抒发自己的感慨，他说：

> 子贡为挈水之槔，而汉阴丈人笑之。今人机械机事，倍于槔者相万也。使庄子见之，奈何？蛮触氏争地于蜗角，伏尸数万，逐北旬日。今之蛮触氏不知其几也，而庄子奈何？

时维光绪二十年，岁次甲午，有“东夷”之乱。甲午战争的硝烟未尽，王先谦听到庄子的浩叹回荡于断橹残樯之间。此时是“光绪二十年，岁次甲午”的此时，也是庄子鼓盆而歌的此时——在朴学家的终极境界中隐含着深邃的绝望和达观。

说起“东夷”之乱，不知先谦先生是否想到了东方海上的大鱼？《庄子集释》中，唐西华法师疏解征引《玄中记》云：“东方有大鱼焉，行者一日过鱼头，七日过鱼尾。”

——即使以魏晋时有限的航海水平，从头到尾行船七日，此鱼之大也是惊世骇俗的。况且其中还有一些重要的技术细节语焉不详，那条鱼大概不会静静地等船经过，如果它同时也在游动，那么它与船的相对速度将会极大地影响对它的长度的估量。

古人对诸如此类的细节一向不大考究，他们很容易被巨大的惊奇击蒙，所以《玄中记》的作者接着以明显失去冷静的语调写道：“产三日，碧海为之变红。”

这种场面的确令人震惊，这次震惊的深度可以在中国人的想象力中得到测量：此后，提到碧海时，我们通常都会想起鲜血。

《玄中记》总算无意中提供了一点“科学的”观察材料，

由那种哺乳动物的生育方式，我们可以毫无疑问地断定，这种鱼是鲸鱼。

好了，现在终于看到了一条熟悉的大鱼。熟悉的事物总是令人安心，晋人崔撰为《庄子》作注时断言，北冥那条鱼其实应该名“鲸”，“鲲”“鲸”之差是庄子或其他什么人的笔误所致。想必崔撰所知的最大的鱼就是鲸鱼，但即使庄子一向有吹牛皮的毛病，他也不至于说“鲸鱼之大，不知其几千里”吧？

况且庄子对这条鲲鱼的去向也做了明确记载：它变成了一只大鸟，“其名为鹏。鹏之背，不知其几千里也；怒而飞，其翼若垂天之云”。我们有理由相信，这只鸟曾经飞临古埃及的夜空，它的翅膀在金字塔顶上轻轻划过，古埃及人感到了它与大地的神秘联系。这种不可索解的神秘令人苦恼，于是，他们用熟悉的事物为它命名，他们把它叫作“鹅”——我们知道，古埃及人是驯养家禽的能手。当然，我们知道，它的真正名字是“鹏”。

所以，北冥中的鱼肯定不是鲸鱼。那么这条鱼就真的直上青天，留下空荡荡的碧海了吗？所幸庄子还留下了一点线索，此鱼名鲲，而“鲲”字，据《庄子集释》所引《尔雅·释鱼》，乃“鱼子”也。段玉裁说得更明白：“鱼子未生者曰鲲。”一条鱼以鱼卵为名，显然是在暗示它具有某种繁殖能力，而考虑到它过分巨大的体积，自然选择合乎情理的结果应该是——它的后裔比它小得多，至少小到“一日过鱼头，七日过鱼尾”的程度。

也就是说，我们的经验和理性要求某些动物尽快灭绝，比如龙，比如麒麟。我们不喜欢站在一片无边无际的鱼鳞上浩叹：“不知其几千里也。”这个世界，以及世界上的动物是供我们按我们的尺度测量和选择的。于是，那位自信的崔撰索性将不可想象的“鲲”鱼视为一次偶然的笔误。

当然，鲸鱼是否即是鲲鱼的后裔，这很难确说。至少，由卵生到胎生就是无从解释的突变。在现在通行的科学故事中，鲸鱼的祖先是一种陆上哺乳动物，其貌如狼。这个故事在艰苦地强求“解释”，听起来很不自然。我宁可相信，当鲲鱼后来作为一只鹏鸟背负青天朝下看时，它看到地球的各大海洋上不时腾起冲天的水柱，它知道，那就是它遗弃在地球上的后裔。

也有另一种可能，或许鲲鱼并没有变成鹏鸟——这似乎更合情理——或许它仅仅是在漫长的进化或退化过程中繁衍出鲸鱼。但如此一来，我们就不得不重新解释庄子的有关记载。

有这么一个故事，出自《一千零一夜》，在埃及，这本书中的故事一直在说书人的口头流传。

故事是这样的：一个开罗人在梦中听到有个声音召唤他前去波斯的伊斯法罕，那里有件等待着他的宝物。开罗人历尽艰辛来到了伊斯法罕，外地人常有的“奇遇”准确地落在了他的头上，他糊里糊涂地陷进了贼窝，和一群贼一起被捉进官府。在公堂上，他不得不讲述那个梦以解释自己为何身在伊斯法罕，问案的老爷听罢大笑：“真没见过这样的傻瓜！你们开罗有座房子，房子外有个花园，花园里有一眼泉水，一棵无花果，泉水下面有件宝贝，老爷我都梦见三回了，不还是好端端地待在这伊斯法罕吗？”于是开罗人离开伊斯法罕，奔向开罗，他知道，老爷梦中的房子正是自己的家……

在故事的另一个版本中，这个开罗人走得更远——在伊斯法罕的贼窝里，他进入了另一个梦。一个大盗拍着他的后脑勺儿说：“小子，告诉你吧，昨儿晚上我做了个梦，一个声音嘀嘀咕咕地对我说，我应该跟着一个开罗人向东去，在陆地的尽头，有个城墙环绕的国家，遍地是黄金和丝绸。可是只有傻瓜才会跟着梦走，我看你还是入伙算了，包你大碗喝酒，大块吃肉。”于是，这位确实有点傻气的开罗人又向东行去，他沿着中亚的古老商道，横穿大漠，终于到达梦中的国度。他在那里听到有关一位名叫庄周的古代哲人的传说，据说庄周也是喜欢做梦的——

> 昔者庄周梦为胡蝶，栩栩然胡蝶[①]也。自喻适志与！不知周也；俄然觉，则蘧蘧然周也。不知周之梦为胡蝶与？胡蝶之梦为周与？

那位开罗人后来不知所终。我猜想，他大概采买了一批瓷器和绸缎，雇一支驼队启程回乡；但也许他发现自己身陷梦的骗局，只盼一觉醒来仍然身在开罗，却忘记了在梦境中走过来的路。或者，此人其实一直在做着某个开罗人的梦，那么他自己又是谁呢？——这的确很麻烦，但他的问题只能由他自己解决，我们要解决的只是鱼与鸟的问题。

——有那么一只轻盈的巨鸟，它在天地间无休无止地飞翔，从南极到北极，由起点回到起点，它感到这个世界是自

---

① 今为蝴蝶。下同。

己产下的一个鸟蛋，日复一日的守望使它厌倦。于是，它越来越热衷于做梦，对它来说，这是逃出单调的日常生活的唯一途径。在灿烂的星空中，大鸟梦见自己化作一条沉重的大鱼，巨鳞刺云，宏鳍插天，横海孤游，吐浪吞涛。在黑沉沉的海里，这条鱼正做着壮阔灿烂的梦，它梦见自己变为一只轻盈的巨鸟，在星空中无休无止地飞翔……

梦是无休无止的，如果不是意外地出了一位庄子。他瞅准梦境与梦境之间的间隙硬插进去，用刀子刻下了这样的句子："北冥有鱼，其名为鲲。鲲之大，不知其几千里也；化而为鸟，其名为鹏。鹏之背，不知其几千里也。"于是，梦的链条猝然折断，梦被固定为冰冷的语言。

这件事的后果就是，大鱼的后裔们，那些鲸鱼，失去了它们的梦境，失去梦境的鲸鱼张着空虚的眼睛凝视星光灿烂的夜空，像失忆症患者。它们的眼睛吸收了太多的星光，以至于人们普遍认为鲸眼即是传说中的夜明珠。一本名为《述异记》的古书煞有介事地写道："南海有明珠，即鲸鱼目瞳。鲸死而目皆无精，夜可以鉴，谓之夜光。"古人之言不可尽信，此为一例。

但古人之言也不可不信，鲸鱼与星空之间确有某种神秘的联系。《春秋考异邮》中断言："鲸鱼死而彗星出。"《淮南子》又做了对称性的补充："麒麟斗而日月食，鲸鱼死而彗星出。"由此，我们知道，在每一头鲸鱼死去时，夜空中都有一颗彗星悄然划过，某些仰望夜空的古人感到了这个场面，宏大的、不祥的寂静迫向他们的心头。

仰望夜空，可知海上消息。就像从鸟的梦进入鱼的梦，就像天空和大海在夜幕下密谋，人们可以从星星的颤动听到海的私语。

但一位美国人——爱伦·坡，他将沉睡都市的夜空视为"无穷无尽的蓝"，没有星星颤动，当然，也没有彗星，像死去的海。都市里的人们在深海中游荡，每个人脸上都浮动着漠然的蓝。爱伦·坡，这个诗人，很不负责任地用这种冰冷的纯蓝笼罩了人们的梦境，从此，所有的梦幻制品，比如关于未来世界的电影，比如在虚拟空间中展开的电子游戏，都会有一滴蓝融化，晕染开来。

很少有人知道，这种无穷无尽的寂静的蓝与一头鲸鱼的死亡有关。那是一头名叫莫比·迪克的鲸鱼，或许是几个世纪以来人类所见过的最大的鱼，它死于一群南达科他水手凶残、暴怒的追捕。爱伦·坡的同胞，名叫赫尔曼·麦尔维尔的前捕鲸人在一本名叫《白鲸》的书中记载了这一事件。这本书大致上翔实、可靠。当莫比·迪克死后，麦尔维尔写道：

> 一群小鸟尖声凄鸣地飞翔在那个还是大张着口的水塘上；一阵悲惨的白浪拍击着它那峻削的四周；接着，一切都消失了，可是，那个大寿衣似的海洋，又像它在五百年前一般继续滔滔滚去。

麦尔维尔提到了鸟，很可能一只大鸟的凄鸣化作了凄鸣的小鸟。但有个重要的细节，麦尔维尔没有写到：当那条鱼死去时，一颗巨大的、光华灿烂的彗星划过天际，然后，所有的星星黯然寂灭，天空和海洋沉入了无穷无尽的深蓝。从此，我们再也不知海上鲸鱼的生死。

后来，一位名叫艾略特的诗人写道：

> 我坐在岸上
> 钓鱼，背后一片荒芜的平原，
> 我是否至少将我的田地收拾好？
> 伦敦桥塌下来了，塌下来了，塌下来了

就把他隐身在炼他们的火里，

什么时候我才能像燕子，噢，燕子。

再后来，我看见庄子在河边与人说话：

庄子说："鲦鱼出游从容，是鱼之乐也。"

人问："子非鱼，安知鱼之乐？"

庄子说："子非我，安知我不知鱼之乐乎？"

跋

感谢布罗代尔。在他的书之后，我写了这本书。

1994 年夏天，在长江三峡的游轮上，我第一次读布罗代尔，读他的《15 至 18 世纪的物质文明、经济和资本主义》。夜幕降临，江水浩荡，汽笛长声短声，平生远意。在那时，布罗代尔把我带向 15 世纪——“现代”的源头，那里有欧洲的城堡和草场、大明王朝的市廛和农田。我们走进住宅，呼吸着 15 世纪的气味，察看餐桌上的面包、米饭，有没有肉？有什么菜？走向森林、原野和海洋，我们看到五百年前的人们在艰难行进，我们注视着每一个细节：他们身上衣裳的质地，他们的车轮和船桨，他们行囊中银币的重量，他们签下契约时所用的纸笔……

布罗代尔说，这就是“历史”，历史就在这无数细节中暗自运行。

这不仅是历史，也是生活。在时间的上游，那些日子已经过去，但对我来说，它们仍在，它们暗自构成了现在，它们是一缕微笑，一杯酒，是青草在深夜的气味，是玻璃窗上的雨痕，是一处细长的伤疤，是一段旋律，以及音响上闪烁的指示灯在黑暗中如两只眼睛……这一切依然饱满，它们使生活变得真实，使生活获得意义。

“历史”同样如此。布罗代尔使我确信，那些发生于前台，被历史剧的灯光照亮的事件和人物其实并不重要，在百年、千年的时间尺度上，真正重要的是浩大人群在黑暗中无意识的涌动，是无数无名个人的平凡生活：他们的衣食住行，他们的信念、智慧、勇气和灵感，当然还有他们的贪婪和愚蠢。历史的面貌、历史的秘密就在这些最微小的基因中被编定，一切都由此形成，引人注目的人与事不过是水上浮沫。

所以我寻找他们，那些隐没在历史的背面和角落里的人，在重重阴影中辨认他的踪迹，倾听他含混不清、断断续续的声音……

于是就有了这本书。撰写这样一本书是一种冒险：穿行于博杂的文本，收集起蛛丝马迹、断简残章，穿过横亘在眼前的时间与遗忘的荒漠，沉入昔日的生活、梦想和幻觉。

这肯定不是学术作品，我从未想过遵守任何学术规范。恰恰相反，它最终是一部幻想性作品。在幻想中，逝去的事物重新生动展现，就像两千年前干涸的一颗荷花种子在此时抽芽、生长。

这本书在我们与他们、本土与异域、中国与西方之间展开，这首先是因为那些人和事真的非常有趣；但更主要的是，在这个所谓“全球化”时代，我强烈地感到，人的境遇其实并未发生重大变化，那些充满误解和错谬的情境，我们和陌生的人、陌生的物相遇时警觉的目光和缭绕的想象，这一切仍然是我们生活中最基本的现实。我们的历史乐观主义往往是由于健忘，就像一个人只记住了他的履历表，履历表记录了他的成长，但是追忆旧日时光会使我们感到一切都没有离去，一切都不会消失。

这本书于2000年10月在中国青年出版社出版，题为《看来看去或秘密交流》，一本小书而已，十六年来从未再版，其中的作品也从未收入其他文集。我一直觉得，这是没有写完的书，我一直想象和规划着一本更大的书。

然后，就是这本《青鸟故事集》。它并不符合我的期待，更大的书至今没有写出。这本书对《看来看去或秘密交流》做了修订，增补了《抹香》《印在水上、灰上、石头上》《巨大的鸟和鱼》三篇，其中的《抹香》写于 2016 年 4 月。

书名中的“青鸟”参见书中《飞鸟的谱系》。汉语中，翻译之“译”字源出于鸟。此义不仅汉语如此，志费尼《世界征服者史》中，讲述畏吾儿（维吾尔）人的起源：畏吾儿各族推举不可的斤为汗，“他们汇集在一起，举行盛会，把他推上汗位。全能真主赐给他三只尽知各国语言的乌鸦（Zāgh），他在哪儿有事要办，乌鸦就飞到那儿去侦察，把消息带回”。[①]

Zāgh 原是古波斯词乌鸦（زاغ），何高济译本译为乌鸦，但也可能是喜鹊。前者是鸟纲鸦科鸦属，后者是鸟纲鸦科鹊属，本来同属一科。无论是鸦是鹊，报喜或报忧，总之此鸟精通外语，职司侦伺。

由此想到《山海经》中有三青鸟，为西王母取食，后来，这三只鸟飞进太阳黑子，成了乌鸦。天有一日，乌鸦也只有一只，但“三青鸟”的“三”却如孙猴子的尾巴，粗枝大叶地留着，变成乌之三足。

① 志费尼，《世界征服者史》（上、下），何高济译。南京：江苏教育出版社，2005 年，第 45 页。

三只青鸟幻化为三足乌，但青鸟并未在天空消失，它们继续飞翔，到唐代，其职责已经由取食变成了传信：“蓬山此去无多路，青鸟殷勤为探看”（李商隐），“青鸟不传云外信，丁香空结雨中愁”（李璟）。此时，它们和西王母没什么关系了，主要和“丁香一样结着愁怨的姑娘”（戴望舒）有关，跨越蓬山之远、云外之遥，传递人类的心意和情感。

西王母所居正在如今的新疆。当日她接待周穆王，大摆筵席，宾主间想必需要翻译。所以，事情也许是这样的：酒席上西王母身边那三只巧舌的鸟儿向东飞去，变成青鸟、三足乌，但同时，那鸟也留在西域诸民族之间，后来成为不可的斤汗的乌鸦，不是一两只，不是四五只，恰好也是三只。

这本书写的皆是此地与云外异域之间的故事，书里的人原也是西王母座前之鸟，所以，名为《青鸟故事集》。

另有一件事差堪自喜。十六年后，重读当日写下的那些故事，觉得这仍是我现在想写的，也是现在仍写得出的。

是为跋。

李敬泽

2016 年 5 月 28 日上午于野狐狸庵

图书在版编目（CIP）数据

青鸟故事集 / 李敬泽著．—南京：译林出版社，2017.1（2024.8重印）
ISBN 978-7-5447-6600-5

Ⅰ.①青… Ⅱ.①李… Ⅲ.①散文集 - 中国 - 当代 Ⅳ.①I267

中国版本图书馆 CIP 数据核字（2016）第222988号

青鸟故事集　李敬泽 / 著

责任编辑　张　睿
装帧设计　王志弘
责任校对　张　萍
责任印制　颜　亮

出版发行　译林出版社
地　　址　南京市湖南路 1 号 A 楼
邮　　箱　yilin@yilin.com
网　　址　www.yilin.com
市场热线　025-86633278
排　　版　南京展望文化发展有限公司
印　　刷　南京爱德印刷有限公司
开　　本　850 毫米 ×1168 毫米 1/32
印　　张　11.625
插　　页　4
版　　次　2017 年 1 月第 1 版
印　　次　2024 年 8 月第 8 次印刷
书　　号　ISBN 978-7-5447-6600-5
定　　价　78.00 元